GRADO IM LICHT

Andrea Nagele, die mit Krimi-Literatur aufgewachsen ist, leitete über ein Jahrzehnt ein psychotherapeutisches Ambulatorium. Heute arbeitet sie als Autorin und betreibt in Klagenfurt eine psychotherapeutische Praxis. Sie pendelt zwischen Klagenfurt am Wörthersee, Grado und Berlin.

ANDREA NAGELE

GRADO IM LICHT

MADDALENA DEGRASSIS ERSTER FALL

Ein Adria Krimi

emons:

Bibliografische Information der Deutschen Nationalbibliothek
Die Deutsche Nationalbibliothek verzeichnet diese Publikation in der Deutschen Nationalbibliografie; detaillierte bibliografische Daten sind im Internet über http://dnb.d-nb.de abrufbar.

Umschlagmotiv: Roberto Pastrovicchio/Arcangel.com
Umschlaggestaltung: Nina Schäfer, nach einem Konzept von Leonardo Magrelli und Nina Schäfer
Umsetzung: Tobias Doetsch
Gestaltung Innenteil: DÜDE Satz und Grafik, Odenthal
Lektorat: Marit Obsen
Druck und Bindung: CPI – Clausen & Bosse, Leck
Printed in Germany 2022
ISBN 978-3-7408-1271-3
Ein Adria Krimi
Originalausgabe

Für Maria, Nevio und Giuseppe

Prolog

Flirrt über Grado heute ein besonderes Licht?

Weit vorne liegt die Insel im matten Schein der Nachmittagssonne. Am Himmel tanzen federleichte Wolken in unterschiedlichen Grautönen. Ich kann mich kaum von ihrem Anblick lösen und auf die Fahrbahn konzentrieren.

Zum Glück gibt es nur wenig Verkehr auf der Straße. Die Badegäste aus der Region machen es sich noch in ihren Liegestühlen bequem, bevor sie sich mit einem guten Abendessen oder einem feinen Glas Wein vom heutigen Tagesaufenthalt verabschieden. Und die Urlauber bleiben ohnehin noch ein paar Tage. Die unzähligen An- und Abreisen erfolgen hier üblicherweise am Samstag. Dann ist »Schichtwechsel« in den Appartements und Hotels.

Meine große Wende hat bereits eingesetzt.

Vergnügt beginne ich zu pfeifen.

Ein wunderbares neues Leben liegt vor mir. Die Freude darauf ist unbeschreiblich.

Ich kurble das Fenster meines alten Fiat Panda nach unten und sauge die mit Salz und Jod getränkte Luft des nahen Meeres ein. Das Lenkrad dreht sich wie von selbst nach links und rechts, ohne den Wagen schlingern zu lassen. Das Gefühl, das mich erfasst, ist riesig. So tief wie das Meer, so grell wie das Schreien der Möwen. Säße ich nicht am Steuer, ich würde zu tanzen beginnen.

Endlich ist ein für alle Mal Schluss mit Traurigkeit, Verzweiflung und Hoffnungslosigkeit. Schon vor einer Weile habe ich meine Antidepressiva abgesetzt. Jahrelang musste ich das Zeug schlucken. An meiner Stimmung konnten die Tabletten jedoch nichts ändern. Außer schmerzhaften Magenkrämpfen jeweils eine halbe Stunde nach der Einnahme gab es kein nennenswertes Ergebnis. Mein dahingefristetes Dasein blieb von der Medikamenteneinnahme unberührt. Ebenso von der Gruppentherapie und den Einzelsitzungen. Ich hatte daran ohnehin nicht teilnehmen wollen und wäre ferngeblieben, hätte man nicht so beharrlich darauf bestanden. Die Fachleute glauben ja, alles hundertmal besser zu wissen als die Personen, denen so Schlimmes widerfahren ist wie mir. Mir auch noch den Kummer anderer anzuhören hat meine Lage nicht verbessert. Im Gegenteil, es zog mich noch ein Stück tiefer hinunter. Und die weisen Ratschläge meines Psychotherapeuten hatte ich selbstverständlich allesamt mühelos bei Dr. Google gefunden.

Schnee von gestern.

Ohne Belang.

Meine Welt ist jetzt schön wie keine andere.

Abrupt höre ich zu pfeifen auf, denn leise Musik aus dem Radio erreicht mich. Die spielen doch glatt meinen Lieblingssong.

»Perfect Day« von Lou Reed.

Schnell drehe ich den Regler auf volle Lautstärke und schmettere den Text mit.

Just a perfect day
Drink sangria in the park
And then later, when it gets dark
We go home

Die Glückshormone in mir wirbeln nur so durcheinander, rauschen wild durch meine Adern. Ich stelle sie mir als glitzernde Sternchen bildlich vor.

Just a perfect day
Feed animals in the zoo
Then later a movie, too
And then home
Oh, it's such a perfect day
I'm glad I spent it with you
Oh, such a perfect day
You just keep me hanging on
You just keep me hanging on

Meine kehlige Stimme erfüllt den Innenraum des Autos. Die Straße, auf der ich mich befinde, heißt lapidar »352« und erstreckt sich ab der Autobahnabfahrt Palmanova als tolle Allee circa achtzehn Kilometer weit Richtung Grado. Da ich nur einen Teil der Strecke zurücklege, muss ich nicht lange fahren. Trotzdem bin ich auf dem kurzen Stück an so vielen schönen Wiesen, Feldern und Gebäuden, Weinlagen und einstigen, längst verfallenen Arbeiterunterkünften vorbeigedüst. Um das Notwendigste zu besorgen, musste ich ein paarmal anhalten. Ich war in einem Einkaufszentrum in der Nähe von Cervignano, im Supermarkt und in einem der Baumärkte. Überall habe ich ordentlich zugeschlagen. Über die notwendigen Nahrungsmittel hinaus besorgte ich auch eine beträchtliche Portion an Luxus.

In Gedanken an das Erworbene muss ich unwillkürlich schmunzeln.

Just a perfect day
Problems all left alone
Weekenders on our own
It's such fun
Just a perfect day
You made me forget myself
I thought I was someone else
Someone good

Es stimmt, denke ich. Alles, was Lou Reed geschrieben hat, der gesamte Text, jedes einzelne Wort, stimmt haargenau. Ich bin durch *dich*, mein Schatz, ein besserer Mensch geworden. Jemand Gutes.

Gleich erreiche ich die Abzweigung nach Belvedere, dem bezaubernden Mini-Ort, aber dahin will ich nicht. Bei Gelegenheit werden wir beide dort ein Picknick veranstalten, und du hörst dir dann meine Erzählungen über Grado und die Lagune an.

Du weißt sicher nicht, dass der fünf Kilometer lange Damm, der die Insel mit dem Festland verbindet, erst im Jahr 1936, einer dunklen Zeit, erbaut wurde. Davor setzte man mit Booten über, um den Badeort zu erreichen.

Ich kann schon das Staunen auf deinem Gesicht sehen.

In meinem Bauch kribbelt die Freude, sie sprudelt wie die Bläschen eines frisch geköpften Proseccos aus dem Karst.

Oh, it's such a perfect day
I'm glad I spent it with you
Oh, such a perfect day

Gerade als ich »You just keep me hanging on« schmettere, nähert sich von links oben ein Schatten.

Ein Kranich im Sturzflug, denke ich.

Dann kracht es sehr laut und wird auf einmal dunkel.

Sehr dunkel.

Erster Teil

1

Maddalena Degrassi strich die dunklen Locken aus ihrem Gesicht. Wangen und Stirn waren vor Aufregung feucht geworden. Ihr Herz pochte in einem stürmischen Rhythmus, so als wollte es ihr davonlaufen. In ihren Ohren rauschte das Blut, so nervös war sie.

Wie lange hatte sie diesen Tag herbeigesehnt. Sich so sehr darauf gefreut, dass sie es kaum mehr erwarten konnte, bis es Juni und endlich auch noch Montag wurde. Sehnsüchtig hatte sie die Tage, dann die Stunden gezählt. Und jetzt, da es so weit war, gab es nur noch dieses bange Gefühl.

Verdammt, worauf hatte sie sich da bloß eingelassen?

Seit dem Klingeln des Weckers heute Morgen drehten sich ihre Gedanken im Kreis.

»Franjo«, hatte sie geflüstert und ihren Freund zuerst sanft, dann heftig wach gerüttelt. »Amore, ich glaube, es war die falsche Entscheidung.«

»Was? Welche Entscheidung, Maddalena? Wovon redest du?« Verwirrt hatte er sich aufgesetzt, seine Arme um sie geschlungen und sie verschlafen angesehen. »Tesoro? Du zitterst ja. Was war die falsche Entscheidung?«

»Na, dass ich die Stelle bei der Kriminalpolizei in Grado angenommen habe.« Mit einem tiefen Aufseufzen hatte sie sich an ihn gekuschelt und den Kopf auf sein Schlüsselbein gebettet.

»Maddalena.« Er war mit ernstem Gesicht ein Stück von ihr weggerückt. »Das war ein Angebot, das du nicht ausschlagen konntest, die Möglichkeit, nach so langer Wartezeit endlich als Kommissarin Fuß zu fassen. Da ging es nie um eine *Entscheidung*. Es war doch von Anfang an klar, dass du die Stelle annimmst. Jetzt hast du Lampenfieber. Das ist ganz normal, hätte ich doch auch, Tesoro.«

Es stimmte.

Selbstverständlich hatte Franjo recht. Nur war es eben nicht er, sondern sie, die sich in Kürze in einem zu hundert Prozent mit männlichen Kollegen bestückten Polizeidezernat behaupten musste. Sogar die Schreibhilfe war ein Mann.

Was, wenn sie versagte?

Wenn niemand sie als Vorgesetzte ernst nahm?

Wenn sie sich nicht durchsetzen konnte?

Was, wenn sie für diesen Beruf überhaupt nicht taugte? Sich das bloß eingebildet hatte?

Unter der Dusche verteilte Maddalena Rosmarinshampoo auf ihrem Haar, schäumte es kräftig auf und spülte mit kaltem Wasser so lange nach, bis ihre Locken quietschten. Nachdem sie sich in ein Badetuch gewickelt hatte, setzte sie sich mit einer Tasse Espresso auf den Messingstuhl in der Ecke ihres kleinen Balkons. Mit gierigen Zügen rauchte sie eine halbe Zigarette und drückte sie dann im Aschenbecher auf dem Boden aus. Franjo streckte im selben Moment seinen Kopf durch die Tür und runzelte die Stirn.

»Du rauchst entschieden zu viel.« Er trat nach draußen, und Maddalena bemerkte, dass er etwas in der Hand hielt. »Für dich, kleiner Angsthase, zur Beruhigung. Ein voller Magen stärkt die Nerven.«

Das ist der Vorteil, wenn man einen Koch zum Freund hat, dachte Maddalena und sog den sich ausbreitenden Moschusgeruch ein. Fürsorglich, wie er eben war, hatte Franjo ihr ein weiches Ei im Glas zubereitet und Sommertrüffel darübergerieben.

Lächelnd setzte er sich neben sie. Er legte kurz seine Hand auf ihren Oberschenkel und streckte sie ihr dann auffordernd entgegen. »Das wird schon, meine Schöne. Du schaffst das mit links. Heute Abend lachen wir beide bei einem köstlichen Dinner über deine Aufregung, in Ordnung?«

Sie war sich da zwar nicht so sicher, schlug aber ein.

So begann der Tag schon besser.

Nach dem Frühstück zog sie murrend und stirnrunzelnd ihre neue Uniform an. Eine hellblaue Bluse zum blauen Blazer und einer Stoffhose, dazu schwarze, feste Schuhe.

»Du schaust aus wie ein Kind, das als Polizist auf einem Faschingsfest Furore machen möchte«, sagte Franjo schmunzelnd und bestärkte so ihren Unmut über die Verkleidung.

»Herzlichen Dank für den Vergleich. Die Schirmmütze setze ich eh nicht auf«, brummte sie und verzog sich abermals auf den Balkon.

Draußen über dem Meer baute sich eine dicke Wolkenwand auf. Obwohl es noch früh war, hing eine Dunstglocke über der Insel. Es würde heute schwül werden. Maddalena schob ihre Hand unter den steifen Kragen der Bluse und wischte den feinen Schweißfilm auf ihrer Haut mit den Fingern weg. Gedankenverloren schnippte sie Piniennadeln von der Brüstung und antwortete einsilbig auf Franjos Fragen. Wie sonst auch war er ihr nachgekommen; wohl um zu überprüfen, ob sie sich eine weitere Zigarette gönnte.

»Ja, ja.«

»Hast du überhaupt zugehört?«

»Mhm.«

Er schmunzelte zwar noch, aber Maddalena wusste, dass sie reagieren sollte, bevor seine Stimmung wegen ihrer offensichtlichen Nichtbeachtung seiner Person in Verärgerung umschlug. »Natürlich, Amore. Wir treffen uns am Abend in Dol pri Vogljah. Ich übernachte bei dir«, sagte sie deshalb schnell und ging ans Handy, das gerade zu läuten begann. »Papa!«, rief sie erfreut und spürte, wie eine warme Welle sie erfasste.

»Ich wollte dir Glück für deinen ersten Arbeitstag wünschen. Es geht dir doch gut?«

Es war nicht ungewohnt für Maddalena, dass ihr Vater ihre Gedanken lesen konnte und über ihre geheimen, oft widersprüchlichen Gefühle Bescheid zu wissen schien.

»Na ja … Ehrlich gesagt war ich kurz davor, zu dir in den Karst zu fahren. Aber Franjo hat mich wieder auf den Boden der Tatsachen zurückgeholt.«

»Sag Maddy, sie soll unter keinen Umständen das Handtuch werfen«, tönte die kühle Stimme ihrer Mutter im Hintergrund. »Kneifen gilt nicht. Es wäre ihr zuzutrauen, das hatten wir doch alles schon.«

»Sibilla, also wirklich! Halte dich bitte etwas zurück«, entgegnete ihr Vater verärgert, und Maddalena lachte sich ins Fäustchen. »Unsere Tochter ist keine Drückebergerin und war es noch nie. Sie stand immer zu ihrem Wort.«

Mama konnte manchmal unmöglich sein und die falschen Worte zum denkbar ungünstigsten Zeitpunkt herausschieben. Doch ihr Vater verteidigte sie stets. Nicht dass sie es gebraucht hätte, aber es tat ihr gut und gab ihr eine Portion Sicherheit.

»Nach der Arbeit fahre ich zu Franjo, mache aber einen kurzen Zwischenstopp bei euch in Santa Croce.«

Franjo tippte auf seine Armbanduhr, und Maddalena beendete hastig das Gespräch. Wenn sie sich nicht ranhielt, würde sie an ihrem ersten Arbeitstag zu spät kommen.

2

Hannah wirbelte ihre kleine Tochter im Kreis herum.

»Juhu!«, schrie Pauline begeistert, und die blonden Haare flogen um ihr erhitztes Gesicht. »Noch einmal. Mama, bitte! Es ist so lustig.«

Beide hatten sie gerötete Wangen, und Paulines Augen funkelten vor Übermut.

»Okay. Ein allerletztes Mal.« Hannah musste über ihre unersättliche Neunjährige schmunzeln. Wie ein Kreisel ließ sie ihr Töchterchen über die Terrasse fliegen, schneller und immer schneller. Sie selbst hatte es als Kind sehr genossen, von ihrem Vater so durch die Luft gewirbelt zu werden.

Die Sonne warf schräge Strahlen vom Himmel. Fedrige Wolken durchzogen das helle Blau des Juninachmittags.

»So.« Hannah setzte Pauline ab und klemmte sich das feuchte Haar hinter die Ohren. »Jetzt ist es genug. Mir geht die Luft aus.«

Sie erwiderte das Lachen ihrer Tochter. Als sie ihre eigene Freude spürte und das Strahlen auf Paulines Gesicht sah, verkrampfte sie innerlich, und eine Welle von Erinnerungen überschwemmte sie.

»Was ist denn, Mama?«

Statt einer Antwort hielt Hannah den Finger vor die Lippen und stieß ihre Tochter unsanft von sich. Sie war machtlos, sich gegen die Bilder zu wehren, die auf sie einströmten, und nahm nur noch am Rande wahr, dass Pauline sich auf einen der Liegestühle setzte und den Daumen in den Mund steckte.

Es war der erste schöne Tag seit Langem. Der Februar hatte eine zarte Ahnung des herannahenden Frühlings aufkommen lassen, und Hannah fühlte sich wohl und geborgen in ihrer Welt. Vor ihr glitzerte der Schnee auf den Blumentöpfen, die sie vor Martins Geburt in den Keller zu tragen vergessen hatte. Sie lächelte verträumt in sich hinein.

Da war ein Geräusch, das sie nicht zuordnen konnte.

Hatte Martin zu weinen begonnen?

»Psst, Pauline! Ist das Martin?«

Die Kleine zog atemlos die Augenbrauen in die Höhe und lauschte.

»Ach nein.« Hannah schüttelte den Kopf. »Die neue CD von Max plärrt so. Nicht das Baby.«

»Mama.« Pauline zupfte an ihren Jeans und sah sie von unten herauf schelmisch an. »Einmal noch? Bitte.«

Und wieder ließ Hannah ihr kleines Püppchen durch die Luft fliegen, bis sie aus dem Wohnzimmer Friedrichs Stimme hörte.

»Na, meine beiden Süßen? Wohl schon vergessen, dass heute Abend ein rauschendes Fest steigt?«

Ihr Bruder Florian feierte heute seinen Geburtstag im Haus von Hannahs Familie. Nicht mehr lange, und die ersten Gäste würden eintreffen.

»Keineswegs. Alles ist vorbereitet, der Tisch gedeckt und unser Kleiner gebadet und gewickelt. Soll ich ihn dir bringen?«

»Nein. Lass mich, ich will ihn holen«, rief Pauline und hüpfte aufgeregt auf und ab.

Nur ungern überließ Hannah ihr diese Aufgabe. Sie konnte nicht genug von ihrem jüngsten Sohn bekommen, nie aufhören, seinen Duft einzuatmen und über seine zarte Haut zu streichen.

»Na los. Hol ihn, aber bitte pass auf. Fass ihn nicht zu fest an.«

Pauline nickte folgsam und brachte ihr den schlafenden Säugling. Vorsichtig streckte sie ihr den Kleinen entgegen. Ein Zipfel seiner Kuscheldecke hing herab.

Hannah strich ihrer Tochter über das verschwitzte Haar. »Gut gemacht«, raunte sie ihr zu.

In diesem Moment läutete es an der Tür.

»Ja, wen haben wir denn da?«, sagte Florian zur Begrüßung und drückte seine Schwester und das Baby fest an sich. Martin gab ein behagliches Seufzen von sich, öffnete seine Augen und begann zu nörgeln, kaum dass er richtig wach war. »Oh, da ist wohl jemand hungrig.«

Hannah ging mit Martin zurück ins Schlafzimmer. Dort gab sie ihm die Brust und konnte sich kaum von seinem zarten Gesichtchen losreißen. Zufrieden lächelnd legte sie ihr gesättigtes Baby in die Wiege. Sie verharrte noch einige Minuten bei ihm, beobachtete das regelmäßige Auf und Ab der kleinen Brust im hellblauen Strampler und wartete, bis ihr Jüngster friedlich eingeschlafen war.

Liebevoll streichelte sie seine samtig weiche Wange.

Die Zeit, die eben noch stillgestanden hatte, begann weiterzulaufen. Gut gelaunt ging sie ins Esszimmer. Auf einmal war sie bärenmäßig hungrig. Das Büfett war inzwischen geliefert worden und die Gäste eingetroffen. Es roch nach Frühlingszwiebeln, Erdbeeren, Zitronen und ein wenig nach Vanille. Ein später Sonnenstrahl tauchte das Wohnzimmer in ein rosa Licht, im Hintergrund lief Musik von David Gray.

Hannah betrachtete ihren Bruder. Er sah glücklich aus. So wie sie selbst.

Als ihre Gäste gegangen waren, räumte Hannah auf und sah nach ihren beiden älteren Kindern. Max schnarchte mit den Kopfhörern auf den Ohren. Pauline, die wie immer in ihrer Decke verkeilt dalag, hielt eine kleine Puppe im Arm. Hannah drückte ihr einen Kuss auf die Stirn. Dann öffnete sie die Tür zu Friedrichs Arbeitszimmer.

Ihr Mann sah geistesabwesend hoch, lächelte sie an, holte tief Luft und vertiefte sich abermals in das dicke Gesetzbuch, das vor ihm auf dem Schreibtisch lag. Er arbeitete entschieden zu viel. Hannah beschloss, ihn demnächst mit einer Auszeit zu überraschen. Nur sie beide. Wie ganz zu Beginn ihrer Beziehung.

Mit diesem Vorsatz ging sie ins Schlafzimmer, knipste die Nachttischlampe an und beugte sich über Martins Wiege. Ihr Jüngster lag ganz ruhig da, sein zartes Gesicht erinnerte sie an das von Meissner Porzellanpüppchen. Sie starrte eine Weile auf seine Brust. Anders als vorhin senkte und hob sie sich nicht regelmäßig. Da stimmte etwas nicht.

Martin hatte zu atmen aufgehört.

»Friedrich«, schrie Hannah in Panik, »komm schnell. Das Baby!«

Ihr Mann stürzte ins Zimmer, nahm Hannah das Kind aus dem Arm und begann, Martins kleine Brust zu massieren.

»Ruf den Notarzt! Rasch!«

Nachdem sie wie in Trance den Notruf abgesetzt hatte, stand Hannah an der geöffneten Haustür, bleich, Augen und Mund weit aufgerissen, die Finger ineinander verknotet. Sie musste an sich halten, um nicht loszuschreien. Ohne Vorwarnung hatte jemand ihre kleine Welt auf ein Tablett gehoben, es durch die

Luft geschleudert und auf dem Boden in Tausende Scherben zersplittern lassen.

Endlich, nach einer gefühlten Ewigkeit, tauchte ein Krankenwagen die Wohnsiedlung in wild flackerndes Blaulicht.

Ein Mann mit einem Ärztekoffer und zwei Sanitäter schoben Hannah beiseite. Sie taumelte. Dann, mit einem Mal, drangen Friedrichs Worte wie durch Watte zu ihr durch.

»Martin ist tot.«

»Mama?« Paulines Stimme holte sie zurück in die Gegenwart. »Bitte hör auf zu weinen. Spielen wir weiter. Dreh mich herum. Das ist schön.«

Und Hannah tat, was ihrer kleinen Tochter Freude machte. Sie drehte sich mit ihr im Kreis und lachte. Aber sie empfand nichts dabei. Der zuvor für einen kurzen Moment verspürte schwache Funken Lebensfreude war verpufft. Die Gefühle drangen nicht zu ihr durch. Das Einzige, was beharrlich durch ihren Kopf geisterte, war: Letztes Jahr im Februar ist es genauso gewesen. Wir haben gespielt und gelacht. Ich habe Pauline durch die Luft gewirbelt, und dann ist Martin gestorben.

3

»Hey, du.« Michaelas Stimme drang aus dem Telefonhörer.

»Ja?«, brummte er kurz angebunden.

»Keine Angst, Florian, das ist keine Anmache.«

»Aha«, murmelte er unangenehm berührt. Die Freundin seiner Schwester stand seit der Schulzeit auf ihn. Er mochte sie sehr, aber war sich nicht sicher, ob es gut wäre, wenn mehr daraus wurde.

»Pass auf, ich komme gleich zur Sache. Wir müssen über Hannah reden.«

Eigentlich wollte er sich weder Gedanken über seine Schwester machen noch sie mit Michaela analysieren müssen. Er hasste diese »Psychogespräche«, wie er sie nannte, aus tiefstem Herzen. Und dass es letztendlich darauf hinauslaufen würde, war ihm völlig klar.

»Vergiss es.«

»Nein. Es ist notwendig, und du weißt das ganz genau.«

Florian gab nach. »Okay, reden wir.«

»Wann?« Michaela ließ nicht locker.

»Vielleicht«, er zögerte, »jetzt?«

»Also dann im Arkaden-Café in der Innenstadt, in einer halben Stunde.«

Sie hatte aufgelegt, bevor er noch etwas erwidern konnte.

Eigentlich hatte er den Sonntagnachmittag faul verbummeln wollen. Trotz der Sonne am strahlend blauen Himmel vor dem Fenster fröstelte er und zog seinen grauen Hoodie enger um die Schultern.

Es war ja nicht so, dass er sich seit dem verhängnisvollen Abend seiner Geburtstagsfeier im vergangenen Jahr keine Sorgen um seine Schwester machte. Und nicht nur um sie, auch um Max und Pauline.

Er schlüpfte in seine Basketballschuhe und wickelte den blauen Seidenschal, den ihm seine Schwester vor Jahren geschenkt hatte, um den Hals.

Im Treppenhaus fiel ihm noch etwas ein, und er grinste. Schnell ging er zurück in die Wohnung und besprühte sich mit Aftershave. »Man kann ja nie wissen«, murmelte er feixend und schloss die Haustür mit einem energischen Ruck.

Die Hände tief in den Taschen seiner Kapuzenjacke vergraben, eilte er am Lendkanal entlang in die Innenstadt. Im schattigen Hof, in dem das Kaffeehaus lag, spürte er ein seltsames Gefühl in sich aufsteigen, das er nicht so recht einordnen konnte. Eine bunte Lichterkette baumelte vom Ast eines Baumes und bewegte sich im Wind.

»Hier! Hier bin ich.« Michaela winkte ihm zu, kaum dass er das Café betreten hatte.

Süß sah sie aus, wie sie da in ihrem rosafarbenen Shirt auf dem Sofa lümmelte.

»Zweimal vom trockenen Weißen mit viel Eis«, bestellte sie mit ihrer heiseren Stimme, ohne ihn zu fragen, klopfte auf das Kissen neben sich, und Florian ließ sich auf die geblümte Couch fallen.

»Also?« Fragend hob er eine Augenbraue.

»Hannah hat sich wieder völlig zurückgezogen. Es war doch schon besser. Sie geht nicht mehr ans Telefon, ruft auch von sich aus nicht mehr bei mir an, ich erreiche sie nicht. Zuerst dachte ich, es läge an mir, dass ich irgendetwas falsch gemacht hätte.« Michaela warf ihm einen sorgenvollen Blick zu.

»Sie durchleben eben eine schwierige Zeit. Das mit dem Baby hat sie und Friedrich völlig umgehauen.« Florian nahm einen großen Schluck Weißwein, während Michaela gedankenverloren an ihrem Strohhalm kaute. »Ich hatte gedacht, dass es ihr vielleicht guttun würde, zurück in die Kanzlei zu kommen, doch davon will sie nichts wissen. Meine Schwester war schon immer stur, aber das weißt du ja.«

»Außerdem ist da noch diese Sache mit –«

Bevor Michaela es aussprechen konnte, legte ihr Florian die Hand auf die Schulter. »Psst.«

Michaela zuckte zurück. »Auch wenn du es nicht hören willst, werde ich es jetzt sagen«, begehrte sie auf. »Hannah trinkt entschieden zu viel. Und ich kenne mich aus. Du erinnerst dich sicher noch an meinen Vater?«

Es war eine rhetorische Frage. Betroffen sah Florian an Michaela vorbei zum Fenster hinaus. Sein Blick verlor sich in den vom sanften Wind bewegten Ästen des Lindenblütenbaums. »Ich hatte gehofft, dass sich ihr Zustand durch den Sanatoriumsaufenthalt verbessern würde. Dass die Therapie ihr helfen würde, mit Martins Tod klarzukommen. Aber sie ist immer noch völlig fertig und will oder kann mit niemandem über das Baby reden«, sagte er.

»Kurz hatte ich den Eindruck, es wäre danach leichter für

sie geworden. Aber vielleicht ist es ja immer noch zu früh.« Michaela fuhr sich mit der Hand über ihre Augen. »Ich weiß nicht, wie ich reagiert hätte, wenn mir so etwas passiert wäre.«

Vielleicht sollte er Michaela doch einmal zum Abendessen einladen? Dass er es bis jetzt nicht getan hatte, lag an seinen ambivalenten Gefühlen.

Wer ließ sich schon gern mit der besten Freundin der eigenen Schwester ein? Wenn das schiefging, brachte das nur Ärger. Er sah ihr lausbubenhaft grinsend in die schönen Augen unter den langen, geschwungenen Wimpern und fragte: »Na, was meinst du, wollen wir uns mal eine Pizza gönnen?«

Michaela blickte ihn ernst an. »Das hätten wir schon lange mal machen sollen. Jetzt will ich nicht mehr.«

Gekränkt zog sich Florian in sich zurück.

Michaela begann, nervös mit ihrem linken Bein auf und ab zu wippen. Sie trug Schnürsandalen, die ihren Fuß und den halben Unterschenkel mit einem Rautenmuster überzogen. »Wenn ich wegen Hannah irgendetwas tun kann, lässt du es mich wissen, Florian, ja?«

»Versprochen«, murmelte er, schon wieder versöhnt.

Dann schlürften beide einige Zeit schweigend ihren Wein.

Draußen hatte inzwischen die Dämmerung eingesetzt, und die Lichterkette warf ihren matten Schein in den Innenhof des Cafés. Die Anspannung zwischen ihnen verflüchtigte sich.

4

Maddalena saß Franjo in seinem Gasthaus gegenüber.

Selten hatte ihr etwas von ihm Zubereitetes so gut geschmeckt. Daran konnte nicht mal die grimmige Miene seines Kellners Miroslav oder die barsche Art seiner Mutter Mateja etwas ändern. Beide begegneten ihr vom ersten Tag ihres Kennenlernens an mit Argwohn.

Natürlich störte Maddalena dieses Misstrauen, diese unverhohlene Ablehnung. Doch Franjos Liebe wog alles auf. Wenn er ihre Verunsicherung bemerkte, nahm er sie in die Arme und flüsterte in ihr Ohr: »Sie verhalten sich wie die Kapaune draußen im Hof. Sind viel zu lange von mir gemästet worden. Eifersüchtiges Federvieh.«

Maddalena musste jedes Mal lachen, wenn sie sich die Szene bildhaft vorstellte: Franjo, der seiner Mutter und seinem Kellner Futter gab, und wie die beiden kreischend versuchten, dem anderen die besten Körnchen wegzuschnappen.

»Du«, begann sie, »mein Chef Comandante Achille Scaramuzza ist unausstehlich. Ich weiß, wie oft ich dir seit meinem ersten Arbeitstag schon von ihm vorgejammert habe, aber unser Verhältnis ist einfach schrecklich, und er ist ein wahrhaft grauenvoller Vorgesetzter, ohne jegliche Führungskompetenz. Du hättest nur mal sehen sollen, wie er mich und meine vorgeschriebene Dienstkluft aus seinen Schweinsäuglein von oben bis unten gemustert hat, um dann lapidar zu bemerken: ›Junge Frau, Sie können sich Ihre Garderobe selbst auswählen. Hat Ihnen das niemand gesagt?‹ Ich stand wie belämmert vor ihm, und in meinen Ohren sang das Blut seine Worte nach.«

»Woraufhin du, Tesoro, ihm auf deine höchst spezielle Art Paroli geboten hast, indem du am darauffolgenden Tag in deinen ältesten Jeans und der verschlissenen Lederjacke bei ihm aufgetaucht bist.« Franjo grinste und strahlte sie an. »Das wird dem alten Kerl sicher zugesetzt haben. Er dachte, du würdest dich ihm unterordnen.«

»Amore. Was hat das mit meiner Kleidung zu tun?«, fragte sie leichthin und trank einen Schluck von ihrem Prosecco.

»Nun, Scaramuzza hoffte vermutlich, du würdest ihn um Rat fragen bezüglich des nicht vorhandenen Dresscodes. Maddalena, du weißt selbst am besten, auf wie vielen unterschiedlichen Ebenen sich Widerstand zeigen kann. Und klar, Klamotten gehören dazu. Erinnere dich nur mal an die Hippies aus den Sechzigern des vorigen Jahrhunderts. Die haben damit doch auch ihr Statement gegen das Establishment gesetzt.«

Jetzt musste sie kichern. Scaramuzza war für sie wirklich der Inbegriff jener übrig gebliebenen Spezies, mit der sie nur schwer zurechtkam: von sich eingenommene, bornierte Frauenhasser, die sich für die herrschende Gesellschaftsklasse und die wiederum für einen reinen Männerclub hielten. »Die Augen sind ihm und seiner beziehungsweise eigentlich nun auch *meiner* Mannschaft aus dem Kopf gefallen.«

»Siehst du? Du beginnst bereits, dich durchzusetzen.«

Maddalena stand auf und umarmte Franjo innig. Sein verwegener Geruch nach Küchenkräutern, Schweiß und einem Hauch Aftershave warf sie regelmäßig um.

»Du raubst mir meinen Verstand«, murmelte sie und küsste seine erhitzte Wange.

»Dein Hirn solltest du definitiv behalten.« Er erhob sich ebenfalls und zog sie leise lachend die Treppe zu seinem Schlafzimmer hinauf. Gemeinsam stolperten sie über die Unmenge an Kochbüchern, die auf dem Boden verstreut lagen. Durch das geöffnete Fenster trug ein frisches Lüftchen den Duft von Piniennadeln herein und kündigte einen verheißungsvollen Sommer an. Dass unten die Hühner oder Kapaune oder wie die Viecher hießen um die Wette schrien, tat Maddalenas Stimmung keinen Abbruch. Mit dem Zirpen der Grillen und dem Sirren der dieses Jahr zu früh aktiv gewordenen Moskitos vermischte es sich für sie zu einer lieblichen Melodie.

Genau wie Franjo hatte auch der Karst seit jeher diese besondere Wirkung auf sie. Selbst ein Kind dieser magischen Landschaft, fühlte sie sich hier aufgehoben und geborgen. Die Unterschiede zwischen der italienischen und der slowenischen Seite trugen mit dazu bei, ihre Sinne anzuregen.

»Ach, wenn ich nur den Text zu diesem Lied kennen würde«, wisperte sie in Franjos Ohr.

Er hielt sie ein Stück von sich weg. »Commissaria, Sie sprechen in Rätseln.«

Dann lachten beide, und Franjo zog sie auf sein Bett. »Deine Lederjacke ist so etwas von bockig. Wie konntest du dein Essen so überhaupt genießen? Zieh dich aus. Augenblicklich.«

Das war ein Befehl, dem Maddalena gern nachkam.

5

Pauline konnte wieder einmal nicht einschlafen. Die Neunjährige drehte sich von einer Seite auf die andere, versuchte, Schäfchen zu zählen, die über die Himmelswiese stolperten. Selten kam sie über das neunzehnte Lämmchen hinaus. Nicht dass sie vorher eingeschlafen wäre, nein, viel eher wurde sie durch das Zählen erneut hellwach.

Sie setzte sich aufrecht hin und spitzte die Ohren. Ihre Eltern stritten schon wieder. Das taten sie ständig in letzter Zeit. Sie glaubten, dass ihre Tochter sie nicht hören konnte, doch Pauline verstand durch die Mauern hindurch fast jedes Wort.

Ihr Kinderzimmer lag Wand an Wand mit dem Schlafzimmer ihrer Eltern. Dort hatte früher auch Baby Martin gewohnt. Sie hörte ihren Vater wütend auf und ab gehen und mit lauter Stimme auf ihre Mutter einreden. Üblicherweise schimpfte ihr Vater nur mit ihrem Bruder so. Max war seit einiger Zeit schrecklich ungehorsam, und Papa bezeichnete ihn als »Punk«.

Als sie das Wort zum ersten Mal gehört hatte, dachte sie, er sei mit seinen dreizehn Jahren ein Bankdirektor geworden. Sie war mächtig stolz auf ihn gewesen und hatte nicht verstanden, worüber ihre Eltern sich die ganze Zeit ärgerten, denn es war doch wirklich egal, dass Max dieses Jahr in der Schule durchfallen würde, wenn er ohnehin schon in einer Bank arbeitete.

Als sie ihre Eltern am darauffolgenden Sonntag beim gemeinsamen Mittagessen gefragt hatte, ob sie selbst vielleicht auch bei der Bank arbeiten könnte, hatten diese sie zuerst nur verständnislos angesehen. Max hatte es gleich kapiert und die Augen verdreht, bis Pauline nur noch das Weiße sehen konnte, sich aber nicht dazu geäußert.

Sie bewunderte ihren Bruder. Oft sagte er, wenn es niemand anderer hören konnte, dass er sie nicht lieb hätte, sie eine Nervensäge sei und ihm unendlich auf den Geist ginge. Neulich hatte er sie beiseitegenommen und ihr ins Ohr gezischt: »Du weißt doch, dass ich lieber einen Bruder statt einer doofen Schwester gehabt hätte?«

Da hatte sie an Martin denken müssen und sich bemüht, die aufsteigenden Tränen hinunterzuschlucken. Aber ein paar waren ihr doch über die Wangen gelaufen. Ihr Bruder hatte sie böse angesehen und »Heulsuse« gemurmelt.

Das machte ihr aber alles nichts aus, weil sie wusste, dass Max sie eines Tages mögen würde. Sie musste nur geduldig warten und ihm nicht allzu sehr auf die Nerven gehen.

Ihr großer Bruder war nämlich der klügste Mensch, den sie kannte, er wusste einfach alles. Das war ein Geheimnis, denn Max wollte nicht damit angeben, aber egal, was sie ihn fragte, er wusste auf alles eine Antwort. In seinem Zimmer stand ein Computer, vor dem er die meiste Zeit hockte. Oft schimpften die Eltern deshalb mit ihm. Mama wurde manchmal in seine Schule gerufen, weil Max wieder irgendetwas angestellt hatte. Wenn sie dann nach Hause kam, schloss sie sich immer mit Papa in dessen Arbeitszimmer ein, aber wenn Pauline ihr Ohr ganz fest an die Tür presste, konnte sie hören, wie sie sich gegenseitig die Schuld daran gaben, dass Max so war, wie er war.

In der Schule hatte er sich unlängst während der großen Pause auf der Toilette die Haare abrasiert und nur einen schmalen Streifen mitten auf dem Kopf stehen lassen. Den hatte er dann grün angemalt.

Zu Hause hatte er ihr erklärt, dass diese Frisur Irokesenschnitt genannt wurde. Sie käme von den Indianern und sei das Coolste überhaupt. Pauline fand das toll und war stolz auf ihren Bruder. Den Eltern gefiel die neue Frisur allerdings nicht.

Erwachsene konnten manchmal sehr dumm sein und Eltern erst recht.

Jetzt stritten sie so laut, dass Pauline alles hören konnte.

»Du glaubst wohl, ich durchschaue dich nicht? Du säufst!«, schrie ihr Vater.

Ihre Mutter keifte zurück: »Das ist eine Lüge. Niemand trinkt und ich schon gar nicht. Sei sofort leise, reiß dich zusammen, die Kinder können dich hören!«

Da hielt Pauline sich die Ohren zu, schüttelte ihre blonden, langen Locken und lauschte auf ihr Herz, das wild gegen ihre Rippen trommelte. Sie hatte Angst, dass ihr Vater ihre Mutter schlagen würde. In der Schule hatten sie einmal einen Film darüber gesehen, darin hatte ein Mann eine Frau geohrfeigt, und die Lehrerin hatte danach mit ihnen über Gewalt gesprochen.

Das Sorgenpüppchen fiel ihr ein. Ihr Freund Niki hatte es ihr zur Geburtstagsparty mitgebracht. Sie glaubte zuerst, dass er ihr gar nichts schenken wolle, da er ohne Geschenk gekommen war. Erst später, als die anderen Kinder aus ihrer Klasse nach Hause gegangen waren, hatte Niki sein Päckchen geholt. Eigentlich war es ein großes Paket gewesen, mit ganz viel Papier drum herum.

Niki hatte ihr ernst erklärt, dass sie das Püppchen unter ihr Kopfkissen legen müsse, wenn sie Sorgen hätte. Dann seien die Sorgen am nächsten Morgen verschwunden, und alles käme wieder in Ordnung. Sie hatte an ihren kleinen Bruder denken müssen, der dadurch nicht wieder lebendig werden würde, und dass überhaupt nichts mehr in Ordnung war. Aber das hatte Pauline Niki nicht gesagt.

Jetzt nahm Pauline ihr Sorgenpüppchen aus dem Kasten, in dem sie es aufbewahrte, und streichelte ihm über den winzigen Kopf. »Bitte, Püppchen, mach, dass die Eltern sich wieder lieb haben.«

Dann legte sie das Figürchen unter ihr Kissen und presste ihr heißes Gesicht in den frisch gewaschenen Stoff mit den rosafarbenen Mäusen.

Kurze Zeit später schlief sie ein.

6

Maddalena vergrub sich in Arbeit.

Nur das half ihr über den Schmerz hinweg. Sie stand eindeutig unter Schock. Dennoch hatte sie weitergemacht und nur einen Tag Auszeit für das Begräbnis und einen weiteren Nachmittag für den Besuch beim Notar genommen.

Ihr heiß geliebter Vater war Ende Juni, wenige Wochen nach ihrem ersten Arbeitstag als Kommissarin, bei einem Motorradunfall ums Leben gekommen.

Allein der Gedanke an das Sterben ihres Vaters nahm Maddalena die Luft zum Atmen.

War sie mit schuld an seinem Tod?

Sah ihre Mutter das womöglich auch so?

Ein Thema war das bisher nicht zwischen ihnen gewesen. Vermutlich hatten sie es beide bewusst ausgespart. Denn sonst hätten sie auch ihren Streit ansprechen müssen. Beide hatten sie sich Sorgen um Papas Gesundheitszustand gemacht, denn sein Blutdruck schlug wieder mal Kapriolen, und ihn daher vereint gezwungen, den Arzt aufzusuchen. Doch nach ihrem Nachtdienst war Maddalena erschöpft gewesen – und erleichtert, als ihr Vater darauf bestand, die Moto Guzzi zu nehmen, statt sich von seiner Tochter im Dienstwagen fahren zu lassen. Ihrer Mutter war das nicht recht gewesen, und sie waren an jenem Tag nach heftigen Worten unversöhnt auseinandergegangen. Maddalena wäre fast nicht ans Telefon gegangen, als der Anruf ihrer Mutter sie erreichte. Weinend hatte sie ihr vom Unfall ihres Vaters berichtet. Beim Abbiegen auf die belebte Küstenstraße Strada Costiera war er mit seiner Moto Guzzi gestürzt und sofort seinen Verletzungen erlegen.

Maddalena öffnete einen Ordner mit alten Fällen und vertiefte sich in die Unterlagen. Doch sie konnte sich beim besten Willen nicht auf ihre Arbeit konzentrieren.

Ihr geliebter Vater lag begraben auf dem Friedhof in ihrem Heimatdorf, das gut zweihundert Meter über dem Meer auf dem kluftigen Felsen thronte. Einen Grabstein gab es noch nicht. Nur die aufgeworfene Erde, in der das schlichte Holzkreuz steckte, bedeckt mit Kränzen und Gestecken.

Maddalena stand auf und öffnete das Fenster. Schwüle Hitze schlug ihr entgegen, und sie schnappte nach Luft. Schnell schloss sie es wieder und holte den Tischventilator vom Schrank. Die wirbelnde Kühle beruhigte sie. Von ihrem Schreibtisch aus starrte sie hinaus aufs Meer. Weit draußen zog gemächlich ein Frachter oder ein Tankschiff vorbei. Die Möwen keppelten und schrien einander an. Sie konnte ihrem Gezänk durch die geschlossenen Scheiben folgen. Am liebsten hätte Maddalena mit ihnen um die Wette gebrüllt und so ihrem Kummer Ausdruck verliehen. Traurig strich sie eine widerspenstige Locke aus ihrem Gesicht und schluckte tapfer die Tränen hinunter.

Sie musste sich zusammenreißen, erwachsen handeln, durfte sich ihrem Kummer nicht uneingeschränkt hingeben. Vor allem aber musste sie Haltung bewahren. Sie wurde so oder so schon nicht für voll genommen, und ein Zusammenbruch würde ihrem Image, an dem sie hart arbeitete, bloß schaden.

Aber sie vermisste Papa so sehr, diesen großartigen, gütigen Menschen, der ihr so viel beigebracht hatte. Wie gern hätte sie sich jetzt in seine Arme geschmiegt und ihn gefragt, warum er sie so früh hatte verlassen müssen.

»Commissaria, Chefin?«

Von Maddalena unbemerkt, war einer ihrer Mitarbeiter, Piero Zoli, in ihr Büro gekommen.

»Zoli, was gibt es?«

Der Kollege zuckte zusammen und wurde rot. Auf seiner

Stirn schwoll eine Ader an. Ihr Ton war eine Spur zu barsch gewesen, aber daran ließ sich nun nichts mehr ändern.

»Ich habe ge... geklopft, aber ...«, stotterte er verlegen.

Sie zwang sich zu einem Lächeln. »Ist schon gut, Zoli.«

Jetzt erst bemerkte sie, dass sich seine Hand um eine längliche Thermoskanne krampfte. Kamillentee für ihre aufgewühlten Nerven? Selbstverständlich wussten alle über ihren tragischen Verlust Bescheid, und die Gerüchteküche gab noch einiges an Gewürzen dazu. So viel stand fest.

»Danke, nach Kräutertee steht mir jetzt nicht der Sinn. War sicher nett von Ihnen gemeint.«

»Ich habe doch keinen Tee mitgebracht. Wo denken Sie hin? Espresso, Commissaria?«

Sie musterte ihn überrascht. »Den lehne ich nicht ab.«

In Maddalena regte sich Dankbarkeit. Zoli war ein schüchterner Zeitgenosse, von der Natur mit seiner Hakennase und einem schmächtigen Körper nicht eben gesegnet. Sie hatte ihn bisher als sowohl den Kollegen wie auch ihr gegenüber zurückhaltend erlebt.

Ein Lächeln überzog Zolis Gesicht. Eifrig goss er das dunkle Gebräu in eine kleine Espressotasse. Maddalena nahm sie über ihren Schreibtisch hinweg entgegen.

»Das riecht ja köstlich, fast so, als hätten Sie die Kaffeebohnen eben erst frisch geröstet.«

Zoli errötete. »Mama. Meine Mutter. Sie macht den besten Kaffee auf der Welt. Ich meine ... also –«, stammelte er und brach dann befangen ab.

Nach dem ersten Schluck setzte Maddalena die Tasse ab. »Kompliment. Ich gebe Ihnen unumwunden recht. Es ist entschieden der beste Espresso, den ich seit langer Zeit getrunken habe.«

»Ich werde Ihnen, wenn es Sie nicht stört, immer mal wieder eine Dosis davon zukommen lassen.« Er lächelte sie an, und Maddalena lächelte zurück.

»Darüber würde ich mich freuen.«

Das Eis zwischen ihnen beiden war durch diese Geste eine Spur brüchiger geworden. Es ist ein Anfang, dachte Maddalena. Ein Schritt nach dem anderen, nur nichts überstürzen. Immer noch rivalisierten die Kollegen mit ihr, wollten nicht akzeptieren, dass sie als Frau und Neuzugang einem Männerteam vorstand, während Maddalena hartnäckig um ihre Anerkennung kämpfte.

Ihr Arbeitsplatz lag in einer schönen Gegend nahe dem Meer. Obwohl das Gebäude sie äußerlich an ein abweisend streng gehaltenes Militärgefängnis erinnerte, mochte sie es, denn im Inneren angelangt, fand man sich in längst vergangenen Zeiten wieder. An diesen Räumlichkeiten war die Moderne beinahe spurlos vorübergegangen. Alles hier war staubig und alt. Sogar der Geruch erinnerte an unbewohnte Dachkammern, die nie gelüftet wurden. Die Holzwürmer arbeiteten sich durch das Gebälk und die Bretterböden. Die Computer, obwohl ebenfalls nicht die neuesten Modelle, muteten in dieser Umgebung wie futuristische Objekte an.

Dennoch lag für Maddalena durchaus etwas Reizvolles in diesem offensichtlichen Widerspruch zwischen Altem und Neuem.

Gleich am zweiten Tag hatte sie sich zum Erstaunen ihrer Mannschaft einen ergonomischen Stuhl bestellt, um eventuell auftretenden Rückenproblemen vorzugreifen. Hinter dem schweren Holzschreibtisch wirkte er auf interessante Weise deplatziert.

Der Nachmittag zog sich endlos hin, und sie überlegte, ob sie hier nur als Platzhalterin für die Frauenquote angestellt worden war, denn es geschah kaum etwas auf der Insel der Sonne außer ein paar Diebstählen, einem Einbruch in eines der Ferienhäuser und zwei Autounfällen mit Blechschäden.

Es klopfte, und diesmal hörte Maddalena es.

»Herein!«, rief sie wohlwollend, weil sie mit Piero Zoli rechnete.

Doch nicht er, sondern Franjo stand vor ihr. Seine Augen

unter dem hellen Haar funkelten, und Maddalenas Herz schlug schneller.

»Tesoro.«

»Amore.«

Sie sprang auf und eilte auf ihn zu. Erleichtert lehnte sie sich an ihn und ließ sich von seinen Armen umfangen. Wie gut er roch. Endlich kam so etwas wie Vorfreude in ihr auf. Sie hatte ganz vergessen, dass sie zum Abendessen bei Gianni verabredet waren.

Sie runzelte die Stirn. Obwohl sie sich eine gefühlte Ewigkeit durch alte Akten gewühlt hatte, war die Zeit nicht stehen geblieben.

»Bist du so weit?« Franjo hielt sie ein Stück von sich weg und musterte sie eingehend. »Du brauchst ein ordentliches Steak und mindestens eine Ofenkartoffel. Du bist so mager«, stellte er besorgt fest.

»Du weißt, wie schwer es mir seit Papas Tod fällt, ein Essen zu genießen.«

»Trotzdem, Tesoro, du musst bei Kräften bleiben. Ausreichend Nahrung und guter Schlaf sind nun mal die Grundvoraussetzungen dafür. Sonst klappst du irgendwann zusammen. Und das willst du doch nicht.«

Arm in Arm verließen sie das Gebäude und scherten sich nicht um die neugierigen Blicke, die ihnen folgten.

7

Niemand war schuld daran.

Plötzlicher Kindstod, SIDS, hieß ihr Alptraum in der Fachsprache. Die Babys starben im Schlaf. Sie hörten ganz einfach zu atmen auf.

Die Tragödie konnte nicht verhindert werden, doch alle quälten sich mit Schuldgefühlen, glaubten, es hätte an ihnen gelegen, sie hätten etwas übersehen und im entscheidenden Moment versagt. Es gab in Hannahs Familie keine Risikofaktoren. Niemand rauchte, Martin schlief in Rückenlage im eigenen Bettchen, wurde voll gestillt, und trotzdem war es geschehen.

Gerade hatte sie voll bepackt mit Einkaufstaschen die Wohnungstür aufgestemmt, da hörte sie auch schon das Telefon schnarren.

»Warum geht denn niemand dran?«, rief sie verärgert, bis ihr einfiel, dass Friedrich noch im Gericht war und Max und Pauline in der Schule.

Sie stellte die schweren Tüten auf dem Boden ab, schob die Tür mit dem Fuß ins Schloss und betrat das Vorzimmer. Das Läuten hatte inzwischen aufgehört.

»Typisch«, sagte sie.

Max hatte wieder einmal die Einstellungen am Anrufbeantworter verändert, wodurch es ihr jetzt nicht möglich war, zu erkennen, wer angerufen hatte. Sie vermutete, dass es Michaela oder Florian gewesen war.

Da Hannah ohnehin mit keinem der beiden reden wollte, konnte es ihr eigentlich nur recht sein, dass Max alles verstellt hatte. Dadurch war sie aus dem Schneider und musste nun niemanden zurückrufen.

Sie liebte ihren Großen sehr, nur wurde sie in letzter Zeit nicht schlau aus ihm. Genau genommen seit … Sie hielt erschrocken inne und verbot sich jeden weiteren quälenden Gedanken.

Kurz entschlossen ließ sie sich auf einen der kühlen Stühle am Esstisch fallen und zog ihr Handy aus der Tasche ihrer Jacke. Sie wählte Friedrichs Nummer. Es läutete, doch wie so oft in den letzten Monaten hob er nicht ab. Ungeduldig trommelte sie mit dem Mittelfinger auf die Stuhllehne. Tok, tok, tok machte es, tok, tok, tok.

Geh ran, beschwor sie ihn lautlos, rette mich, ich brauche dich.

Nach einer Weile hängte Hannah enttäuscht auf, goss sich ohne Umschweife und völlig automatisch ein großes Glas Cognac ein und setzte zum Trinken an. Mit wohligem Schauer spürte sie, wie sich die Hitze des Alkohols in ihrem Körper verteilte und sie sich langsam entspannte und gleichgültig wurde.

Ist doch einerlei, ob Friedrich mir beisteht, dachte sie. Verloren bin ich so oder so. Nichts wird mir mein Baby zurückbringen. Nichts. Verzweifelt schlug sie mit dem Fuß gegen das Tischbein.

»Au!«, rief sie und war froh darüber, den Schmerz zu spüren. Wenigstens taten jetzt ihre großen Zehen weh und nicht das dumme Herz.

Schnell schenkte sie sich ein weiteres Glas ein. Irgendwo mussten noch die Beruhigungstabletten aus dem Sanatorium liegen, fiel ihr ein, und sie wankte, schon leicht benommen, ins Schlafzimmer.

»Da seid ihr ja, ihr frechen Dinger«, nuschelte sie, als sie die blauen Pillen gefunden hatte, und torkelte zurück ins Esszimmer.

Dort nahm sie vier auf einmal und spülte sie mit dem Cognac hinunter.

Pauline kommt heute erst spät aus der Schule, überlegte sie noch, bis dahin bin ich wieder fit, und Max, hmm … Max …

Dann kippte ihr Kopf nach vorn, und Hannah vergaß für einige Zeit das Grübeln. Ihr Hirn wurde von glitzernden Babybildern überschwemmt.

Leise fing sie zu weinen an.

Ihre Tränen vermischten sich mit ihrer Wimperntusche und rannen in schmalen schwarzen Bächen ihre Wangen hinab.

Zwischendurch schluchzte sie immer wieder hart auf und biss sich auf die trockenen Lippen.

So lange, bis sie Blut schmeckte.

8

Max biss in sein Pausenbrot. Er hockte gemütlich auf einer Parkbank, hatte sein schwarzes T-Shirt mit dem roten Stern ausgezogen und spürte, wie die Sonne seinen Bauch wärmte. Bald war der Unterricht zu Ende.

Schnell rechnete er nach, wie lange er alles in allem brauchen würde und wann er losmusste, um so zu Hause anzukommen, dass es niemandem auffiel, dass er gar nicht in der Schule gewesen war. Mit dem Bus würde es knapp werden, aber er wollte auf alle Fälle noch auf Joey warten.

Er holte den Joint, den er schon vorbereitet hatte, aus der Blechschachtel in seinem zerschlissenen Schulrucksack, zündete ihn an und sog den Rauch tief ein. Joey besaß ein paar Marihuanapflanzen, die sie letzten Sommer heimlich gemeinsam angebaut und deren Blätter sie selbst geerntet und getrocknet hatten.

»Hey, Alter«, lispelte Joey, als sie kurz darauf neben ihm stand, und ließ sich auf seine angewinkelten Knie plumpsen.

»Autsch, du tust mir weh.« Verärgert zog er sie an ihrem Nietengürtel von sich herunter.

»Gib mir auch einen Zug, alles scheiße heute. Hab die Italienisch-Schularbeit verhauen.« Joey wartete nicht ab, sondern nahm ihm den Joint aus der Hand und zog daran.

Max' Handy begann schrill zu klingeln.

»Shit«, sagte er mit Blick auf das Display, »der hat mir gerade noch gefehlt.«

»Wer?« Joey bog das Telefon zu sich und las lachend vor, was dort stand: »Erzeuger.« Dabei stieß ihre Zunge gegen ihre Zahnspange und verwandelte den s-Laut in ein Zischen.

Max hob ab.

Aus Erfahrung wusste er, dass er sich der elterlichen Aufsicht so besser entziehen konnte.

»Hat Mama dich angerufen?«, fragte sein Vater, ohne ihn zu begrüßen.

»Wieso sollte sie?«, blaffte Max ungehalten. »Während des Unterrichts stört sie mich nicht.«

»Mama hat mir in der letzten Stunde viermal auf die Mailbox gesprochen. Sie war aggressiv und ihre Stimme undeutlich und verwaschen.«

»Warum nervst du mich mit dem Schrott, Alter? Kümmere dich selbst darum. Sie ist *deine* Frau.«

Seine Mutter hatte also mal wieder zu tief ins Glas geschaut, und das schon am Vormittag. Das war ja nichts Neues.

Er war so wütend auf sie. Alles drehte sich nur noch um ihren Kummer. Ja, dass Martin zu atmen aufgehört hatte, war schlimm und schrecklich traurig. Für sie alle. Auch er litt unter dem Verlust des kleinen Zwerges. Und Pauline erst recht.

»Bist du schon auf dem Heimweg, Max?« Die Stimme seines Vaters war eindringlich. »Ich komme hier nicht weg. Habe noch eine Verhandlung. Ich möchte nicht, dass Pauline Mama in diesem Zustand sieht.«

»Verstanden«, entgegnete Max trocken. »Dann schwänze ich hiermit offiziell und mit der Genehmigung eines Richters den Nachmittagsunterricht.« Er beendete das Gespräch und warf sein Handy ins Gras. »Die blöden Alten. Die bringen nichts auf die Reihe.«

Er nahm Joey den Joint ab, warf ihn nach zwei tiefen Zügen auf den Boden und zertrat den Stummel mit der Schuhspitze.

Warum muss Mama bloß alles kaputt machen, fragte er sich still.

»Ich muss los.«

»Dachte ich mir schon.« Joey wollte ihm einen Kuss auf die Wange drücken, aber er wandte sein Gesicht ab, und der Kuss landete in der Luft.

So schnell er konnte, hastete er zur Bushaltestelle. Wenn er Glück hatte, war er noch vor seiner kleinen Schwester zu Hause.

Die Wohnungstür war nicht verschlossen. Auf den ersten Blick erkannte er, dass Pauline noch nicht da war.

Es war still.
Zu still.
»Hannah?«
Seine Mutter lag mit dem Kopf, das Gesicht auf den Händen, auf dem Esstisch und schlief. Sie schnarchte leise. Das Glas neben ihr war umgekippt, und die hellbraune, scharf riechende Flüssigkeit war ins Tischtuch eingesickert. Ihre große Zehe war blutverschmiert.
»Mama«, rief er erschrocken, »was ist denn, bitte wach auf!«
Er packte seine Mutter an den Schultern und rüttelte sie. Ihr Kopf baumelte immer wieder nach vorne.
»Mama!«, rief er und bekam es mit der Angst zu tun. Gleichzeitig war er auch stinksauer auf sie.
Er wusste zwar, dass sie seit Martins Tod zu viel trank, aber so hatte er sie noch nie gesehen. Die Besäufnisse seiner Mutter waren in ihrer Familie ein wohlgehütetes Geheimnis, und dass sein Vater das Problem ihm gegenüber ansprach, war bis heute noch nie vorgekommen.
Max hatte inbrünstig gehofft, sie hätte sich inzwischen besser im Griff. Sie war doch nach Martins Tod wegen der Trauerbewältigung in einem Sanatorium gewesen.
»Scheiße«, fluchte er. »Hannah, was soll ich denn jetzt bloß tun?« Er atmete tief durch. »Pauline kommt jeden Moment aus der Schule.« Verzweifelt packte er seine Mutter unter den Achseln und wollte sie hochziehen, aber sie war zu schwer. Schlaff und unbeweglich wie ein Mehlsack hing sie im Stuhl.
Unter dem Esstisch rollte ein Fläschchen mit Tabletten hervor, und Max erschrak.
Womöglich hatte seine Mutter sich vergiftet und war ohnmächtig geworden?
»Bitte sag was, Mama, bitte!«, rief er und holte schnell sein Handy aus dem Schulrucksack.
Mit zittrigen Fingern wählte er die Nummer seines Vaters. Nervös strich er über seinen Irokesenkamm und wartete. Es meldete sich nur die Mobilbox.

»Papa, ruf mich sofort zurück, es ist was mit Mama. Ich kriege sie nicht wach!«, rief er und rüttelte erneut an seiner Mutter. Doch anstatt aufzuwachen, gab Hannah nur gurgelnde Laute von sich, und da bekam Max es wirklich mit der Angst zu tun.

Er wählte den Notruf.

Die beruhigend auf ihn einwirkende Stimme am anderen Ende der Leitung fragte ihn genau nach dem Zustand seiner Mutter, wo und wie sie lag, und gab ihm dann präzise Anweisungen, wie er sich zu verhalten habe. Er musste sie ständig ansprechen und durfte sie keine Minute aus den Augen lassen.

Erleichterung stieg in ihm auf, als er kurz darauf die Rettung kommen hörte. Ein Einsatzfahrzeug raste mit Blaulicht und Sirenengeheul in den begrünten Hof der Terrassensiedlung. Aufgeregt winkte er vom Balkon hinunter. »Hier!«, rief er.

Die Situation erinnerte ihn an die Nacht, als Martin gestorben war. Die Bilder standen ihm jetzt wieder lebhaft vor Augen, und er fühlte sich mit einem Mal völlig hilflos. Seine Kehle wurde eng, und er musste heftig schlucken.

Was, wenn seine Mutter es nicht schaffte?

9

Maddalena schlenderte Arm in Arm mit Franjo die Promenade, in Grado »Diga« genannt, entlang. Unter ihnen wogte das Meer. Auf den Wellen kräuselte sich Schaum und stob in weißen Flocken durch die Luft.

»Es scheint weit draußen ein Unwetter gegeben zu haben«, mutmaßte Franjo.

»Sieht ganz danach aus. Aber hier ist davon nichts zu bemerken. Die Sonne knallt vom Himmel, und es regt sich kein Lüftchen.«

Maddalena wischte sich erschöpft den Schweiß von der Stirn. Die Anstrengungen der letzten Tage forderten ihren Tribut. Sie konnte es noch immer nicht fassen, fühlte sich zerschlagen und in hilfloser Traurigkeit gefangen.

»Setzen wir uns kurz.« Franjo wies auf eine der steinernen Bänke.

»Ich packe das alles einfach nicht«, murmelte sie und schmiegte sich an ihn.

»Niemand würde eine solche Nachricht so leicht wegstecken, Tesoro.«

Maddalena gelang es nicht, die Tränen zurückzuhalten. Sie strömten über ihre Wangen. Franjo zog ein zerknülltes Papiertaschentuch aus seiner Hosentasche und tupfte damit über ihr Gesicht.

»Lass es raus«, sagte er leise und zog sie noch enger an sich.

Nach dem plötzlichen Tod ihres Vaters hatte Maddalena bei der Testamentseröffnung völlig unvorbereitet vom Notar erfahren, dass ihre Eltern nicht ihre leiblichen Eltern waren. In einer eisigen Winternacht war sie den beiden im wilden Schneegestöber vor die Tür gelegt worden. Sie war damals erst wenige Wochen alt gewesen, blau vor Kälte und eingemummelt in ein graues Wolltuch. Als der Notar seine Ausführungen beendet hatte, konnte sie es erst nicht glauben.

»Mutter, das ist ein böser Scherz? Sag, dass das nicht stimmt. Was soll das Gerede?«

Aber ihre Mutter hatte nur stumm den Kopf geschüttelt und sie dabei nicht angesehen.

Maddalena hatte, als die Erkenntnis langsam in sie einsickerte, dass alles, was der Notar soeben enthüllt hatte, stimmte, vor Schmerz laut aufgeweint. Die beruhigenden Worte des Notars mit heftigen Handbewegungen abwehrend, war sie aufgesprungen und einige Zeit unbewegt im Raum stehen geblieben. Ihre Mutter hatte die ganze Zeit über schweigend, blass und ohne eine Miene zu verziehen, dagesessen.

»Ich verstehe das nicht.« Maddalena hatte ihre Mutter an

der Schulter gepackt. »Aus welchem Grund bitte habt ihr mich belogen, mir nie davon erzählt? Ich bin eine erwachsene Frau. Ich hätte die Wahrheit verkraftet. Was ist bloß in euch gefahren, mich so zu täuschen?«

»Mein Mädchen, Maddy.« Der Blick ihrer Mutter hatte sich auf sie geheftet. »Papa hat darauf beharrt.«

»Papa?«

Da war die gefühlskalte Frau, die sich ihre Mutter nannte, aufgestanden und hatte sie an sich gezogen.

»Maddy, du warst immer unser Kind, das größte Glück in unserem Leben. Jede einzelne Sekunde haben wir dich lieb gehabt. Verzeih mir bitte, dich nicht in unser Geheimnis eingeweiht zu haben. Wir haben oft darüber gestritten. Dir die Wahrheit über deine Herkunft zu verschweigen ist uns sehr schwergefallen.«

Nach und nach hatte Maddalena ihre Fassung wiedergewonnen und ihre Mutter nach den genauen Umständen gefragt. Viel gab es darüber jedoch nicht zu erzählen. Niemand hatte jemals erfahren, wer ihre leiblichen Eltern waren.

Franjo strich behutsam die Tränen unter ihren Augen weg. »Tesoro, dadurch hast du wenigstens eine Erklärung dafür, warum du dich in Santa Croce von jeher wie ein Kuckucksei gefühlt hast.«

Es stimmte, sie war schon als kleines Mädchen eine Außenseiterin gewesen, hatte nie mit den anderen Kindern im Dorf gespielt und sich stattdessen, kaum dass sie lesen konnte, in Büchern vergraben.

»Wer bin ich, woher komme ich, wo sind meine Wurzeln?« Maddalena schluchzte auf.

»Ist das denn so wichtig? Hier bist du, bei mir. Das allein zählt.«

»Es ist eigenartig. Wenn ich wegen Papa weine, habe ich den Eindruck, um einen Fremden zu trauern. Sogar mein Schmerz fühlt sich auf einmal falsch an.«

»Nimm es als Chance. Erfinde dich neu.«

Das verstand sie nicht. Zorn regte sich.

»Franjo, hör bitte auf, solche Phrasen von dir zu geben. Ich bin immer noch dieselbe. Mein Rundherum hat sich verändert. Ich will mich gar nicht neu definieren. Wie käme ich dazu? Passt dir an mir womöglich irgendetwas nicht? Wenn ja, spuck es besser gleich aus, bevor ich in die Luft gehe.«

»Du verstehst mich komplett falsch, Tesoro. An dir gibt es nicht den leisesten Deut zu verändern. Bleibe bitte so, wie du bist. Ich liebe dich uneingeschränkt, meine kleine Heißläuferin.«

Allmählich beruhigte Maddalena sich.

Sie dachte erneut an den Tag zurück, an dem die Erkenntnis, nicht das Kind ihrer Eltern zu sein, ihr den Boden unter den Füßen weggezogen hatte. Der Notar hatte ihr eröffnet, dass sie neben einer nicht geringen Summe Bargeld die Moto Guzzi ihres Vaters erben sollte. Maddalena liebte das Motorrad, mit dem sie früher selbst des Öfteren gefahren war und das den Unfall nahezu unbeschadet überstanden hatte. Ihrer Mutter hatte die Verfügung des Vaters jedoch nicht gepasst.

»Schatz, ich will nicht auch noch dich verlieren. Bitte sei vernünftig und lass die Moto Guzzi in Santa Croce in der Garage stehen. Dahin gehört sie und nicht auf die belebte Straße zwischen Triest und Grado.«

»War es nicht der letzte Wille meines Nicht-Vaters, dass ich das Motorrad bekomme?«, hatte sie schnippisch gekontert und an den Notar gewandt das Thema gewechselt.

»Tesoro, lass ein wenig Zeit verstreichen. Du wirst sehen, alles wird gut.«

Maddalena verdrehte innerlich die Augen. Manchmal fachte seine mitfühlende Art ihre Gereiztheit nur noch mehr an. »Franjo, ich habe nicht mal einen richtigen Fall. Außer lausiger Büroarbeit steht bei der Arbeit nichts an.«

»Sei froh. Ich hingegen muss ständig die Küche neu erfinden. Die Konkurrenz ist groß und schläft leider nicht.«

Das stimmte Maddalena, die über seine Anstrengungen, den

Überlebenskampf als gekrönter Sternekoch zu bestehen, nur allzu gut Bescheid wusste, milde.

Ihre Hände umfassten das Gesicht ihres Liebsten.

»Amore, ich liebe dich.«

10

Pauline schleppte ihren Schulrucksack die kurze, steile Anhöhe zur Wohnanlage hinauf. Der Schweiß stand ihr auf der Stirn, und sie hatte ein mulmiges Gefühl im Bauch. Heute war das Diktat zurückgegeben worden, und sie hatte ein »Ungenügend« bekommen.

Obwohl Niki, der hinter ihr saß, ihr immer wieder die richtige Buchstabenfolge zugeflüstert hatte, war sie zu aufgeregt gewesen, die Wörter richtig hinzuschreiben. Früher war Pauline in Rechtschreibung gut gewesen, jetzt verwechselte sie alles und konnte die Buchstaben nicht mehr richtig anordnen.

Ihre Eltern hatten sich schon länger nicht mehr erkundigt, wann denn der nächste Test wäre. Eigentlich übte Papa immer mit ihr die Wörter, aber er hatte es wohl vergessen. Sie hatte ihn auch nicht bitten wollen. War er daheim, saß er angestrengt über seine Akten gebeugt in seinem Arbeitszimmer und wollte nicht gestört werden. Mama schlief die meiste Zeit, wahrscheinlich träumte sie dann von Martin.

Über ihren toten kleinen Bruder durfte Pauline mit ihrer Mutter nicht reden, obwohl sie gern über ihn gesprochen hätte, aber ihr Vater wollte das nicht.

»Du machst Mama damit nur noch trauriger«, hatte er ihr erklärt.

Hoffentlich schimpfen sie nicht wegen der schlechten Note, dachte Pauline, als sie über die letzte Stufe ins Haus hineinsprang.

Im Treppenhaus war es angenehm kühl.

Sie wollte die Wohnungstür öffnen, aber es war abgeschlossen.

»Komisch«, überlegte sie laut. Eigentlich sollte Mama doch da sein. Sie rüttelte an der Türklinke, klopfte und rief: »Mama, Mama, ich bin da! Mama, mach auf!«

Wahrscheinlich war ihre Mutter bloß müde geworden und hatte sich hingelegt, aber warum war dann abgesperrt?

Sie wusste doch, dass Pauline keinen Schlüssel hatte.

Das war auch so eine Sache, die ihr Kummer bereitete. Die meisten Kinder in ihrer Klasse hatten schon einen eigenen Haustürschlüssel, obwohl sie ihn gar nicht wirklich brauchten. Sie dagegen bekam keinen, weil ihre Eltern nicht wollten, dass sie ein »Schlüsselkind« war. Sie wäre aber liebend gern eines gewesen.

Sie überlegte, was sie tun sollte. Ein Handy hatte sie auch nicht, sie konnte also nicht einmal in der Wohnung anrufen oder bei Mama, Papa oder Max. Und Niki, der im Nachbarhaus wohnte, kam heute zwei Stunden später nach Hause, da die Jungen noch Turnunterricht hatten.

Sie könnte hinübergehen und schauen, ob seine Mama schon zu Hause war, oder mit dem Autobus zu Papa ins Gericht fahren, aber dort waren so viele Leute, und sie stand dann nur im Weg herum.

Sie ging nach draußen und durchquerte den Innenhof der Wohnanlage. In der prallen Sonne war es heiß, daher rollte sie den rosafarbenen Stoffgummi von ihrem verschwitzten Handgelenk und flocht sich schnell und mit geübten Griffen einen dicken Zopf. Da wurde sie jäh aus ihren Gedanken gerissen.

»Kleine, bleib stehen!«

Lasse, der Sohn des Hausmeisters, baute sich vor ihr auf. Er hatte rote Haare und machte gern Witze, über die sie nicht lachen konnte. Trotzdem mochte sie ihn. Mama, Papa und Max wollten nicht, dass sie mit ihm sprach, denn sie meinten, Lasse wäre ein schlechter Umgang für sie. Dabei schenkte er ihr oft ein Eis und manchmal auch bunte Haargummis.

»Die haben deine Mama abgeholt. Mit der Ambulanz. Alle reden darüber. Hat wohl einen über den Durst getrunken.«

Erschrocken sah sie ihn an. »Meine Mama ist doch nicht gestorben? Bitte sag mir, dass sie noch lebt.«

Lasse zog sie fest an ihrem Zopf. »Das kann ich nicht wissen. Aber wird schon nicht so schlimm sein«, sagte er. »Wo willst du überhaupt hin?«

»Ich weiß nicht«, antwortete sie, und ihre Stimme klang ganz piepsig. »Es ist niemand zu Hause.«

»Es haben dich also alle vergessen? Das heißt, du bist ganz allein?«

Pauline spürte, wie ihr Hals eng wurde, so eng, dass sie kaum Luft bekam.

»Jetzt fang doch nicht gleich an zu flennen. Du kannst mit zu mir kommen und bei mir warten, ich zeig dir ein neues Spiel auf meinem Computer.«

Das durfte Pauline nicht. Aber es war keiner da, der es ihr verbieten konnte.

Schüchtern streckte sie ihre Hand nach der von Lasse aus.

Das letzte Mal, als die Rettung bei ihnen gewesen war, hatte Martin nicht gerettet werden können.

Pauline hatte Angst.

11

»Fuck!«, fluchte Max.

Tränen überschwemmten seine Augen und liefen geradewegs auf seine Mundwinkel zu, dort fing er sie mit der Zunge auf und wunderte sich darüber, wie salzig sie schmeckten. Störrisch wischte er mit einem Zipfel seines T-Shirts über sein Kinn.

Er war so zornig auf seine Mama.

Nein, auf Hannah, korrigierte er sich.

»Mama« hatte er seine Mutter schon länger nicht mehr genannt.

Warum wollte sie bloß nicht zu trinken aufhören?

Warum ließ sie ihn so hängen?

Was konnte er dafür, dass sein kleiner Bruder tot war?

Seither war ihrer aller Leben durcheinandergeraten.

Und sein Vater? Der kümmerte sich um keinen anderen als um sich selbst und seine verdammten blöden Verhandlungen.

»Max, es tut mir leid, dass ich nicht da war, ich hätte dir das so gern erspart«, hatte er zu ihm gesagt, als er endlich auf der Station aufgetaucht war, und ihn in seine Arme ziehen wollen. Aber das ließ Max nicht zu. Unsanft hatte er ihn von sich weggestoßen.

»Lass mich bloß in Ruhe!«

Dann hatte er zu weinen begonnen und sich hastig umgedreht, damit sein Vater es nicht sehen konnte. Irgendetwas nahm ihm die Luft zum Atmen, und er musste mit aller Kraft die sich ihm gewaltsam aufdrängenden Bilder in den hintersten Winkel seiner Erinnerung zurückschieben.

Überall hatte es scharf nach Desinfektionsmittel gerochen.

»Ich gehe da nicht hinein. Vergiss es!«, hatte er seinen Vater angebrüllt, als der mit ihm das Krankenzimmer seiner Mutter betreten wollte. Schließlich war er doch mit hineingegangen.

Drinnen empfingen ihn komische Geräusche und ein monotones Piepen.

»Da hat sie noch einmal Glück gehabt, das hätte auch schiefgehen können«, hatte eine Krankenschwester zu seinem Vater gesagt. »Ihre Frau hatte drei Komma eins Promille Alkohol im Blut, und ihr Benzodiazepin-Wert ist sehr hoch. Wir haben ihr den Magen ausgepumpt und sie vorerst stabilisiert.«

Max war näher herangegangen und hatte auf die schmale Gestalt seiner Mutter geschaut, die vor ihm im weißen Bett lag. Seitlich hing ihr ein Schlauch aus dem Mund. Sie war so blass, dass sie sich kaum vom hellen Stoff des Kissens abhob.

»Hannah.« Sein Vater hatte die Hand nach ihr ausgestreckt,

nachdem die Krankenschwester hinausgegangen war. Vorsichtig strich er mit den Fingerkuppen über die ihre, und es kam Max vor, als würden die Finger seiner Mutter leicht zittern.

Wieder hatte er gespürt, wie Mitleid und gleichzeitig Zorn in ihm hochstiegen.

»Warum tust du uns das an?«

Er war selbst überrascht, wie laut er es gesagt hatte. Abrupt hatte er sich umgedreht und war davongelaufen. Erst unten in der Halle war er stehen geblieben.

Jetzt wählte er Joeys Nummer.

»Gibt's was zum Rauchen?«, fragte er und lachte, überrascht von seinem eigenen Mut, ins Telefon. »Mir reicht es jetzt. Ich dröhne mich zu. In fünfzehn Minuten im Park. Okay?«

Bevor die verblüffte Joey auch nur ein Wort erwidern konnte, hatte er aufgelegt. Die grünen Kacheln im Foyer des Krankenhauses wirbelten auf ihn zu, als er ins Freie lief.

Mit dem Bus an der Haltestelle beim Park angekommen, sprang er mit einem Satz auf den Gehsteig.

Schnell bog er um die nächste Ecke und stieß mit einer Frau zusammen, die einen Kinderwagen vor sich herschob.

»Pass doch auf«, schimpfte sie aufgebracht, und anstatt sich zu entschuldigen, zeigte Max ihr den Vogel.

»Pass doch selber auf!«

Als Joey wenig später auf ihn zuhüpfte und »Hey, Max!« grölte, zuckte er zusammen, denn mit einem Mal fiel ihm seine kleine Schwester wieder ein, die Nervensäge.

Shit, dachte er, Pauline. Wir haben Pauline vergessen!

Wieder schnürte Angst seine Kehle zu.

Er stieß Joey, die schon auf seinem Knie auf und ab schaukelte und ihm mit der Hand die Haare zerstrubbelte, unsanft auf die Bank und rief ihr über die Schulter hinweg zu: »Muss noch was erledigen, ich komm später wieder, dann rauchen wir das Gras.«

Er konnte hören, wie Joey ihm mit ganz schriller, hoher Stimme etwas nachrief, und nichts Freundliches, wie es schien.

Aber das war Max egal. Er hastete die staubige Straße entlang und atmete die heiße, trockene Luft des frühen Nachmittags ein.

Seine Kehle fühlte sich ausgedörrt an, und er verspürte unerträglichen Durst. Er musste sich beeilen. Hoffentlich irrte seine Schwester jetzt nicht verzweifelt durch die Gegend, weil ihr nach der Schule niemand die Tür geöffnet hatte. Sein Vater war ein solcher Idiot. Beide Eltern konnten sich die Hand geben. Von Verantwortungsgefühl ihren Kindern gegenüber nicht die geringste Spur.

Er sah Pauline schon von Weitem, kaum dass er die Wohnanlage betreten hatte.

»Max, da bist du ja endlich!« Barfuß und nur mit ihrer Unterwäsche bekleidet rannte sie auf ihn zu und warf sich in seine Arme. »Wie hast du mich gefunden?«

Er drückte sie heftig an sich und atmete den Duft ihres Shampoos ein. Dass Pauline so spärlich bekleidet im Hof herumlief, war ihm ein Dorn im Auge. Sie befanden sich schließlich nicht im öffentlichen Schwimmbad, und außerdem war seine Schwester nicht mehr drei Jahre alt.

Von unterschiedlichen Gefühlen überwältigt, schwenkte er sie kurz im Kreis herum. Es roch nach Sommer, Zitronenfalter schwirrten über den Blumenbeeten, und man konnte Hummeln brummen und Bienen summen hören.

»So, Monster, wir gehen nach Hause«, sagte er streng und sah sich nach ihren Sachen um.

»Max«, rief Pauline, und die Fragen sprudelten nur so aus ihr heraus. »Geht es Mama schon besser? Wann kommt sie wieder heim? Darf ich sie im Krankenhaus besuchen? Sie stirbt doch nicht? Lasse hat mir alles erzählt.«

Lasse? Das war doch der widerliche Sohn des Hausmeisters. Der tickte eindeutig nicht richtig. Max konnte ihn nicht ausstehen. Er fand keinen Draht zu ihm. Schon als er klein war, hatte er ihn gemieden. Einen wirklichen Grund dafür konnte er nicht angeben.

»Pauline, ich hoffe, du warst nicht bei dem Kerl zu Hause?«

»Nur kurz. Er hat mir ein Entchenspiel am Computer gezeigt. Was ist mit Mama?«

»Die kommt bald wieder.« Max bemerkte, wie verlegen seine Schwester war. »Lasse ist viel zu alt für dich, hörst du? Er soll sich gefälligst mit Jugendlichen seines Alters abgeben. Außerdem ist er ein Schläger. Wo sind übrigens deine Klamotten? Sag nicht, dass du sie bei ihm gelassen hast.«

»Nein. Natürlich nicht. Da sind sie. Unter dem Fliederstrauch. Max, alle waren fort, und mir war heiß und so langweilig. Und ich hatte Angst um Mama.«

»Schon gut. Zieh dich an und komm mit mir nach oben. Und lauf bitte nie wieder ohne Kleidung zwischen den Häusern herum. Das ist nicht der richtige Ort dafür. Verstanden? Versprichst du mir das?«

»Ja«, antwortete Pauline kleinlaut. »Aber du bist weder Papa noch Mama. Also führ dich nicht so auf.«

Während seine Schwester in ihr Kleid schlüpfte und die Sandalen überstreifte, nahm Max sich fest vor, Lasse demnächst eine zu verpassen. Der Kerl sollte Pauline in Ruhe lassen.

»Komm jetzt. Papa wird gleich vom Krankenhaus zurück sein, und du hast noch nichts gegessen.«

»Lasse hat mir Nutellabrote geschmiert, und ein Trockenwürstchen gab es auch. Er ist nicht so schrecklich, wie du denkst.«

Max war entschieden anderer Meinung, aber er hielt vorerst den Mund.

12

Zunächst noch bruchstückhaft und ungenau begann Hannah ihre Umgebung wahrzunehmen. Ihr Kopf dröhnte – spitze Stiche in den Schläfen, Hammerschläge gegen die Stirn, anhaltendes Ziehen im Nacken. Ihr Mund war staubtrocken und fühlte sich pelzig an, die Zunge rau wie ein Putzlappen. Eine durchdringende Übelkeit schnürte ihr die Kehle zu.

Wo war sie?

Und wo um alles in der Welt war ihr Baby?

Mein Martin.

Sie konnte sich nicht daran erinnern, was geschehen war, und spürte mehr, als dass sie wusste, dass irgendetwas Verhängnisvolles passiert war.

Hatte sie einen Autounfall gehabt?

Je mehr sie sich bemühte, sich zu erinnern, desto stärker wurde der Schwindel in ihrem Kopf. Ein Wirbelsturm, der sie gnadenlos im Kreis drehte.

Sie spürte, wie etwas an ihrem Unterarm entlangrieb. Es war, als würde die Tatze einer Katze mit scharfen Krallen über ihre Haut kratzen. Sie wollte »Au!« rufen, bekam aber kein Wort heraus, und im selben Moment hörte sie Friedrichs Stimme. Er sprach mit jemandem, einer Frau. Oder war es ein Mann? Die Stimmen wurden undeutlich und schienen sich zu entfernen.

Sie versuchte, sich wieder an die Oberfläche zu kämpfen.

»Friedrich, geh nicht fort«, wollte sie sagen, brachte aber keinen Ton hervor.

Hannah musste sich anstrengen, um ihre verklebten Wimpern zu lösen und die Augen zu öffnen. Als es ihr schließlich gelang, war sie von der Helligkeit des Raumes geblendet. Der schemenhafte Umriss verschärfte sich nur langsam.

Max stand über sie gebeugt und musterte sie forschend aus seinen grauen Augen. Widerwille und Abscheu zeichneten sich auf seinen Gesichtszügen ab.

Was musste der Junge bloß denken?

Hannah schloss tief beschämt ihre Augen. Erneut entfernten sich die Stimmen, und sie versank in der wohltuenden Stille samtig weicher Dunkelheit.

13

Maddalena streckte sich.

Rapport beim Alten. Das gesamte Team sollte sich bei ihm im Büro versammeln. Das hatte ihr gerade noch gefehlt.

Piero Zoli, Guido Lippi und drei weitere Kollegen warteten schon auf sie. Der Raum roch nach abgestandenem Dunst.

Wurde hier nie gelüftet?

Comandante Achille Scaramuzza schritt unruhig hinter seinem Schreibtisch auf und ab.

»So.« Seine Stimme dröhnte durch den Raum. »Und nun geht es ans Eingemachte.«

Direkt unter einem ausladenden Geweih, das die rückwärtige Wand zierte, blieb er stehen. Es sah aus, als hätte er einen zweiten Kopf. Maddalena musste sich beherrschen, nicht laut loszuprusten. Das sah wirklich allzu albern aus. War er etwa Großwildjäger? Ein heimischer Hirsch war das jedenfalls nicht.

Mit dem Zeigefinger deutete Scaramuzza auf sie. »Mit der nicht vorhandenen Kleiderordnung hat es wohl jemand allzu ernst genommen.« Er lachte. »Durch Ihre schicke Aufmachung, Commissaria, unterscheiden Sie sich wenigstens nicht von unserer Klientel. Man wird schnell Vertrauen zu Ihnen fassen.«

Alle Blicke richteten sich auf sie und musterten ihre Jeans, das Shirt und ihre Boots. Unwillkürlich errötete Maddalena bis unter den Haaransatz. Kampfeslustig sah sie ihrem Chef in die Augen.

»Comandante. Sie haben uns hergebeten, um etwas zu besprechen?«

»Gut beobachtet. Wir haben in dieser Vorsaison zum Glück eine ruhige Kugel geschoben. Das dürfte unserer jungen Commissaria den Einstieg ungemein erleichtert haben. Sie konnte sich in Ruhe mit ihrem neuen Tätigkeitsbereich beschäftigen. Jetzt aber beginnen die Ferien in Österreich und in manchen Teilen Deutschlands. Lippi«, er wandte sich an Maddalenas pummeligen Kollegen, »was bedeutet das für uns?«

Guido Lippi nahm Haltung an und sagte beinahe feierlich: »Das heißt so viel wie: Schluss mit lustig. Jetzt kommt Arbeit auf uns zu. Anpacken ist die Devise, und keine Däumchen mehr drehen.«

»Danke, mein Bester. Einfacher und klarer hätte selbst ich es nicht formulieren können. Und Sie, Commissaria, können sich schon mal auf die ab nun zu erledigenden Aufgaben vorbereiten, indem Sie sich mit Guido Lippi zusammensetzen. Er wird Ihnen erklären, was uns im Sommer erwartet. Wenn die Touristen in Schwärmen über Grado herfallen, gibt es einiges zu tun. Lippi, ich kann mich auf Sie verlassen?«

Lippi sah Maddalena überheblich an. »Selbstverständlich. Das können Sie immer, Comandante. Und ich kann mir im Moment nichts Aufregenderes vorstellen, als meine Erfahrungen mit unserer Chefin zu teilen.«

Er klang so selbstzufrieden, dass Maddalena ihm am liebsten eine gescheuert hätte. Da sie so aber niemals reagieren würde, dieser Peinlichkeit durfte sie sich nicht aussetzen, erwiderte sie bloß eisig: »Lippi, ich erwarte Sie in fünf Minuten in meinem Büro«, nickte Scaramuzza knapp zu und verließ erhobenen Hauptes den Raum.

Höchstwahrscheinlich hätte sie den Job doch nicht annehmen sollen, bei all der unverhohlenen Abwehr, die ihr täglich entgegenschlug.

Kaum dass Maddalena an ihrem Schreibtisch saß, wurde schüchtern angeklopft.

Piero Zoli trat ein und reichte ihr verlegen eine Tasse Espresso. »Ich will nicht stören, Chefin, aber ich dachte, diese kleine Stärkung könnten Sie jetzt brauchen.«

Dankbar nickte Maddalena. »Das ist sehr aufmerksam von Ihnen, Zoli. Ich weiß das zu schätzen.«

Und auf einmal fühlte sich der Tag besser an.

14

Irgendwo auf dem Nachttisch befand sich ein kleines Döschen mit Tigerbalsam.

Als Hannah es gefunden hatte, verrieb sie einen Klecks der intensiv und frisch riechenden Paste unter ihrer Nase und an den Schläfen. Ätherische Öle wurden freigesetzt, und der scharfe Mentholduft brachte sie zweimal hintereinander heftig zum Niesen.

Sie klingelte nach der Schwester und bat sie, ihr einen Handspiegel, einen Tee und Schmerzmittel zu bringen und die Vorhänge zu schließen. Dann lachte sie gekünstelt auf. »Und vergessen Sie bitte den zehn Jahre alten Tullamore Dew nicht, den wir im Keller eingelagert haben.«

Die Schwester konterte unerwartet schlagfertig und ein klein wenig spöttisch: »Tut mir leid, werte Dame, heute ist nur Johnnie Walker im Dienst, und der bereitet sich leider gerade auf die nächste Notoperation vor. Allerdings wird Rémy Martin nach der Visite in der ersten Klasse selbstverständlich kurz nach Ihnen sehen.«

Die Schwester blinzelte ihr zu und ging mit wippendem Pferdeschwanz zur Tür hinaus.

Hannah sank zurück in ihre Kissen und dachte an Max, Pauline und Friedrich, und unvermeidlich schlich sich Martin in ihre Gedanken. Sie spürte, wie ihr Herz sich verkrampfte.

Es war ja nicht so, gestand sie sich unumwunden ein, dass sie dem jetzt nicht gern mit einem klitzekleinen Schlückchen Whiskey abgeholfen hätte.

Aber daraus wurde nichts, denn es war an der Zeit, aufzuhören, beschloss sie zuversichtlich und überlegte – nun schon wieder etwas weniger enthusiastisch –, wie sie das am besten anstellte.

Sie sollte es wirklich schaffen, denn immerhin stand viel auf dem Spiel. Mit Friedrich würde sie reden müssen und mit den Kindern ebenfalls.

Plötzlich schossen ihr Tränen in die Augen.

Was, wenn sie niemals über den Tod ihres Babys hinwegkommen würde?

Was, wenn ihre Ehe nicht mehr zu retten war?

Was, wenn Friedrich sich zur Trennung oder gar Scheidung entschloss?

Was, wenn sie das Bedürfnis nach Alkohol nicht loswerden konnte, wenn alle Kraft, alle Freude sie gänzlich verließen?

Beruhigungsmittel wären jetzt gut, dachte sie etwas wehmütig.

Die nette Schwester brachte ihr Tee und Schmerzmittel, hatte aber den Handspiegel vergessen, und so quälte Hannah sich mühsam aus ihrem Bett, schlüpfte in ihre hellblauen Hausschuhe und schlurfte ins nahe gelegene Badezimmer.

Jeder Knochen tat ihr weh, und als sie sich im Spiegel betrachtete, erschrak sie über die fahle Blässe in ihrem Gesicht. Tiefe dunkle Ringe umschatteten ihre glanzlosen Augen, um die sich zudem etliche Fältchen gebildet hatten. Ihre Nase, die üblicherweise als klassisch bezeichnet wurde und mit der sie sonst nicht unzufrieden war, stach jetzt spitz hervor. Schmal war sie geworden, und sie sah so traurig aus. Ihre blond gefärbten Haare hingen in fettigen Strähnen kraftlos herab, und ihr tizianroter Ansatz war rechts und links vom Seitenscheitel mindestens fünf Zentimeter breit.

Was war nur in sie gefahren, dass sie sich zu Martins Beerdigung die Haare blond hatte färben lassen?

Zu allem Überfluss war sie in letzter Zeit nicht mehr zum Friseur gegangen, hatte nur noch selten das Haus verlassen und sich sichtlich vernachlässigt.

»So kann es wirklich nicht mehr weitergehen«, murmelte sie halblaut. Sie musste wieder beginnen, auf sich zu achten, sich zu pflegen.

Doch wofür nur? Was hatte sie denn noch, wofür es sich zu kämpfen lohnte?

Manchmal, in einem Moment wie diesem, gestand sie sich

ein, dass sie einfach nicht mehr weitermachen wollte. Aber sie musste sich zusammenreißen, schon der beiden Kinder wegen.

Als sie wieder auf ihrem Bett lag und die Tür geöffnet wurde und ihr Bruder hereinkam, brachte sie nur ein kleines, schiefes Lächeln zustande.

»Hannah, meine Kleine.« Florian streichelte ungeschickt über ihre Wange. »Ich mache mir Sorgen um dich.«

Er legte ein paar Zeitschriften auf ihr Nachtkästchen und wickelte umständlich einen Strauß hellgelber Rosen aus dem Papier.

»Ach, Florian, ich werde schon wieder. Keine Angst, ich bin zäh, das weißt du.«

Er drückte sie fest an sich und gab ihr einen Kuss auf die Wange. »Versprich mir, dass du in Zukunft besser auf dich aufpasst.«

»Das mache ich«, antwortete sie eifrig, war sich da aber nicht so sicher.

15

Maddalena dachte angestrengt nach. Sie musste ihrem neuen Chef begreiflich machen, dass er sich ihr gegenüber ständig im Ton vergriff. Vor den Kollegen machte er sie herunter, verhöhnte sie geradezu.

So konnte sie kein funktionierendes Team aufbauen.

»Tesoro.« Franjo rüttelte sie. »Denkst du schon wieder an den Alten?«

»Amore, mir bleibt nichts anderes übrig. Er behandelt mich, als wäre er mein Vormund und ich bereits entmündigt. Ich leite eine Abteilung, und er setzt alles daran, das Vertrauen meiner Mitarbeiter in mich zu unterlaufen. Warum hat dieser Macho mich eingestellt?«

»Wie oft haben wir das schon durchgekaut? Bitte hör mir zu, auch ich habe Neuigkeiten zu verkünden.«

Unmittelbar stellte sich bei Maddalena ein schlechtes Gewissen ein. Sie fühlte sich egoistisch wie nie zuvor. Franjo hatte ihr beigestanden und Trost gespendet, als ihr Vater so plötzlich aus ihrem Leben verschwunden war, er hatte sich seit ihrem Dienstantritt Stunde um Stunde ihre Befürchtungen wegen Scaramuzzas Auftreten angehört, sie gecoacht, wo er konnte, und sie in seinen Armen gehalten.

»Entschuldige bitte, Franjo«, sagte sie leise, »ich weiß, ich bin im Moment schwer zu ertragen. Es ist ungerecht, alles immer bei dir abzuladen. Aber leider bist du nun mal meine einzige Stütze. Meine eitle, selbstbezogene Mutter ist zu nichts zu gebrauchen. Du kennst sie ja. Zudem plagen mich neben dem harten Job so viele Fragen, die meine Herkunft betreffen. Ich bin schließlich ein gottverdammtes Findelkind, das Unbekannte irgendwo abgelegt und es dadurch brutal seinem Schicksal überlassen haben. Manchmal wächst mir die Situation einfach über den Kopf. Ich kann nur immer wieder beteuern, wie froh ich bin, dich an meiner Seite zu wissen.«

Er zog sie an sich und küsste sie leidenschaftlich.

»Du bist mein Küchengott«, murmelte sie erstickt und machte sich los. Derzeit ertrug sie zu viel Nähe nicht, fühlte sich eingeengt und bekam schwer Luft.

»Tesoro. Machen wir es uns gemütlich. Du hast deine Pause wahrlich verdient, und ich muss ja auch bald wieder zurück ins Gasthaus.«

Sie standen in Maddalenas kleiner Wohnung, die nicht mehr als zwanzig Quadratmeter umfasste und die sie liebevoll als ihre »Schuhschachtel« bezeichnete.

Franjo wollte sie aufs Bett ziehen, aber Maddalena machte sich von ihm los.

»Komm mit mir auf den Balkon«, bat sie ihn.

Dort drehte sie sich zu Franjos Missfallen eine Zigarette.

Ohne seinen Unmut weiter zu beachten, fragte sie nach:

»Mach schon, erzähl mir, was passiert ist. Ich bin jetzt ganz Ohr.«

Und Franjo berichtete nicht ohne Stolz: »Stell dir vor, es gibt ein Ranking um den besten Koch in Slowenien. Und ich steh auf der Liste.«

»Gratuliere.« Überwältigt küsste Maddalena Franjos Nasenspitze. »Ich sage es ja, du bist ein Küchengott – und so wie es aussieht, nicht nur mein persönlicher.«

Franjo wurde nie rot, aber jetzt schoss ihm Farbe ins Gesicht. »Die wollen von mir unterschiedliche Kreationen. Angefangen beim zarten Frühlingsgemüse über geschmorten Fasan mit Maronen, Kaninchenragout, Püree von frischen Erbsen, knusprig frittierte Polenta, hauchdünnes Rinderfilet mit Rosmarin, sommerliche Gemüsesuppe, Artischockenböden mit Birne und Salbeihonig bis hin zu gebratenen Lammkeulen mit persischen Pistazien, Auberginenauflauf mit Grana Padano, Kichererbsenmus mit Knoblauchbutter, gefüllten Waldpilzen, glacierten Feigen und Mandeln, Meeresfischen in kiloweise Salz im Ofen gegart, sizilianischen Agrumi, Wildschweinschinken mit Trüffelhonig und Sardellen in Minze und Rosinen. Nicht zu vergessen die köstlichen Varianten unserer herrlichen Salsiccie.«

Franjo war noch nicht am Ende mit seiner Aufzählung. Er schwelgte in den Hochgenüssen seiner Küche, vollführte einen wilden Tanz von einem der mannigfachen Gerichte zum nächsten, inklusive deren Zubereitung und Komposition, stolperte lachend bei Wörtern wie Seezunge, Fettuccine, Hackfleischbällchen und verstieg sich schließlich in schwärmerische Beschreibungen von gratinierten Jakobsmuscheln.

»Ach«, sagte er letztendlich erschöpft, »die Preisverleihung findet übrigens zwischen Olivenbäumchen, Rosmarinhecken und würzig duftenden Lavendelsträuchern statt.«

Nachdem er wieder zu Atem gekommen war, einen kräftigen Schluck Wasser getrunken und sich den Schweiß von der Stirn gewischt hatte, warf er ihr einen fordernden Blick zu. »Du begleitest mich doch, Commissaria meines Herzens?«

Maddalena lachte. Auf einmal fühlte sie sich unbeschwert. »Wie könnte ich so ein Angebot ausschlagen?«

Sie schnippte den Zigarettenstummel vom Balkon und begegnete Franjos vorwurfsvollem Blick mit Gelassenheit.

16

Seit Mama aus dem Spital nach Hause gekommen war, hatten ihre Eltern sich kein einziges Mal gestritten. Zweimal musste Pauline sich seither ihrem Sorgenpüppchen anvertrauen, und beide Male hatte es geklappt.

Zuerst hatte sie sich gewünscht, dass die Eltern sich wieder lieb hätten, und genau das taten sie jetzt. Papa ging nicht mehr jeden Abend ins Gericht, um sich in Akten zu vertiefen, und Mama war nicht mehr ständig müde, sondern lachte wieder. Sie roch auch nicht mehr so scharf und lutschte kaum noch ihre Pfefferminzbonbons.

Heute hatte sie Pauline wie vor dem Krankenhausaufenthalt hochgehoben, sich mit ihr im Kreis gedreht, immer schneller, und zu singen begonnen. Aus dem Handy tönte Chers »Strong Enough«.

Pauline bekam jetzt noch ein kitzeliges Gefühl im Bauch, wenn sie daran dachte.

Nun lag Mama auf der Couch und blätterte in Magazinen. Alles war wieder ganz normal. So wie vor Martins Tod.

»Yippie yeah«, sang Pauline fröhlich, weil ihr einfiel, dass sie bald schon ans Meer nach Grado fahren würden. Sie konnte es kaum erwarten, sich in das kühle Blau zu stürzen, gegen die Wellen zu kämpfen, sich das Salz von den Lippen zu schlecken und später dann den Sand, herrlichen goldgelben Sand mit vielen winzigen Muscheln, der heiß in der Mittagssonne glühte, auf ihrem Körper zu spüren. Max hatte einmal behauptet, man könne Eier drauf braten. Burgen mit breiten

Zinnen, verschlungenen Wehrgängen und tiefen Verliesen würde sie bauen und rundum unüberwindbare Wassergräben ziehen. Max würde sie ärgern und piesacken, bis die Eltern es ihm verboten.

Am Abend würde es Spaghetti mit Tomatensoße geben und Unmengen von Eis, dazu Kokosnüsse und Melonenspalten von den Straßenverkäufern. Und wenn sie Glück hatte, durften sie und Max abends noch stundenlang mit einem kleinen Goldschatz klimpernder Münzen in den Taschen in die »Spielhölle«.

Irgendwann würde sie dann rundum zufrieden und satt ins Bett sinken und in Erwartung neuer und aufregender Abenteuer einschlafen.

Mitten in ihre Träume hinein wurde die Tür aufgerissen, und Max fegte, gefolgt von Joey, in die Küche.

»Kleine Nervensäge, was stehst du da so rum und glotzt Löcher in die Luft?«, fragte er frech, aber auch darüber konnte sie sich freuen.

Sogar ihr schnippischer Bruder war in letzter Zeit freundlicher zu ihr.

»Was gibt es zum Abendessen?«, polterte er und öffnete die Kühlschranktür.

Mama setzte sich im Wohnzimmer auf. »Hallo, ihr beiden. Ich habe Schnittlauchbrote und Schweizer Wurstsalat vorbereitet!«, rief sie.

»Das ist ja dann wohl eher als Brotzeit zu verstehen.« Max verzog geringschätzig das Gesicht, doch Mama, die auf seine Bemerkungen nicht immer gut ansprach, lachte bloß.

»Dann mach dir selbst etwas. Vom Mittag ist noch Pasta übrig.«

»Einen anständigen Hamburger mit Pommes bräuchte ich jetzt, mit einer ordentlichen Ladung Ketchup, und nicht diesen abscheulichen Fraß!«, machte Max seinem Ärger Luft.

Mama lachte wieder, diesmal ein bisschen lauter.

»Hey, Pauli, what's up?«, fragte Joey auf Französisch. Oder

war das Englisch? Pauline wusste es nicht so genau, Sprachunterricht würden sie erst im nächsten Jahr bekommen. Sie zuckte zusammen, als Joey ihr zur Begrüßung kumpelhaft, aber schmerzvoll und mit voller Wucht auf den zarten Knochen ihres Schlüsselbeins klopfte.

Wacker verbiss sie sich einen Wehlaut, sie wollte schließlich nicht als Baby abgestempelt werden, da hörte sie Max zu ihrer Enttäuschung dröhnen: »Hey, Joey, Alter, lass das. Du zerteilst die kleine Nervensäge noch in Stücke. Die fängt sonst zu heulen an.«

Es war ihr peinlich, vor Joey als schwach hingestellt zu werden. Pauline bewunderte das ältere Mädchen insgeheim. Joey wohnte seit ein paar Jahren in ihrer Wohnsiedlung und ging in dieselbe Schule wie Max.

Mama kam zu ihnen in die Küche, schüttelte den Kopf, dass ihre langen Haare wippten. »Max, was soll das? Lass bitte deine Schwester in Ruhe. Und Joey, es war sicher nett von dir gemeint, aber sei bitte nicht so grob.«

Die Sonne schickte ihre letzten Strahlen durch die Scheibe des großen Wohnzimmerfensters und würde bald wie eine pralle Orange hinter den Bergen verschwinden.

»Bis später«, sagte Pauline und lief zur Tür, »ich geh nach unten, spielen. Niki fragt sich bestimmt schon, wo ich bleibe.«

Im Treppenhaus umfing sie die wohltuende Kühle, die nur in Nordhäusern entstehen konnte. Als sie kurz darauf die Haustür öffnete, erschrak sie vor der dampfenden Schwüle des frühen Abends.

Sie hielt die Luft an und stöhnte auf: »Uff.«

Flink suchte sie mit ihren Blicken das Gelände ab. Außer ihr war niemand im Hof. Das war langweilig, und sie verstand es nicht, da Niki doch auf sie warten wollte.

Ein Himbeereis wäre jetzt lecker!

Sie wollte schon zurück in die Wohnung laufen, um sich Geld zu holen, da hörte sie eine Eule rufen oder ein Käuzchen oder einen Kuckuck oder einen Uhu. Sie kannte sich bei den

Waldvögeln nicht richtig aus, und wahrscheinlich waren Kuckuck und Käuzchen ja auch bloß zwei verschiedene Namen für ein und dasselbe Tier. Oder Eule und Uhu?

»Und überhaupt, vielleicht war das ein Mensch, der so tat, als wäre er ein Vogel«, sagte sie laut und drehte sich neugierig um. Dann fing sie an zu kichern und rief: »Niki! Warum tust du denn so blöd?«

»Los, komm her, Pauline, aber schnell«, wisperte Niki, der sich unter den ausladenden Ästen des Flieders verbarg, und winkte sie mit einer eiligen Handbewegung zu sich.

»Ha, ha.« Sie kicherte. »Zeig dich.«

»Sei nicht so laut«, zischte Niki hastig und sprang wie ein Kobold aus dem Strauch hervor. Schon hatte er die verdutzte Pauline mit sich ins Gras gezogen. »Dreh dich nicht um, ein Zauberer beobachtet uns«, raunte er ihr zu und schaute sich ängstlich um.

»Niki, jetzt hör mit dem Quatsch auf. Wir wollten doch ›Meer‹ oder ›See‹ spielen. Außerdem wollte ich mir gerade ein Leckerschmecker-Eis an der Tankstelle holen!«

Aber Niki legte ernst den Zeigefinger vor die Lippen und hielt ihr den Mund zu. »Schhhh. Du darfst nicht weiterreden, sonst hört er dich.«

Pauline machte sich heftig von ihm los und rief: »Dein Spiel ist langweilig!«

»Warte! Sei nicht so gemein.«

»Ich bin nicht gemein, ich mag nur dieses Spiel nicht! Von was für einem Zauberer redest du da überhaupt?«

»Von dem Magier, der hier alles beobachtet. Ich war gerade noch bei ihm.«

»Bei wem?«

Niki zögerte, bevor er antwortete: »Ach, bloß beim doofen Lasse im Erdgeschoss.«

Pauline machte große Augen. »Aber wir dürfen nicht in fremde Wohnungen gehen. Das weißt du doch, oder?«, sagte sie erschrocken.

»Du brauchst gar nicht so zu tun«, entgegnete Niki aufgebracht. »Lasse hat mir erzählt, dass du auch bei ihm zu Hause warst und ihr am Computer gespielt habt. Das Entenspiel. Und er hat für euch Mittagessen gekocht, weil du hungrig warst.« Er blickte schnell in alle Richtungen und stand auf.

»Mittagessen? Er hat mir Nutellabrote geschmiert. Dafür, dass ich bei ihm in der Wohnung war, habe ich danach außerdem anständig Ärger bekommen. Max war stinksauer, dabei war ich nur ganz kurz bei Lasse«, verteidigte sie sich. »Es war ja sonst niemand da, weil Mama ins Krankenhaus musste. Was hätte ich solange machen sollen? Im Treppenhaus auf den Stufen sitzen?«

»Pst, nicht so laut!«

»Was hast du denn jetzt schon wieder?«

»Der Zauberer beobachtet uns. Wir sind hier nicht sicher vor ihm. Außer du gibst ihm eine Strähne deiner blonden Locken. Das wird ihn besänftigen.«

»Will er das, oder redest du bloß blöd daher?«

»Wenn du ihm keine Locke schenkst, wird er uns verzaubern. Das hat er mir ganz klar gesagt.«

Pauline dachte nach. Man konnte ja nie wissen, vielleicht war Lasse wirklich ein Magier mit schwarzer Macht?

In seiner Wohnung war es nicht so ordentlich wie bei ihr zu Hause, und es roch nicht gut. Überall lagen komische Heftchen herum, doch als sie eines durchblättern wollte, hatte Lasse es ihr aus der Hand gerissen.

»Lasse hat mir beigebracht, wie ein Uhu zu pfeifen. Das war lustig.«

»Richtig gut hast du es nicht gemacht, denn ich habe dich durchschaut.«

»Pauline, bitte bring ihm die Strähne von deinem Haar in seine Wohnung. Dann lässt er uns in Ruhe. Du willst doch nicht, dass er uns verzaubert?«, flehte Niki.

Pauline packte ihn an den Armen und schüttelte ihn. Er wehrte sich nicht und hielt mit kläglicher Miene die Luft an.

»Wenn du weiter so viel Blödsinn redest, werde ich Max alles erzählen. Außerdem spiele ich erst dann wieder mit dir, wenn du zu spinnen aufhörst.«

Niki begann zu weinen, und Pauline ließ ihn so abrupt los, dass er taumelte, zu Boden stürzte und ärgerlich einen kleinen Ast in ihre Richtung warf.

»Warum bist du denn so komisch heute? Ich glaube, du hast einen Sonnenstich!« Sie ließ ihn stehen und lief zurück ins Haus.

17

Hannah saß auf der Terrasse. Die Hitze, die sich während des Tages gesammelt hatte, hing unter der Markise wie unter einer Glocke, und die Luft schien stillzustehen. Dennoch genoss sie den seltenen Moment der Ruhe. Pauline spielte mit Niki im Hof, und Max werkelte mit Joey in der Küche. Bis auf das gutmütige Summen der Bienen, die um die rosa Blüten in den Blumentrögen aus Terrakotta herumschwirrten, war hier draußen kein Laut zu hören. Die Flip-Flops schaukelten an den Füßen ihrer langen Beine, die über den Rand des Liegestuhls hinausragten. Das kurze Kleid mit dem Verschluss im Nacken war ihr heute Nachmittag, als sie endlich die Kraft gefunden hatte, ihren Schrank aufzuräumen, in die Hände gefallen. Es hing noch ein bisschen was vom Duft des letzten Sommers am Meer daran.

Sie waren damals, trotz ihrer Verzweiflung über Martins Tod, wie jedes Jahr nach Grado gefahren, schon Max und Pauline zuliebe. Die ganze Zeit über war sie wie in Trance gewesen. Heiter und unbekümmert, als würde sie über den Wolken schweben, vertrauensvoll, zuversichtlich, flockenleicht und völlig verlogen.

»Aber«, murmelte sie, »wie wir aus bitterer, schmerzvoller

Erfahrung, aus all den grausamen Märchen unserer Kindheit und aus der biblischen Geschichte wissen, können Engel auch tief fallen. Sehr tief sogar.« Sie dachte an ihren Kampf gegen die Traurigkeit, den sie letztendlich verloren hatte.

Davon war jetzt keine Rede. Friedrich und sie wollten es diesmal besser machen.

Pauline war so glücklich darüber, dass es Hannah tief in ihrem Herzen wehtat. Sie wusste nicht, ob es funktionieren würde, und die kurzen Momente der Zuversicht, der Sorglosigkeit wurden meist verdrängt von einem sogartigen Ziehen nach unten, in ihre wohlvertrauten Abgründe. Sie hatte Friedrich versprochen, nie wieder zu trinken, keine einzige Tablette mehr zu nehmen, und gleichzeitig hinter ihrem Rücken die Finger überkreuzt. Eine alte abergläubische Angewohnheit aus Kindertagen, mit der sie hoffte, die bösen Geister vertreiben und das Unheil abwehren zu können.

Bisher gelang es ihr leidlich gut.

»Mein Baby, wo ist mein Baby?«, fing Hannah plötzlich zu schluchzen an. Ihre Schultern zuckten, und sie begann zu zittern. Der Kummer über Martins Tod brach unvermittelt erneut über sie herein und wogte wie eine riesengroße Welle über sie hinweg, riss sie mit sich.

Wieder und wieder versuchte sie, sich quälend alle Sequenzen ihrer kurzen Zeit mit Martin in Erinnerung zu rufen, sich an alles, wirklich alles uneingeschränkt zu erinnern.

Zumindest das war sie ihrem Baby schuldig, wenn sie es schon nicht hatte retten können.

Irgendwann versiegten ihre Tränen, und die innere Stimme verstummte. Hannah stieß kleine Wehlaute aus.

Wie soll ich das nur schaffen, fragte sie sich immer wieder. Ihr war schwindlig, und ihr Magen fühlte sich verknotet an.

Alles andere in ihrem Leben schien sich einfach zu lösen oder jedenfalls nicht wirklich kompliziert zu sein. Gut, Max machte weiterhin Probleme, doch er war nun mal in der schwierigsten Phase seines bisherigen Lebens, in den Pubertätsjahren. Andere

Teenager und deren Eltern standen das auch durch, sie waren ja nicht die Ersten, die damit umzugehen hatten.

Und mit Pauline würde sie von nun an regelmäßig für die Schule lernen müssen, sie abfragen und mit ihr üben.

Obgleich sie im letzten Jahr, in dieser turbulenten Zeit, die sie jetzt hoffentlich hinter sich hatte, beinahe ständig versucht hatte, ihren Kummer in Alkohol zu ertränken, war ihr nicht entgangen, dass Pauline sich im Unterricht verschlechtert, sogar richtiggehend nachgelassen hatte. Das musste sich dringend ändern.

Ziemlich sicher kam ihr Vorsatz für dieses Schuljahr zu spät. Bald schon würde es Zeugnisse geben, doch sie konnten in den Sommerferien beginnen, gemeinsam alles zu wiederholen, und sich im Herbst dann regelmäßig auf die Prüfungen und Schularbeiten vorbereiten.

Und das mit Friedrich würde sie schon wieder hinkriegen, auch wenn sie sich manchmal noch sehr weit von ihm und ihrem früheren Leben entfernt fühlte.

18

Hannah ging mit ihrer Einkaufstasche durch den gleißend hellen Vormittag. Sie hatte sich die Haare zu einem Pferdeschwanz zusammengebunden und trug ein leichtes sandfarbenes Sommerkleid. Bis auf hellrosa Lipgloss und ein wenig Wimperntusche war sie ungeschminkt.

Die Absätze ihrer Slingpumps klapperten metallisch auf dem Gehweg. Sie würde einige ihre Schuhe zum Schuster bringen müssen, auch die von Max und Pauline.

Friedrich erledigte das, was ihn betraf, seit einiger Zeit allein. Er kaufte sich ohne ihr Zutun Kleidung, achtete auf einen guten Haarschnitt und roch nach Aftershave. Seine Hemden brachte er selbst in die Reinigung. Was er allerdings nicht tat, war bügeln. Drei große Stöße Bügelwäsche warteten daheim auf Hannah. Sie hatte sich kaum mehr um den Haushalt gekümmert, war nachlässig geworden, und es hatte sich auch sonst einiges angesammelt.

Es war laut in der Innenstadt, und sie nahm sich vor, zuerst ihre Einkäufe zu erledigen und sich dann in ein schattiges, ruhiges Café zu setzen. Ein kühles Getränk würde ihr sicher guttun. Sie hatte immer noch Michaelas enttäuschte Stimme im Ohr.

»Hannah, du musst wieder unter Leute gehen. Wenn du mich schon nicht treffen möchtest, nimm doch wenigstens Max oder Pauline in die Stadt mit.«

»Michaela, es tut mir leid. Ich weiß, wie geduldig du mit mir warst und bist, aber ich brauche einfach noch ein wenig Zeit. Versteh das bitte.«

»Eigentlich verstehe ich es nicht, aber was soll ich machen? Melde dich bei mir, sobald du kannst. Okay? Spätestens nach Grado«, hatte Michaela ein wenig verstimmt entgegnet, und Hannah hatte erleichtert aufgehängt.

Die Hitze war trotz der frühen Stunde unerträglich und staute sich zwischen den Hausmauern. Ein leichter Dunst lag in der Luft und nahm ihr den Atem. Sie fühlte sich erschöpft, obwohl sie noch gar nicht mit dem Einkauf begonnen hatte. Es gab so viel zu erledigen, und eigentlich sollte sie vor dem Italienurlaub noch einen Termin beim Friseur vereinbaren.

Plötzlich verspürte sie ein unbändiges Verlangen nach einem Schluck Alkohol. Ein Sekt oder ein Glas Wein wäre jetzt passend, dachte sie und spürte, wie ihr der Schweiß aus den Poren trat. Sie musste kurz innehalten, weil sie von einem unkontrollierbaren Zittern erfasst wurde. In ihrer Einkaufstasche kramte sie nach einem Taschentuch und tupfte sich über die feuchte Stirn. Alles schien sich um sie herum zu drehen, ihr Herz begann zu rasen, und auf einmal merkte sie, wie ihr von den Rändern her schwarz vor Augen wurde.

Als Nächstes nahm Hannah an ihrer Haut die raue Struktur

einer Mauer wahr und sah sich, wie von außen betrachtet, mit dem Rücken daran lehnen. Sie musste höllisch aufpassen, nicht zu fallen, da sich die Häuser, der Gehsteig und die Straße weiterhin in atemberaubender Geschwindigkeit um sie drehten.

Sie hörte sich selbst nach Luft schnappen und befahl sich, gleichmäßig weiterzuatmen, konzentrierte sich darauf, den Sauerstoff ruhig in ihre Lungen ein- und langsam wieder ausströmen zu lassen.

Nach und nach beruhigte sie sich, und die Umgebung nahm wieder ihre normale Form an, wurde klarer, bekam Konturen.

In ihrer Handtasche fand Hannah eine Parfumprobe und beträufelte ihre Handgelenke und ihre Schläfen damit.

Jetzt fühlte sie sich wieder etwas besser. Kurz fragte sie sich, ob sie Friedrich anrufen sollte, entschied sich aber dagegen.

Was sollte er denn tun, wie sollte er ihr helfen, wenn sie sich selbst nicht helfen konnte?

Wahrscheinlich hatte sie soeben eine Panikattacke erlitten, und nicht die allererste in ihrem Leben, mutmaßte sie. Als sie schon zufrieden mit dieser Erklärung weitergehen wollte, hörte sie auf einmal tief in sich eine Stimme, die ganz leise wisperte: »Hannah, mach dir nichts vor. Wir beide wissen ganz genau, dass du gerade keine Panikattacke erlebt hast, das waren Entzugssymptome. Belüge dich nicht selbst. Ja, hast du denn tatsächlich gedacht, du kommst so billig davon?«

»Aber ich war doch eben erst im Krankenhaus«, wollte Hannah erwidern, doch sie wusste, so einfach war das nicht. Die körperliche Entwöhnung war nur der erste Schritt. Jetzt begann der wirkliche Kampf, denn in ihrem Kopf und in ihrem Herzen war sie immer noch süchtig.

»Das fehlt mir gerade noch, dass ich jetzt auch noch Selbstgespräche zu führen beginne«, brummte sie beinahe ein wenig belustigt und betrat den Drogerie-Supermarkt an der nächsten Ecke.

Neben Zahnpasta, Seife, Haarshampoo, Sonnencremes mit hohem Lichtschutzfaktor, After-Sun-Lotion und Kaugummis warf sie zwei kleine Flaschen Mineralwasser und einen Eistee in den Einkaufswagen.

Noch bevor sie sich in der Warteschlange vor der Kasse einreihte, nahm sie eine der Flaschen wieder heraus, riss hastig den Verschluss auf und stürzte den Eistee gierig hinunter.

Erst jetzt fiel ihr auf, wie durstig sie gewesen war.

Zufrieden mit sich, hängte sie sich die Einkaufstasche über die Schulter und ging im Geist noch einmal schnell die Einkaufsliste durch, die sie für den Italienurlaub gemacht hatte. Sie brauchten nicht allzu viel mitnehmen, da sie seit Jahren in einem schönen Hotel direkt am Strand wohnten und sich eigentlich um gar nichts kümmern mussten. Außerdem gab es ja auch in Grado Artikel des täglichen Bedarfs zu kaufen.

Müde ließ Hannah sich eine halbe Stunde später vor ihrem Lieblingscafé, in dem sie schon viele Nachmittage mit Michaela verplaudert hatte, auf einen der hellblau lackierten Holzstühle sinken und suchte sich aus der Karte eine Eisschokolade aus. Trotz des Schattens musste sie ihre schwarze Sonnenbrille mit den großen Gläsern aufsetzen, da ihre Augen sich trocken anfühlten und zu brennen begonnen hatten.

Als die Bedienung endlich kam, atmete Hannah tief durch und bestellte, ohne zu zögern, ein Glas Prosecco. Und zehn Minuten später ein zweites, irgendwann dann ein drittes. Alle Gedanken waren ihr abhandengekommen, sie saß einfach nur so da, mit einem traurigen Lächeln auf ihren Lippen und ließ den Tag an sich vorbeigleiten.

19

Maddalena stand vor dem Grab ihres Vaters. Franjo hatte sie am Friedhof in Santa Croce aussteigen lassen und war weiter in sein Gasthaus nach Dol pri Vogljah gefahren.

Immer noch gab es keinen Grabstein. Sie bückte sich und

zupfte etwas Unkraut aus der Erde. Dann legte sie einen Strauß weißer Rosen vor das Holzkreuz, brachte die verwelkten Blumen zum Mülleimer und entzündete eine Kerze im Glasbehälter.

Wie bei jedem ihrer Besuche hielt sie einen inneren Dialog mit ihrem Vater.

»Papa, lieber Papa, eigentlich müsste ich sehr böse auf dich sein, weil du mir die Wahrheit über meine Herkunft vorenthalten hast. Aber ich kann dir nicht zürnen, jetzt, da du unter der Erde liegst. Glaub mir, wärest du hier, hättest du meinen Groll zu spüren bekommen. Nun trifft meine angebliche Mutter, die schöne Sibilla, eben die doppelte Ladung.« Natürlich war Maddalena klar, dass sie sich kindisch verhielt. Doch sie fühlte sich im Stich gelassen wie nie zuvor in ihrem Leben und war gleichzeitig überwältigt von Trauer.

»Du warst immer unser Kind und wirst es stets bleiben. Wir wollten dir den Kummer ersparen. Bitte verzeih«, flüsterte die raue Stimme ihres Vaters.

»Ich habe dir schon verziehen. Mama bereite ich allerdings eine unangenehme Überraschung. Ihren Blick, wenn sie erfährt, was ich vorhabe, würdest du sicher gern sehen wollen.«

»Bitte schone deine Mutter. Sie hat es sehr schwer. Nicht nur du hast einen geliebten Menschen verloren. Und ihr Arm bereitet ihr Probleme. Manchmal, mein Mädchen, kannst du ziemlich egoistisch sein. Du musst lernen, dich zu beherrschen, sonst wirst du andauernd vor neuen Schwierigkeiten stehen.«

Diese Ermahnung saß.

»Ich werde mich Mama gegenüber um etwas mehr Empathie bemühen, dir zuliebe.«

Sie legte ihre Hand auf das warme Holzkreuz, und fast war ihr, als berührte sie Papas Brust, unter der sein Herz gleichmäßig schlug. Schnell schluckte sie die aufsteigenden Tränen hinunter und verließ fluchtartig den Friedhof.

Ihre Mutter erwartete sie schon an der Haustür.

»Na, zu Fuß unterwegs, Maddy? Eine Trainingsvorschrift von deinem neuen Boss?«

Wollte Mama etwa lustig sein?

»Ich wollte es so. Du wirst auch gleich erfahren, weshalb ich dich ohne fahrbaren Untersatz aufsuche.«

»Du machst es aber spannend. Komm erst mal herein. Ich habe uns grünen Eistee mit frischer Minze aus dem Garten zubereitet. Ohne Zucker, ganz so, wie du es magst.«

»Danke. Du dagegen wirst gleich einen Grappa brauchen.« Maddalena lachte auf, aber es klang nicht fröhlich.

Sie setzten sich nebeneinander auf die schattige Terrasse, und Maddalena hielt das kühle Glas mit dem Eistee fest umklammert.

»Ich habe mich von Franjo herfahren lassen, weil ich ab sofort Vaters Motorrad übernehme«, platzte sie heraus.

Selbstverständlich hätte Maddalena ihr Vorhaben einfühlsamer vorbringen können. Das wäre für ihre Mutter schonender gewesen, doch nicht selten gingen die Pferde einfach mit ihr durch.

»Maddy, ist das wirklich dein Ernst? Nach allem, was geschehen ist?«

»Die Moto Guzzi gehört mir. Papa hat sie mir testamentarisch vermacht. Das weißt du genau. Und die Reparaturwerkstatt in Fossalon hat nach dem Unfall bestätigt, dass die Maschine keinen nennenswerten Schaden erlitten hat und fahrtüchtig ist.«

»Bitte, Kind, überlege dir das gut. Auf der Maschine liegt ein Fluch. Dein Vater ist damit zu Tode gekommen!«

»Du neigst nicht zu abergläubischem Verhalten, Mutter, wieso willst du mir das also jetzt auf einmal weismachen?«

»Wieso?« Ihre Mutter starrte sie entgeistert an. »Das fragst du mich wirklich? Ich habe Angst um dich, ich will nicht auch noch mein Kind verlieren.«

»Das hast du längst.« Als Maddalena Tränen in den Augen ihrer Mutter schimmern sah, tat ihr auf der Stelle leid, was sie gerade zu ihr gesagt hatte. »Mama, sei mir bitte nicht böse, ich habe das nicht so gemeint. Ich ärgere mich selbst darüber, wie unbeherrscht, schroff und ungerecht ich manchmal bin.«

»Ist schon gut, Maddy. Diese Charakterzüge hast du eindeutig von mir. Wie du weißt, spielt Sozialisation beim Aufwachsen von Kindern eine ebenso große Rolle wie Vererbung.«

Maddalena stand auf und umarmte ihre Mutter vorsichtig. Ihre Haut roch nach Rosen und fühlte sich pudrig an.

»Was macht dein Arm?« Sie hatte ein schlechtes Gewissen, weil sie sich viel zu selten danach erkundigte. Kurz vor Papas tödlichem Unfall hatte ihre Mutter sich beim Fensterputzen einen Speichenbruch zugezogen.

»Es wird allmählich besser. Die Physiotherapie hilft mir. So eine Radiusfraktur ist ja nichts Außergewöhnliches für die Ärzte und Therapeuten. Ein bisschen lästig ist es bloß für den Betroffenen.«

Maddalena nahm sich vor, zukünftig darauf zu achten, ihren Schmerz nicht durch ungezügelte Boshaftigkeit an ihrer Mutter auszulassen und fürsorglicher zu ihr zu sein.

20

Schnell lief Pauline die Stufen zur Wohnung hinauf. Sie wollte die unangenehme Sache mit den schlechten Noten rasch hinter sich bringen.

»Mama, wo bist du?« Sie irrte suchend durch die Wohnung. Aus dem hinteren Teil hörte sie die Stimme ihrer Mutter.

»Ich bin im Schlafzimmer. Ich habe mich etwas hingelegt, weil ich von der Hitze ganz geschafft bin.«

Pauline sprang aufs Bett und schmiegte sich an ihre Mutter, die sich ganz heiß anfühlte und nach einem starken Parfum roch.

»Hoffentlich wirst du nicht wieder krank, weil du so müde bist?«

»Mach dir keine Sorgen, Kleine, es ist nur die Hitze. Lass mich etwas schlafen«, antwortete Mama undeutlich, »und dann sehe ich mir dein Zeugnis an.«

Durchaus erleichtert über diesen kleinen Aufschub, ging Pauline zur Tiefkühltruhe, um sich ein Himbeereis zu holen.

Es ist ja auch wirklich unerträglich heiß, dachte sie und fragte sich, wie es wohl erst in Grado sein würde. Hoffentlich war Mama dann wieder ausgeruht und konnte mit ihr zusammen Sandburgen bauen.

Es klingelte an der Tür, und als sie öffnete, stand Onkel Florian vor ihr. Er hob sie hoch und schwenkte sie durch die Luft.

»Spatz, zeig mir dein Zeugnis. Alles im grünen Bereich?«

»Na ja, geht so«, schwindelte Pauline verlegen.

»Wo ist deine Mutter?«

»Mama ist müde. Sie schläft.«

Ihr Onkel legte die Stirn in Falten und sagte eine Weile nichts.

»Ich schau mal nach ihr. Warte hier, Kleine.«

Pauline schälte ihr Eis aus dem Papier und starrte durch das Fenster auf die Terrasse. Dort putzte ein kleiner schwarzer Vogel sein Gefieder. Mit seinem orangefarbenen Schnabel pickte er immer wieder vergeblich nach einer fetten Fliege, die schon seit einiger Zeit träge dicht über dem Boden ihre Runden drehte.

Die Sommerferien hatten soeben begonnen, überall grünte und blühte es. Zum Glück litt sie nicht unter Heuschnupfen wie viele der Kinder in ihrer Klasse, außerdem war Mama nun endlich wieder gesund. Papa war oft zu Hause, und Niki, ihren allerbesten Freund auf der ganzen Welt, hatte sie obendrein. Also gab es keinen Grund, noch traurig zu sein.

Kurz blitzte die Erinnerung an ihren kleinen Bruder auf.

»Wie lustig Martin schon lachen konnte«, sagte sie leise zu sich selbst und wischte sich schnell eine Träne aus dem Augenwinkel.

Der Vogel begann zu singen, und ein zweiter fiel in das Trällern ein. Morgen würden sie ans Meer fahren, und sie durfte dann endlos lange aufbleiben, für ihr Sorgenpüppchen eine Sandburg bauen und, immer wenn sie Lust hatte, Spaghetti essen und Tonnen von Eis und Wassermelonen.

»Juchhu!«, rief sie fröhlich und übertönte das Vogelgezwitscher. Dann begann sie, ihren Lieblingssong von Phantom Planet zu singen, »California«, und immer wenn der Ländername kam, sang sie stattdessen »Grado«, ohne auch nur ein einziges Mal aus dem Takt zu geraten.

Kurz fragte sie sich, ob Max wohl gerade mit Joey zusammen war. Gingen die beiden miteinander?

Dass es so hieß, wenn ein Junge und ein Mädchen zusammen waren, hatte sie in der Schule, im Flur von den Großen aus der achten Klasse, aufgeschnappt. Joey war cool. Pauline mochte sie sehr, auch wenn sie manchmal etwas grob sein konnte, und sie wusste, Joey war verliebt in Max. Das war sonnenklar, sie war schließlich nicht blöd und so klein nun auch wieder nicht.

Draußen hatte sich die Farbe der Wolken verändert. Graue, schwere Wolkentürme zogen schnell über den Himmel dahin. Sie öffnete die Tür zur Terrasse.

Es war noch eine Spur schwüler geworden, und Pauline vermutete, dass es heute möglicherweise noch regnete. Sie fragte sich, wo ihr Onkel denn so lange blieb.

Gerade wollte sie sich umdrehen und zu ihrer Mutter und Onkel Florian ins Schlafzimmer gehen, als sie Lasse am Fenster der Erdgeschosswohnung entdeckte, die er zusammen mit seinem Vater bewohnte. Er lehnte sich weit heraus und ahmte Vogelstimmen nach.

Sie schaute schnell in die andere Richtung und dachte, alter Spinner, als sie einen Regentropfen auf der nackten Haut ihres Armes spürte und dann noch einen.

Warum mochte kaum jemand Lasse?

Eigentlich war er ganz in Ordnung, auch wenn er manchmal komisch sein konnte. Er hatte einen Führerschein und durfte mit dem Auto seines Vaters zum Baumarkt fahren, wenn der im Wohnkomplex etwas zu reparieren hatte. Wie ein Erwachsener wirkte er auf sie aber nicht. Max und ihr Vater meinten, er wäre nicht ganz richtig im Kopf und hätte einen Hang zur Gewalt. Zu ihr war er allerdings noch nie grob gewesen.

Der Nachmittag hatte sich verdüstert, und auch ihre Laune kippte.

»Prinzessin!«, hörte sie Lasse rufen, als sie gerade wieder hineingehen wollte. »Komm näher, bei mir passiert dir nichts.« Er lachte.

Und weil Pauline ein neugieriges kleines Mädchen war, das andere zwar vorbildlich an die Verbote der Eltern erinnerte, bei sich selbst aber gern eine Ausnahme machte, beugte sie sich über die Brüstung der Terrasse und entgegnete vorwitzig: »Was willst du?«

»Nur das, was mir zusteht. Damit ich dich nicht verzaubere, wurde mir eine Locke deines wunderschönen Haares versprochen.«

Also hatte Niki nicht gelogen. Aber ihre Haare gab sie nicht her!

»Du bist kein Zauberer, und ich bin keine Prinzessin«, brüllte sie zu ihm hinunter.

Lasse sprang mit einem gewaltigen Satz aus dem Fenster und stand nun auf dem Rasen unter ihrer Terrasse. Er sah so mächtig groß und dunkel aus wie der schwarze Turm in Papas Schachspiel.

Pauline zuckte erschrocken zurück, und da begann es zu regnen. In dicken Tropfen entlud sich der Himmel, und Lasse hob schützend seine Arme über den Kopf.

»Ich komme dich holen!«, rief er und schien es so zu meinen.

Pauline lief verängstigt in die Wohnung. Dort riss Onkel Florian sie ungestüm an sich. Wie lange er schon da gestanden hatte, konnte sie nicht sagen.

»Wer um alles in der Welt war denn das? Was wollte der schräge Typ von dir?«

Pauline, die sich wieder beruhigt hatte, sagte mit einem Achselzucken: »Das war bloß Lasse. Der bildet sich ein, er wäre ein Zauberer. Dabei ist er der Sohn vom Hausmeister. Nur Niki glaubt ihm leider jedes Wort.«

Onkel Florian ließ sich jedoch nicht so schnell beschwichtigen. Er hielt sie fest im Arm, ging mit ihr zur Terrassentür, und sie sahen gemeinsam hinunter.

Lasse war verschwunden.

»Siehst du, jetzt hat er sich selbst weggezaubert!« Pauline lachte.

Die Wohnungstür wurde aufgeschlossen, und Sekunden später stand Papa vor ihnen. Sofort erfasste er, dass etwas nicht wie sonst war.

»Wo ist Hannah?«

Florian und er tauschten einen Blick.

»Pauline, geh bitte auf dein Zimmer. Wir kommen gleich zu dir.« Die Stimme ihres Onkels klang ernst. Heute war er nicht so gut gelaunt wie sonst. »Friedrich, wir müssen reden. Über Hannah und über Pauline.«

Die Tür zu ihrem Kinderzimmer war nur angelehnt. Pauline öffnete sie einen weiteren Spalt, so konnte sie verstehen, worüber die beiden im Wohnzimmer sprachen.

»Bevor du zu Hannah ins Schlafzimmer gehst, solltest du wissen, dass sie heute wieder getrunken hat«, hörte sie ihren Onkel sagen.

Papa unterbrach ihn unwirsch. »Das glaube ich nicht! Sie hatte einen Rückfall?«

»Ja, sie hat getrunken, aber so wie ich das sehe, hat sie die Situation gerade noch rechtzeitig wieder in den Griff bekommen. Nach dem dritten Glas Prosecco ist es ihr gelungen, selbstständig damit aufzuhören, und sie ist mit dem Taxi heimgefahren.«

»Na, bravo!«, rief Papa. Es klang aufgebracht.

»Jetzt beruhige dich, sie liebt dich und eure Familie sehr. Hannah hat mir glaubhaft versichert, dass sie endlich neue Kraft gefunden hat und sehr motiviert ist, gegen ihr Problem anzukämpfen.«

»Aber –«

»Jetzt warte«, beschwor ihn Onkel Florian. »Ich glaube meiner Schwester, und du solltest das auch tun. Bitte verurteile sie nicht, das besorgt sie schon selbst. Gib ihr noch eine Chance! Ich glaube außerdem, sie wird allein mit ihrem Kummer über Martins Tod nicht fertig. Vielleicht sollte sie regelmäßig in Psychotherapie gehen? Organisiere doch etwas für sie, damit sie gleich nach eurem Urlaub damit beginnen kann.«

»Mir wird wohl nichts anderes übrig bleiben. Das war jetzt vermutlich die schlechte Nachricht, dann mal her mit der guten. Also, was ist mit Pauline? Erstklassiges Zeugnis?«

Onkel Florian machte eine Pause, bevor er antwortete. »Das Zeugnis habe ich noch gar nicht gesehen, aber was Pauline betrifft …« Er stockte kurz. »Sag, Friedrich, hast du gewusst, dass sich der junge Mann aus der Erdgeschosswohnung im Nachbarhaus an deine Tochter heranmacht?«

Er erzählte ihrem Vater, was er soeben beobachtet hatte, und gemahnte ihn, wachsam zu sein. Pauline fand das übertrieben. Lasse hatte sicher nichts Böses gewollt. Er hatte Blödsinn gequatscht und eine Geschichte erfunden, wie bei einem seiner Computerspiele. Natürlich wollte sie nicht, dass er sie holte oder eine ihrer Locken abschnitt, aber das meinte er nicht ernst. Jetzt hatte Niki in ihrem Onkel und Papa zwei Verbündete.

»Wie gut, dass wir für einige Zeit wegfahren«, sagte Papa, als Onkel Florian geendet hatte, und Pauline atmete auf. Sie wollte nicht, dass Lasse Ärger bekam. Da war es tatsächlich gut, dass sie morgen nach Grado fuhren.

»Dann mache ich mich mal wieder auf den Weg, grüß deine beiden Schönen und Max von mir.«

Pauline sprang schnell auf ihr Bett und tat, als würde sie lesen. Erst als sie hörte, wie die Wohnungstür hinter ihrem Onkel ins Schloss fiel, schlich sie wieder in den Flur hinaus.

Auf Zehenspitzen ging sie ins Schlafzimmer ihrer Eltern. Die waren so beschäftigt, dass sie Pauline nicht bemerkten.

»Hannah, Schatz«, flüsterte ihr Vater und strich ihrer Mutter über das zerwühlte Haar. »Mach dir keine Sorgen. Florian hat mir alles erzählt. Komm, steh auf, wir packen die Koffer für morgen. Ich freue mich auf unsere Reise, die wird uns allen guttun.«

Mama wandte sich zu Papa um und lächelte ihn an. Sie sah so müde aus.

In diesem Moment glaubte Pauline fest und unbeirrbar an das, was ihre Mutter Onkel Florian versprochen hatte. Trotzdem zog sich tief in ihrem Inneren etwas zusammen, das sich wie ein eiserner Ring um ihr Herz anfühlte.

Zum Glück erwähnte Papa Lasse nicht. Das hätte Mama nur aufgeregt. Mit dem würde Pauline schon allein fertigwerden.

21

Max schleuderte seinen zerschlissenen Rucksack in die Ecke seines Zimmers, zerknüllte sein Zeugnis und pfefferte es in den übervollen Papiereimer.

Ha, das hätten wir, dachte er mit grimmiger Miene.

Es war ruhig in der Wohnung, das einzige Geräusch, das er vernahm, war das rhythmische Klopfen der Regentropfen gegen seine Fensterscheibe. Er fuhr mit der Hand über seinen Irokesenschnitt und schüttelte dann den Kopf, dass die Wassertropfen nur so von seinen Haaren sprangen.

»Cool, Alter«, murmelte er nun schon etwas weniger grimmig und machte sich auf den Weg zum Kühlschrank. Er hatte mit Joey aus dem Park flüchten müssen, da sie vom ersten plötzlichen Regenguss innerhalb kürzester Zeit durchnässt worden waren. In einem Hauseingang hatten sie dann gewartet, bis der Wolkenbruch vorüber war.

Joey hatte sich an ihn gedrängt und ihn geküsst, und dann hatte sich ihre Zahnspange mit seinen Zähnen verkeilt. Max mochte nicht mehr daran denken, da das Ganze äußerst unangenehm und auch wirklich überflüssig gewesen war. Joey hatte die ganze Zeit über gekichert. Wie nervig! Zum Abschied hatte sie ihm ein kleines Stoffsäckchen mit Hanf überreicht und gelispelt: »Damit du im Urlaub an mich denkst.«

Er hatte sie ernst angesehen und – darauf war er besonders stolz – keineswegs unfreundlich zu ihr gesagt: »Übrigens, Joey, Alter, Irrtum, wir sind nicht zusammen.«

Daraufhin hatte sie irgendwie komisch geguckt. Ihr Kinn hatte ein ganz klein wenig gezittert, als sie schließlich lässig entgegnete: »Haste ein Problem, Alter?«

Max hatte den Arm um sie gelegt. »Wir beide machen jetzt erst mal eine kleine Pause. Behalte du solange den Stoff, in Grado kann ich ohnehin nicht rauchen, und danach melde ich mich bei dir.«

»Versprochen?«

»Versprochen.«

Wie er jetzt so im Kühlschrank herumkramte und sich gerade zum hundertsten Mal darüber ärgerte, dass es nichts Interessantes zum Essen gab, obwohl sein Vater doch angeblich gern und gut kochte, hörte er auf einmal Stimmen auf der Veranda.

Seine Eltern saßen trotz des Regens im Freien. Gut, das Sonnensegel hielt die Nässe ab, aber ganz verstand er die Erwachsenen trotzdem nicht.

Er riss die Tür zum Zimmer seiner Schwester auf und polterte hinein. »Was ist denn da draußen los? Kriegsrat wegen deinem Zeugnis? Haben sie es schon gesehen?«

Pauline, die schon im Bett lag, fuhr erschrocken hoch. »Nein. Mama hat geschlafen, als ich nach Hause kam, weil sie getrunken hatte. Papa hat sich darüber aufgeregt, und Onkel Florian hat ihm dann das von Lasse erzählt.«

»Was quasselst du da? Mama hat getrunken? Schon wieder?«

»Ja. Aber sie hat nicht weitergemacht und lange mit Onkel

Florian und Papa geredet. Sie hat versprochen, damit aufzuhören.«

Der diesjährige Urlaub in Italien versprach heiter zu werden. Max wollte am liebsten allein zu Hause bleiben.

»Und Lasse? Was war es denn diesmal? Wenn ich den widerlichen Spanner in die Finger kriege, erlebt der sein blaues Wunder!«

»Och, es war gar nichts Schlimmes«, sagte Pauline beschwichtigend.

Aber Max ließ sich so schnell nicht vom Thema abbringen.

»Jetzt rede, sonst ...«

»Na ja, er wollte, dass ich eine Locke von meinem Haar abschneide und sie zu ihm nach Hause bringe. Sonst würde er Niki und mich verzaubern. Ist natürlich Quatsch. Onkel Florian war gerade da, hat es gehört und ein fürchterliches Theater gemacht.«

»Sag, spinnst du jetzt komplett?«, schrie Max sie böse an.

»Wieso? Ich habe doch gar nichts gemacht.«

Max boxte Pauline so fest in die Seite, dass sie vor Schmerz aufschrie.

»Aua! Du tust mir weh. Das sage ich Papa, und dann haut er dir eine runter.«

»Das traut der sich nicht, andernfalls zeige ich ihn wegen Kindesmisshandlung an. Der Alte ist nicht blöd. Aber du bist richtig doof. Zuerst gehst du zu Lasse in die Wohnung, dann läufst du halb nackt draußen herum, und jetzt meinst du, dass er eine Locke von dir haben will, ist nichts Schlimmes! Du kapierst das nicht. Der Lustmolch hätte dich ermorden können. Onkel Florian hatte schon recht, sich aufzuregen. Halte dich von dem Perversen fern!«

Pauline begann zu weinen. »Bitte sei nicht mehr böse«, schluchzte sie, »ich werde auch sicher nie wieder mit ihm reden, und Niki hat sowieso Angst vor ihm.«

»Nervensäge, blöde.« Max machte auf dem Absatz kehrt, ging hinaus und schleuderte die Tür mit lautem Krachen zu.

Dann stürzte er auf die Terrasse, und die Worte sprudelten nur so aus ihm heraus. »Ich schlage die Hausmeisterbrut zusammen, wenn der die Kinder in der Siedlung noch ein Mal blöd anredet. Hat sich eigentlich schon jemand Paulines Zeugnis angesehen? Warum schaut ihr denn so belämmert?«

Die Luft war ihm ausgegangen, und er hielt inne. Dann begannen seine Eltern beide gleichzeitig zu reden.

Sein Vater sagte: »Sei nicht so frech, Sohn, Gewalt ist nicht alles.«

Seine Mutter beantwortete die Frage und schüttelte den Kopf. »Nein. Ich bin von der Hitze vorhin so müde geworden und musste mich ausruhen.«

Max blickte ihr geradewegs in die Augen und sagte: »Lügnerin! Du hast dich betrunken. Mir macht hier keiner etwas vor.« Dann wiederholte er, diesmal mit noch lauterer Stimme: »Hat wirklich noch niemand Paulines Zeugnis angesehen? Das kann doch wohl nicht wahr sein!«

Er registrierte, dass sich die Gesichtsausdrücke seiner Eltern veränderten, und wandte sich um. Hinter ihm stand seine kleine Schwester, das Zeugnis in den verkrampften Händen.

»Das ist meine Schuld, das mit dem Zeugnis. Ich hatte solche Angst, es euch zu zeigen.« Tränen liefen über ihre Wangen, und sie fing sie mit der Zungenspitze auf.

»Her damit, Dumpfbacke!« Max riss ihr das Blatt aus der Hand. »Hört, hört. Schaut euch das an«, johlte er und begann mit dem Papier in der Hand herumzuspringen. »Da hätte sogar ich Angst. Sie hat –«

»Hör auf! Gib sofort her! Du bist so gemein!«, schrie Pauline und versuchte, ihm das Zeugnis aus der Hand zu reißen, aber er hielt es für sie unerreichbar hoch.

Die Erwachsenen waren aufgesprungen. Sein Vater nahm ihm das Zeugnis ab, seine Mutter zog Pauline auf ihren Schoß. »Wird schon nicht so schlimm sein«, beruhigte sie ihre weinende Tochter.

»Was ist eigentlich mit deinem Zeugnis?«, fragte sein Vater.

Da wurde Max bis über die Ohren hochrot, und Pauline lachte aus der Sicherheit von Hannahs Umarmung und zeigte mit dem Finger auf ihn. »Max! Du schaust ja aus wie eine Tomate, oder nein, wie eine Kirsche!«

Max musste sein Zeugnis aus dem Papiereimer holen und es erst einmal glatt streichen.

»Shit, das hat mir gerade noch gefehlt«, fluchte er und ging zurück auf die Terrasse.

Inzwischen hatte es zu regnen aufgehört und war dunkel geworden. Irgendjemand hatte eine Kerze auf den Tisch gestellt. Seine Eltern und Pauline saßen mit erwartungsvollen Gesichtern da, niemand sagte ein Wort.

»Da. Ihr wolltet es ja nicht anders«, brachte Max mit rauer Stimme hervor und knallte das Zeugnis vor seinem Vater auf die Tischplatte.

»Sei nicht so rüpelhaft«, ermahnte der ihn sogleich.

Hannah nickte bestätigend. »Wir wissen ohnehin, dass du das Schuljahr wiederholen musst. Wollen wir trotzdem eine Wette abschließen? Ich tippe auf zweimal ›ungenügend‹. Wer bietet mehr?« Seine Mutter schien bester Laune zu sein.

Ohne einen Blick auf das Zeugnis zu werfen, erwiderte sein Vater: »Ich erhöhe auf drei. Pauline? Was denkst du?«

Seine kleine Schwester kratzte sich am Kopf und sagte nachdenklich: »Max ist so gescheit. Er ist der klügste Mensch auf der ganzen Welt.«

Die Eltern lachten, und sogar Max konnte ein Schmunzeln nicht unterdrücken.

Sein Vater nahm mit den Worten »Na, dann wollen wir es uns mal ansehen« das Zeugnis vom Tisch. Er starrte eine Weile auf das Blatt, dann griff er sich überrascht an die Nase. »Das gibt es doch nicht!«

Alle Blicke waren nun auf ihn gerichtet. Er sprang von seinem Stuhl hoch und umarmte Max. »Mein Sohn hat ja nur sehr gute Noten, wer hätte das gedacht?« Lachend wirbelte er Max, der genervt mit den Augen rollte, im Kreis herum.

Alle redeten durcheinander, und Max murmelte störrisch: »Ich wollte das nicht, aber es ließ sich nicht vermeiden. Ist einfach so passiert.«

Pauline war die Einzige, die es gehört hatte. Sie schaukelte auf Hannahs Knien und drehte aus ihren Locken einen dicken Zopf. Max wusste, seine Schwester war wahnsinnig stolz auf ihn. Und auch wenn er es nur ungern zugab, es gefiel ihm, in den Augen von Pauline ein Held zu sein.

Entgegen seinen Erwartungen hatte es ihm heute sogar beträchtlichen Spaß bereitet, seine Familie mit ihrem Glauben, er würde sitzen bleiben, hinters Licht geführt zu haben.

Mit einem gar nicht mehr so wütenden Gefühl im Bauch schlief Max nach diesem ereignisreichen Tag endlich ein, und der Mond, der hinter den Wolken hervorgekommen war, färbte sein Zimmer silbern.

Zweiter Teil

1

Maddalena atmete tief den balsamisch würzigen Duft der Pinien- und Zypressennadeln ein. Diese herrliche Mischung war dem Harz, das in der Sonne trocknete, zu verdanken. Überhaupt schien die Luft heute geschwängert von den typischen Gerüchen und Aromen des Meeres und seiner Umgebung. Eine frische Brise wehte vom Wasser her und umspielte Maddalenas Gesicht. Ihr Haar hatte sie frühmorgens zu einem turmartigen Gebilde hochgesteckt. Nur einzelne Löckchen ringelten sich um ihre rosa gefärbten Wangen.

Man hatte ihr auf dem Polizeirevier ein Dienstfahrrad zur Verfügung gestellt. Darauf fuhr sie gerade durch den Parco delle Rose, die größte Grünanlage Grados. Das Erholungsgebiet erstreckte sich über fast fünfhundert Meter Breite zwischen dem Stadtviertel Pineta und dem historischen Zentrum der Insel, parallel zum Hauptstrand, der Spiaggia Principale. Es war für Maddalena ein guter Ort, um Ruhe zu finden.

Beschwingt fuhr sie an Skulpturen, Spielplätzen und Brunnen vorbei. Die Bäume ließen sie an eine Allee denken, die ihr schützendes Dach wohlwollend über ihre Besucher breitete. Grüne Hecken, frisch gemähtes Gras auf der einen, bunte Blumenwiesen auf der anderen Seite des Parks, vereinzeltes Laub auf dem Boden und eine Unmenge an Oleander- und Rosenblüten säumten ihren Weg.

Sie sollte allein einen Einsatz übernehmen, der von so minimalem Interesse war, dass auch einer ihrer Kollegen ihn hätte erledigen können. Ein durchschaubarer Schachzug des Alten, um sie neuerlich vor ihrem Team zu demütigen.

Ein Gast aus dem Hotel Tosoni behauptete, von einem der Stubenmädchen bestohlen worden zu sein. Die Reinigungsfrau hätte ihm und seiner Ehefrau angeblich teure Unterwäsche entwendet. Eine lächerlich aufgebauschte und höchst unbedeutende Angelegenheit, befand Maddalena.

Beim Hotel angekommen, lehnte sie ihr Fahrrad an die gelb getünchte Hausmauer und betrat das Foyer.

»Commissaria Degrassi. Könnte ich bitte mit Signora Tosoni sprechen? Sie erwartet mich.«

»Einen Moment. Ich kündige Sie an. Bitte nehmen Sie einstweilen Platz.«

Wenigstens ist die Bude klimatisiert, dachte Maddalena und ließ sich auf einem der gepolsterten Lehnstühle gegenüber dem Empfang nieder. Eigentlich hätte sie sich eingeschüchtert fühlen müssen ob des eleganten Interieurs der riesigen Hotelhalle. Doch sie konnte dem so betont gegenwärtigen Luxus wenig abgewinnen. Die Wände sahen aus, als hätte man mit einer Maschine großflächig Sand vom Strand daraufgespritzt. Vielleicht war das eine moderne Technik, die ihr bisher unbekannt war. Edle Blumen, vielleicht Lilien oder Callas, aber was wusste sie schon, hielten ihre Blüten arrogant über Terrakottatöpfe.

Die ausgestellten Bilder gefielen Maddalena nicht. Abstraktes Gekritzel, das sie nicht zuzuordnen vermochte.

Es war trotz der Klimaanlage stickig und roch üppig süß. Ihre Nase begann zu jucken.

»Commissaria?«

Erschrocken sah sie hoch.

Statt der älteren Dame, mit der sie hier verabredet war, stand ein Mann vor ihr und blickte lächelnd zu ihr herab. Er reichte ihr seine Hand und musterte sie aus stahlgrauen Augen.

Ungeschickt hievte Maddalena sich aus dem Sessel.

»Darf ich mich vorstellen? Tomaso Tosoni.« Seine Stimme klang sehr tief. »Ich bin der Besitzer des Hotels, der Sohn von Donna Rosa, die Sie hergebeten hat«, verkündete er, und Maddalena fand ihn anmaßend.

Aber er sah verdammt gut aus, groß und durchtrainiert. Zu

einem schlichten weißen Button-down-Hemd trug er beige Chinos und sicherlich maßgefertigte Lederschuhe. Es ging eine eigenartige Anziehungskraft von ihm aus. Seine Arroganz hatte etwas Verführerisches, das sie zum Widerspruch reizte. Sie merkte, dass sie ihre Hände zu Fäusten geballt hielt, die Fingernägel drückten sich in ihre Haut.

Maddalena blinzelte und öffnete ihre Hände. »Dachte ich mir schon. Wer ich bin, wissen Sie bereits«, erwiderte sie schnippisch, nachdem sie sich einigermaßen gefangen hatte.

»Ich lasse uns ein Erfrischungsgetränk bringen. Bevorzugen Sie einen eiskalten geschüttelten Kaffee oder einen Tee mit Pfirsichgeschmack? Gekühlte Fruchtsäfte hätte ich ebenfalls anzubieten. Sie merken schon, Sie befinden sich hier bei uns im Paradies der Genüsse.«

Maddalena spürte Hitze in sich hochsteigen. Sie hoffte, ihre Wangen würden nicht zu glühen beginnen.

Vor den Fenstern des Rezeptionsbereichs stieg die Vormittagssonne langsam höher, der Himmel färbte sich golden.

»Ich nehme den Caffè Shakerato, bitte ohne Zucker. Das Süße ist nicht so meines.« Kaum ausgesprochen, biss sie sich auf die Zunge.

Was redete sie da?

»Diesen Eindruck hatte ich nicht, auf mich wirken Sie ziemlich süß.« Er stockte. »Bittersüß, um es auf den Punkt zu bringen. Doch Ihr Wunsch ist mir Befehl. Ich begnüge mich vorerst mit einem Glas Wasser.« Er lächelte unergründlich und gab die Bestellung an den herbeieilenden Kellner weiter.

Sie beschloss, auf die Zweideutigkeit seiner Worte nicht zu reagieren.

Während sie über die Anschuldigung des Gastes sprachen, beobachtete Maddalena abgelenkt drei Möwen, die einander im wilden Flug über die Hotelterrasse verfolgten. Eine hielt ein Stück Pizza im Schnabel, die anderen beiden versuchten, es ihr abzujagen.

»Diese Biester sind gierig.« Maddalena schüttelte den Kopf

und betete, dass ihre Hochsteckfrisur sich nicht auflöste. In ihrem Nacken sammelte sich Schweiß.

»Das liegt in ihrer Natur. Kann ich bestens nachvollziehen. Möwen sind nun mal Raubvögel, die ihre Beute, haben sie sie erst mal in Besitz genommen, nicht mehr hergeben wollen. Sie sind keine verweichlichten Kuscheltiere.«

»Da sind mir Kapaune allemal lieber«, entgegnete Maddalena keck und dachte schuldbewusst an Franjo.

Sie war eindeutig im Begriff, auf die Flirtattacke dieses Mannes einzugehen.

»Kapaune?« Er grinste sie unverschämt an und zeigte makellos weiße Zähne.

»Mein Verlobter, Franjo, ist Koch, oben im slowenischen Karst. In seinem Hof tummelt sich allerlei Federvieh, bevor es in den Kochtopf kommt.«

So, nun hatte sie gerade noch rechtzeitig die Kurve gekriegt.

»Ein Mann mit Geschmack, das ist unverkennbar.« Tomaso Tosoni betrachtete sie so aufmerksam, dass Maddalena schwindlig wurde.

»Ich muss zurück zu meiner Dienststelle. Am Nachmittag schicke ich einen Kollegen vorbei, der mit Ihren Gästen und den Stubenmädchen reden wird. Sorgen Sie bitte dafür, dass besagte Personen anwesend sind«, erklärte sie hastig und erhob sich.

Nichts wie weg hier!

»Zu Befehl, Commissaria.« Er stand ebenfalls auf, salutierte und zwinkerte ihr zu. »Und am Abend lade ich Sie zu einem Mondscheindrink auf der Dachterrasse des Hotels Astoria ein.«

Zu ihrer Bestürzung fragte Maddalena: »Um wie viel Uhr?«

Tosoni lachte. »Auch in diesem Fall beuge ich mich Ihren Wünschen.«

»Gut. Dann um einundzwanzig Uhr.« Hastig, ohne sich noch einmal umzudrehen, verließ sie das Foyer und ärgerte sich über ihre Reaktion.

Sie würde den Angeber versetzen.
Sollte er seinen Drink doch allein zu sich nehmen.

2

»Yippie yeah ... juhu ... Yippie yeah«, jubelte Pauline, »die großen Ferien sind endlich dä!«, und freute sich über den Reim, den sie gerade erfunden hatte. »Yippie yeah ... juhu ... Yippie yeah, die großen Ferien sind endlich dä!«

»Pssst«, machte ihre Mutter, die auf dem Beifahrersitz saß, »ich habe Kopfweh.«

Ihr Vater sagte beschwichtigend: »Ach, lass sie doch, sie freut sich so, die Kleine«, und fragte: »Sind die Kopfschmerzen schlimm?«

Mama murmelte irgendetwas Unverständliches.

Max zog einen der Kopfhörer aus seinem Ohr. »Hää? Hat jemand was zu mir gesagt?«

Pauline musste kichern und hörte ihren Vater ebenfalls lachen.

»Keine Sorge, Mad Max, Stöpsel wieder in die Ohren, Musik laut und Ruhe! Sag mal, was hörst du da eigentlich?«

Widerstrebend antwortete Max: »Kennst du eh nicht, Alter. ›Party im Cannabisbeet‹ von der Gruppe Schleimkeim. Zufrieden?«

Papa fragte nicht weiter nach. Er und Mama sahen sich an und lachten dann beide.

»Hoffentlich gibt es die Cannabis-Party nur im Lied«, sagte sie.

»Ihr seid so was von bescheuert. Ich halte euch nicht aus!«, maulte Max und boxte Pauline in die Seite.

Sie wollte gerade entrüstet aufschreien, als sie plötzlich das Meer vor sich sah. Tiefblau mit weißen, gekräuselten Wellenkämmen war es jetzt auf beiden Seiten der Straße zu sehen. »Mama, Papa, Max, schnell, schaut! Das Meer!«

Sie hüpfte in ihrem Sitz vor Freude auf und ab.

»Dummerchen, das da links und rechts vom Damm sind die östliche und die westliche Lagune, nicht das Meer«, belehrte ihr Bruder sie.

»Egal.« Sie wollte nicht mit ihm streiten, er hatte ohnehin meistens recht, und sie freute sich viel zu sehr auf den Urlaub.

Mama öffnete das Fenster und ließ frische Luft ins Auto.

»Es riecht so herrlich nach salzigem Meer, Seegras und Algen.«

»Ich kann euch das erklären.«

Darauf hätte Pauline gewettet.

»Dann schieß mal los«, sagte Mama.

»Dieser Gestank«, Max kicherte, »ist ein Gas, Dimethylsulfid. Es entsteht durch Bakterien. Alles Weitere ist für euch drei zu kompliziert.«

»Phytoplankton sondert einen Stoff ab, den Bakterien verspeisen. So entwickelt sich das Gas, das wir als Meerluft wahrnehmen. Tja, da wunderst du dich, Max, was?« Papa lachte dröhnend und drehte vergnügt am Lenkrad.

»Pass auf!«, rief Mama alarmiert.

Aber Pauline fand, dass es nicht gefährlich, sondern lustig war.

»Ihr seid beide Besserwisser.« Mama klang verärgert. Sie hatte oft Angst beim Autofahren.

Links konnte Pauline schon die kleine Insel mit der Wallfahrtskirche im Meer ausmachen. Dorthin waren sie einmal von Giancarlo, einem alten Fischer, mit seinem Boot gebracht worden. Giancarlo besaß ein echtes Piratenboot, das er vor langer Zeit im Meer treibend gefunden hatte. Die Segel waren in schwarzer und weißer Farbe mit einäugigen Piratengesichtern und überkreuzten Sicheln bemalt. Alle Jahre wieder trafen sie ihn am Strand und unternahmen mit ihm abenteuerliche Fahrten an der Küste entlang. Sie freute sich schon auf ihn, da er so fesselnde Geschichten zu erzählen wusste. Ihr Bruder lachte sie dann zwar aus und verspottete sie, weil sie so leichtgläubig war: »Pauline, die kleine Nervensägen-Biene, glaubt noch an Gespenster, Geister und Märchen. Aber es ist alles erfunden, und ätschi, bätschi, Piraten gibt's schon lange keine mehr.«

Aber Pauline machte das nichts aus. Sie fand Giancarlos Erzählungen so gruselig schön, egal, ob sie stimmten oder nicht. Er kannte auch viele Liebesgeschichten aus der Lagune und war über jedes Verbrechen informiert, das hier einmal geschehen war.

Rechts, parallel zur Straße, flitzten jetzt zwei Motorboote vorbei. Hinter ihnen teilte sich das Wasser und schob kleine Wellen in Richtung Ufer. An manchen Stellen war die Lagune so seicht, dass man den bleichen, sandigen Schlamm sehen konnte. Er bildete kleine Inseln im Wasser. Auf einigen standen Vögel mit dünnen, langen Beinen. Weit oben schwebten Möwen, und der Himmel war tiefblau. Keine einzige Wolke war zu sehen.

Sogar Max schaute neugierig aus dem Fenster, und seine Lippen bewegten sich tonlos zur Musik.

3

»Uff«, keuchte Max und stellte den letzten Koffer im Hotelzimmer ab. Die Alten hatten eine Unmenge an Gepäck mitgenommen, so als wollten sie hier einziehen, stellte er missmutig fest.

Das Fenster seiner Eltern war eigentlich eine doppelte Balkontür und ging auf eine kleine Veranda mit Meerblick hinaus.

Pauline und er mussten sich zu seinem Leidwesen ein Zimmer teilen. Nicht dass es seine Schwester gestört hätte. Sie schien regelrecht stolz zu sein, mit ihm zusammenwohnen zu dürfen, was man von ihm nicht gerade behaupten konnte.

»Hallo, Max!«, rief sie, sobald sie ihn kommen hörte. »Max,

ich habe schon alles ausgepackt, eingeräumt und schön für uns hergerichtet.«

»Ich warne dich, wenn du meine Sachen auch nur angerührt hast …« Er ließ die Drohung unausgesprochen in der Luft stehen.

Pauline sagte erschrocken: »Na ja, eigentlich schon … Aber du wirst dich freuen, wirklich.«

»Wir spielen hier nicht Puppenküche, verstanden?« Max stürzte sich auf seine kleine Schwester, schmiss sie aufs Bett und drehte ihr den Arm nach hinten.

»Max, du tust mir weh, du bist so ein Grobian!«, keuchte Pauline und versuchte, sich aus seinem Griff zu befreien.

»Und du so eine Nervensäge.«

Schließlich gab er sie frei und ließ sich mit einem Plumps auf sein Bett fallen. Als er sich umschaute, sah er, dass sie alles liebevoll auf- und nebeneinandergestapelt, dekoriert und ihrem komischen, winzig kleinen Sorgenpüppchen ein Lager aus Taschentüchern bereitet hatte. Seine Bücher standen neben den ihren. Er konnte sich nicht mehr darüber ärgern, sondern begann zu lachen.

»Stellst du dich schon auf deinen späteren Beruf ein?«, spottete er aus alter Gewohnheit.

»Auf welchen denn?«, fragte sie treuherzig.

»Na, Hausfrau, Putzfrau oder Krankenschwester, ha, ha, ha.«

»Ja, das will ich. Diese Berufe würde ich gern einmal haben, die finde ich toll.«

»Das kannst du überhaupt nicht beurteilen«, stellte er fest und bekräftigte dann in scharfem Ton: »Finger weg von meinem Zeug, kapiert?«

»Ich werde dir schon nichts wegnehmen, versprochen!«

»Du bist und bleibst ein kleiner Dummkopf«, rief er etwas weniger unfreundlich, sprang auf und machte sich wieder auf den Weg zum Auto.

Er traf seine Eltern in der Rezeption und hörte gerade noch, wie Hannah seinen Vater mit vor Zorn bebender Stimme anzischte: »Dann telefoniere ruhig ungestört weiter. Mir ist das gleichgültig. Vielleicht hättest du gar nicht erst mitkommen sollen, wenn dir deine Klienten und Fälle wichtiger sind als wir.«

Der Alte schüttelte den Kopf, seufzte und schaute Hannah vorwurfsvoll an. »Was soll das jetzt schon wieder? Du weißt, dass es nicht so ist.«

Aus dem Augenwinkel sah Max die Tosonis die Hotelhalle durchqueren und direkt auf sie zusteuern. Sie wirkten so herrschaftlich und elegant, als wären sie einem altmodischen Familiengemälde entsprungen.

»Hallo, Signora und Signor Wildner, wie schön, Sie alle wieder hier bei uns begrüßen zu dürfen.«

Tomaso war der Hotelbesitzer und Franziska seine deutsche Frau. Max fand die beiden eigentlich ganz in Ordnung, sie waren freundlich und ließen ihn weitestgehend in Ruhe. Zur Familie gehörte außerdem noch Donna Rosa, Tomasos Mutter. Früher, als er klein war, hatte er die alte Signora gern gemocht, da sie ihm immer interessante italienische, mit Kaffee und Likör gefüllte Süßigkeiten zusteckte, inzwischen nervte sie ihn zunehmend mit ihrem hoheitsvollen Getue.

Max, der es nicht aushielt, wenn sich seine Eltern vor anderen Menschen stritten, fühlte sich sogleich äußerst unbehaglich in seiner Haut. Mit roten Ohren ließ er die Begrüßung über sich ergehen und starrte mürrisch auf seine Fußspitzen.

»Komm, Max, wir stellen das Auto weg«, sagte sein Vater nach einem kurzen Blick auf ihn. Er fasste ihn am Arm und zog ihn ins Freie. Ein Schwall feuchter Hitze nahm Max augenblicklich den Atem. Die Luft fühlte sich an wie zähe Zuckerwatte, die seinen Körper verklebte. Sofort bildete sich ein glänzender Film auf seinem Gesicht und den Unterarmen. Er stöhnte unwillig auf.

»Uff, Alter, ich packe das Wetter nicht!«

»Jetzt stell dich nicht so an, du bist doch kein alter Mensch, hilf mir lieber, einen Parkplatz zu finden.« Sein Vater klang ärgerlich.

Silberne Wolken hingen wie eine Schicht glänzender Watte am Himmel und verdeckten ihn fast gänzlich. Das Sommerblau war völlig verschwunden.

Vom Meer her quengelten und schrien die Möwen, so als beschwerten sie sich über ein herannahendes Unwetter.

Sie erinnerten Max an seine Schwester.

4

»Wie soll ich das bloß alles schaffen?«

Hannah saß an der Bar, vor sich ein kühles Tonic Water, und grübelte mit zur Seite geneigtem Kopf. Sie trank ein paar Schlucke, hielt das beschlagene Glas an ihre Wange und atmete tief durch.

Friedrich war einfach nicht ganz bei ihr, sie spürte es genau. Seine Arbeit war ihm wichtiger als ihr gemeinsames Leben.

Sie leerte ihr Glas, aber die erhoffte Erfrischung blieb aus. Ihre Haare hatten sich aus dem Gummi gelöst, und sie sehnte sich nach einer kalten Dusche. Der Barkeeper fragte mit einer Augenbewegung, ob sie noch etwas wolle. Sie schüttelte verneinend den Kopf, ließ das Tonic Water auf die Zimmerrechnung setzen und sprang vom Hocker, um Pauline zu holen.

Als Hannah schon fast draußen war, drehte sie sich rasch um, ging zur Theke zurück und bestellte mit gehetzter Miene einen doppelten Gin auf Eis. Mit einem verstohlenen Blick zur Eingangshalle vergewisserte sie sich, dass weder Friedrich noch Max zu sehen waren, und stürzte das Getränk hinunter.

Der Alkohol brannte scharf in ihrer Kehle, und es blieb ihr kurz der Atem weg. Dann spürte sie, wie ihre Glieder langsam schwer wurden. Eine wohltuende Ruhe breitete sich in ihr aus und nahm ihr jegliche Nervosität.

Sie zahlte bar und fuhr dann mit dem Lift nach oben in die erste Etage. Als sich die Tür surrend öffnete, sah sie ihre Tochter im Hotelflur vor ihrem Zimmer stehen.

»Mama, schau, ich habe mich schon umgezogen!« Pauline lief auf sie zu und sprang in ihre Arme.

Hannah taumelte.

»Ich ziehe mich nur rasch um, und dann gehen wir ans Meer. Warte in der Hotelhalle auf mich.«

Im Zimmer angekommen, fragte sie sich, wo Friedrich und Max so lange blieben. Sie putzte gründlich ihre Zähne und spülte mit Mundwasser nach.

»Ich wäre fast allein zum Strand gegangen, weil du so lange gebraucht hast, Mama.« Pauline klang vorwurfsvoll und ähnelte in diesem Moment mehr denn je ihrem Vater.

»Du darfst nie allein ans Meer, verstanden? Das ist ein striktes Verbot.«

»Ja, Mama. Hätte ich eh nicht gemacht.«

Nachdem sie beim Haupteingang ein Badehäuschen organisiert hatten, streckten sie sich nebeneinander auf ihren Strandliegen aus.

Die Sonne war hinter einer Wolkenbank verschwunden, und es roch nach Salz und Seetang.

Ein leichter Wind war aufgekommen, wie so oft am Meer, und als Pauline unten am Wasser im Sand Muscheln zu suchen begann, holte Hannah sich beim Strandcafé rasch einen weiteren doppelten Schluck Gin und mischte den Alkohol unter ihr mitgebrachtes Tonic Water.

Das Fläschchen stellte sie für alle sichtbar neben sich auf die Konsole des Sonnenschirmes.

Sie fühlte sich geblendet, obwohl die Sonne hinter einer Wolke verschwunden war. Müde schirmte sie ihre Augen mit der Hand ab und angelte in der Strohtasche nach ihrer Sonnenbrille.

Draußen, weit hinter der Tafel für Nichtschwimmer, schwamm ein kleiner Kopf gegen die Wellen an. Die weißgraue Gischt spritzte immer wieder hoch, manchmal wurden die blonden Locken komplett vom Wasser verschluckt, und die ganze Gestalt tauchte unter.

Auf einmal schoss das Blut heiß in Hannahs Herz und signalisierte: »Gefahr!«

War das etwa ihre Tochter?

Sie sprang von ihrer Liege auf und stolperte über die Strohtasche. Keuchend hielt sie sich am Sonnenschirm fest, bis die schwarzen Pünktchen vor ihren Augen zu tanzen aufhörten. Dann lief sie auf die Holzbrücke und rief: »Pauline, du darfst nicht allein hinausschwimmen! Komm sofort zurück!«

Aber die blonden Locken tanzten unbeirrt weiter auf den Wellen, sie waren schon kaum mehr zu erkennen.

Mit Panik in der Stimme schrie sie ein ums andere Mal: »Pauline!«

Als ihre Tochter nicht reagierte und sie gerade von der Brücke ins Wasser springen wollte, um zu ihr zu schwimmen, hörte sie hinter sich ein aufgeregtes Stimmchen rufen: »Mama, warte doch auf mich!«

Im nächsten Moment spürte sie eine kleine, feuchte Hand an ihrer Hüfte, und Pauline stand vor ihr.

»Paulinchen«, stammelte sie und riss ihre Tochter in die Arme.

»Aber Mama, was hast du denn?«

»Ich dachte, du schwimmst da draußen«, sagte Hannah verschämt und zeigte aufs offene Meer. Ihr Herz trommelte immer noch wild gegen ihre Rippen und beruhigte sich nur langsam. »So was machst du nie wieder.«

»Ich habe doch gar nichts getan, Mama. Zuerst habe ich Muscheln gesucht, und dann saß ich am Strand und habe auf dich gewartet. Wie wir es ausgemacht hatten.«

»Oh«, sagte Hannah leise und fühlte sich mit einem Mal erschöpft und zittrig. Sie konnte sich an diese Vereinbarung nicht erinnern. »Komm.« Sie zog Pauline an sich, und dann setzten sie sich nebeneinander auf den Steg und ließen die Beine über den Rand der Bretter baumeln.

Oje, dachte Hannah, ich habe vergessen, mich zu rasieren. Sie seufzte tief und legte den Arm um ihr Kind.

»Besser?«, fragte Pauline.

»Besser«, antwortete Hannah.

Als sie schließlich Hand in Hand zurück zu ihrem Platz gingen, sahen sie schon von Weitem Friedrich und Max, die ihnen zuwinkten.

Hannah beschlich ein unangenehmes Gefühl.

Max hockte sich neben sie auf die Liege, und Friedrich spielte mit Pauline im Sand.

»Darf ich?«, fragte Max, und bevor Hannah reagieren konnte, hatte er sich auch schon das Tonic Water gegriffen, den Verschluss geöffnet und die Flasche angesetzt.

Angewidert verzog er sein Gesicht, schraubte den Verschluss wieder zu und stellte die Flasche wortlos zurück.

Friedrich, der die Szene beobachtet hatte, stand auf. »Für wie blöde hältst du mich eigentlich? Wolltest du uns auf so billige Weise täuschen?«

Hannah wurde knallrot.

Was hatte sie sich nur dabei gedacht?

Was war bloß in sie gefahren?

»Als du mit Pauline an der Hand über den Strand getorkelt kamst, habe ich mir schon gedacht, dass du wieder getrunken hast.«

»Nein, Mama hat sich nur gefürchtet, weil sie dachte, ich wäre allein schwimmen gegangen«, kam ihr Pauline zu Hilfe.

»Ich –« Hannah stockte.

»Pack dein Zeug und geh sofort zurück ins Hotel!«, brüllte Friedrich aufgebracht.

»Die Kinder, die anderen Gäste. Bitte schrei nicht so laut.« Hannah spürte, wie ihre Mundwinkel zuckten. Aber ihr Mann konnte sich nicht beherrschen.

»Du hast getrunken, gib es zu!«

»Bitte, Papa«, sagte Max und fummelte nervös an seiner Irokesenzacke herum.

Doch Friedrich riss das Fläschchen vom Tisch und schleuderte es in den Sand.

Ein paar Badegäste drehten sich zu ihnen um und machten große Augen. Einer war sogar aufgestanden und wollte sich nähern, aber Friedrich blitzte ihn so zornig an, dass er sofort zu seinem Platz zurückging.

Pauline rannen die Tränen über die Wangen, während sie ihre Mutter weiter zu verteidigen versuchte. »Papa, Mama wollte mich doch nur retten. Was ist denn daran so schlimm? Ich habe sie dafür lieb«, schluchzte sie.

»Halt sofort deinen Mund, Pauline, du verstehst nicht, worum es geht!«, tobte Friedrich weiter.

Das war zu viel für Max. Er sprang auf und rief: »Papa, hör auf, hör bitte auf.«

Hannah befürchtete, dass Friedrich seinem Sohn eine Ohrfeige verpassen würde. Zum Glück konnte er sich gerade noch zurückhalten.

»Es ist alles meine Schuld, aber bitte hör auf!« Max ließ von seinem Vater ab und nahm Pauline in den Arm. Zusammen kauerten sie sich auf die Liege und schauten verängstigt, was Friedrich nur noch mehr in Rage versetzte.

»Ich tu euch schon nichts!« Er wandte sich wieder Hannah zu. »Mir reicht es jetzt!«, brüllte er und knallte Hannahs Strohtasche gegen den Sonnenschirm. Dann setzte er sich auf die zweite Liege und starrte aufs Meer.

»Lauft schon mal vor ins Hotel«, bat Hannah ihre Kinder mit leiser Stimme, und die beiden schlichen mit hängenden Köpfen davon.

Sie hob ihre verstreuten Sachen auf und schüttelte den Sand ab. Vergebens hoffte sie auf einlenkende Worte. Doch Friedrich sah sie nicht einmal an.

Die Szene am Strand hatte Hannah den Rest gegeben.

5

Maddalena stand am offenen Fenster ihres Büros und blickte nachdenklich zum Himmel. Das angekündigte Unwetter war nun doch nicht über Grado hereingebrochen. Sie wusste, dass die Insel da so ihre ganz eigenen Launen hatte. Mit den Vorhersagen der Meteorologen für das Festland ließ sich hier nicht viel anfangen. Die Sonne versteckte sich zwar immer noch hinter den Wolken, und der Himmel war diesig, das hielt die Badegäste jedoch nicht davon ab, sich am Strand zu aalen. Sie konnte die Sonnencremes bis hierher riechen und die Kinder johlen hören.

Zoli war am frühen Nachmittag ins Hotel Tosoni gefahren und hatte das Personal und die geschädigten Gäste befragt. Dabei hatte sich herausgestellt, dass die angeblich entwendeten Dessous gar nicht entwendet worden waren, sondern sich die ganze Zeit in einer Einkaufstüte befanden, die noch nicht ausgepackt worden war.

Maddalena konnte darüber nicht mal schmunzeln. Wenn das so weiterging, war ihre Arbeit hier überflüssig. Entweder würde Scaramuzza ihr kündigen oder sie sich zu Tode langweilen. Nur der Espresso von Zolis Mutter hielt sie am Leben.

Jetzt wurde es langsam Abend, und sie erinnerte sich an ihre Zusage, um einundzwanzig Uhr auf der Dachterrasse des Grand Hotel Astoria mit Tomaso Tosoni ein Getränk und den Mondschein zu genießen.

Was für eine dumme Idee!

Doch unmittelbar stellte sich ein kribbeliges Gefühl ein.

Maddalena vertiefte sich rasch wieder in die liegen gebliebenen Akten ihres Vorgängers. Sie war dabei, ein neues Ablagesystem zu entwickeln, denn das Chaos, das hier herrschte, setzte ihr gewaltig zu. Nichts, aber auch gar nichts wurde ordnungsmäßig abgelegt.

Wie, verdammt noch mal, sollte sie etwas finden, wenn sie danach suchte?

Zwischendurch war sie zum Comandante gerufen worden, der sie für ihre Ermittlungen bezüglich der gestohlenen Unterwäsche in den Himmel gelobt hatte.

»Signor Tosoni, der Besitzer dieser herrlichen Anlage direkt am Meer, hat in den höchsten Tönen von Ihnen geschwärmt, liebe Commissaria. Ich weiß eben zielsicher, wen ich einstelle und wem ich eine Absage erteile.«

Maddalena hatte sich aufrichtig bemüht, die Dinge klarzustellen. »Es war das Verdienst meines Kollegen Piero Zoli. Er hat die Befragungen durchgeführt. Ich habe lediglich mit dem Chef des Hotels einen Kaffee getrunken und mir die Umstände des Falls angehört.«

»Degrassi, jetzt schmälern Sie doch nicht so leichthin Ihre Leistung. Signor Tosoni war schlichtweg begeistert von Ihnen und Ihren Kenntnissen.«

Fluchtartig war Maddalena aus der Kammer des Großwildjägers geflüchtet, jedoch natürlich nicht, ohne ihrem Vorgesetzten brav einen Gruß zuzurufen. Schließlich wusste man nie, wofür die im rechten Moment eingesetzte Höflichkeit am Ende gut war.

Genau so und nicht anders hatte Maddalena die vielen Ermahnungen ihrer Mutter abgespeichert.

Bin ich denn zu einer Sibilla-Kopie verkommen, fragte sie sich und lachte, als der frische Wind ihre Locken zerzauste. Der am Morgen kunstvoll gebastelte Turm war im Laufe des Tages einem Salat aus spiraliger Pasta gewichen. Schnell entwirrte sie das widerspenstige Gekräusel mit einem Kamm und befand, dass sie herzeigbar war. Zu guter Letzt bändigte sie ihre Locken mit dem Haarband, das sie immer dabeihatte, und gab ihrer Frisur so den letzten Schliff.

Die trockenen Lippen beschmierte sie ausgiebig mit einem nach Lavendel duftenden Fettstift. Auf ihre Wangen klopfte sie ein wenig Farbe und verdunkelte die Augen mit ihrer halb vertrockneten Wimperntusche.

Dann fuhr sie beschwingt, wie heute Morgen schon, durch

den Parco delle Rose und geradewegs auf das Hotel mit der Dachterrasse zu.

Der Abend hatte sich über Grado gesenkt.

Die untergehende Sonne tünchte den Himmel lilafarben.

Und in Maddalena keimte ein Gefühl, das sie nicht benennen konnte.

6

Die können mich alle, aber so was von, dachte Max erbost, ich bin doch nicht mitgefahren, um in den Sommerferien den Babysitter der kleinen Nervensäge zu spielen.

Den ganzen Tag über langweilte er sich mit Pauline am Strand.

Seine Eltern stritten sich ununterbrochen. Sofern Hannah überhaupt ansprechbar war, hieß das, denn die meiste Zeit verbrachte sie allein im Hotelzimmer. Manchmal traf er sie auch an der Hotelbar. Dann blickte seine Mutter an ihm vorbei, als würde sie ihn nicht erkennen.

Vielleicht tat sie das ja auch wirklich nicht.

Er hatte die Nase gestrichen voll. Sollte das jetzt die ganze Zeit so weitergehen? Wenn er an den schrecklichen Vorfall mit seinem Vater am ersten Tag der Ferien dachte, verging ihm sowieso alles. Nicht dass Friedrich jetzt etwa von einem schlechten Gewissen oder gar Schuldgefühlen geplagt gewesen wäre, nein, im Gegenteil. Er war gereizt, vorwurfsvoll, schlecht gelaunt und sprach kaum ein Wort mit ihnen.

Alles ging den Bach runter, nur die Sonne, die Sonne brannte weiter vom knallblauen Himmel, als wenn nichts gewesen wäre.

Die kleine Nervensäge tat ihm leid, da sie niemanden zum Spielen hatte und die meiste Zeit traurig am Strand saß und die Wellen beobachtete. Natürlich hatte sie bemerkt, dass er nicht auf sie aufpassen wollte, sie war ja schließlich nicht blöd.

Einmal hatte er gesehen, wie sie im seichten Meerwasser stehend mit Giancarlo plauderte und kurz darauf mit ihm in seinem bunten Piratenboot davonsegelte – ohne Sonnenhut, und sicher war sie auch nicht eingecremt gewesen.

Erst Stunden später war sie mit einem Sonnenbrand auf den Schultern und einem zufriedenen Lächeln in ihrem Gesicht zurückgekehrt, als er gerade begonnen hatte, sich ernsthaft Sorgen zu machen.

»Aber Maxi-Quaxi«, hatte sie gekichert, als er sie zur Rede stellte, »du bist doch nicht Papa. Dieses Jahr bin ich eben allein, ohne euch alle, auf große Fahrt gegangen. War lustig. Ein echtes Piratenabenteuer. Stell dir vor, Giancarlo und ich haben zusammen einen riesigen Fisch verspeist. Er hat ihn selbst geangelt.«

Max hatte innerlich die Augen verdreht.

Was sollte er dazu noch sagen?

Wäre es nicht die Aufgabe seiner verdammt egozentrischen Eltern, darauf zu reagieren?

»Du weißt genau, dass du nicht einfach so mit jemandem mitgehen darfst, du dämliche Nervensäge«, hatte er sie heftiger als notwendig angeschnauzt.

Seine kleine Schwester hatte daraufhin nur ihre Locken, die von der Sonne ganz hell geworden waren, um den Zeigefinger gewickelt und ihn angelacht. »Giancarlo ist doch nicht irgendjemand. Wir kennen ihn, seit wir auf der Welt sind, das weißt du ganz genau, du Angeber.«

Das stimmte natürlich, und einer aus der Familie würde sich in den nächsten Tagen bei dem alten Fischer für die Fahrt bedanken, ihm wahrscheinlich Geld dafür geben müssen.

So wie es aussah, würde auch das an ihm hängen bleiben.

Gestern war er mit Pauline im Eissalon gewesen, und als sie von der Bedienung ihr Frappé Caramel entgegennahm, hatte sie ihn angesehen und mit ernster Stimme gesagt: »Max, hier passiert mir nichts. Du kannst ruhig in die ›Spielhölle‹ gehen. Musst wirklich nicht auf mich aufpassen.«

Als Pauline klein war, hatte sie statt »Spielhalle« Spielhölle gesagt. Jetzt nannte sie es manchmal zum Spaß so. Er war in hysterisches Lachen ausgebrochen, und seine Irokesenzacke hatte nur so auf und ab gewippt.

Der Spielsalon war der einzige Ort, an dem er sich im Moment einigermaßen gern aufhielt. Trotzdem hatten ihm die Worte seiner Schwester den Hals zugeschnürt, und er hatte sich seltsam niedergeschlagen gefühlt. Daher war er zu Pauline gegangen und hatte ihr etwas unbeholfen den Arm um die Schultern gelegt, bis Pauline »Autsch, mein Sonnenbrand!« gebrüllt hatte.

Da hatten sie beide einen weiteren Lachkrampf bekommen und sich schließlich vor Anstrengung den Bauch halten müssen.

Und doch, nichts war mehr so wie die Jahre zuvor.

Im Speisesaal zum Beispiel saßen sie nie mehr als Familie zusammen. Nicht dass ihm das etwas ausgemacht hätte, aber dass jeder von ihnen zu einem anderen Zeitpunkt aß, störte ihn gewaltig. Vor allem deshalb, weil die Nervensäge nicht gut allein zum Abendessen gehen konnte. Es blieb ihm nichts anderes übrig, als sie zu begleiten. Einer musste das ja wohl, und seinen Eltern war es anscheinend egal.

Er wunderte sich nicht zum ersten Mal darüber, denn sonst waren Mama und Papa ausgesprochene Kontrollfreaks, überprüften jeden seiner Schritte, und Pauline ließen sie überhaupt nicht aus den Augen.

Und jetzt?

Seine Eltern waren so von ihren Problemen in Anspruch genommen, dass sie um sich herum nichts anderes mehr wahrnahmen. Alle Regeln, die sie jemals aufgestellt hatten, waren außer Kraft gesetzt. Pauline durfte allein und endlos lange am Strand bleiben, sogar im Meer viel zu weit hinausschwimmen oder im Ort herumspazieren. Sie musste nicht aufessen, es wurde nicht einmal bemerkt, wenn sie das Essen vergaß. Ins Bett konnte sie auch gehen, wann immer sie dazu Lust hatte, also blieb sie die halbe Nacht auf und spielte mit ihrem Sorgenpüppchen oder las bei weit geöffnetem Fenster.

Natürlich ließ sie das Licht brennen. Wenn er sich dann auch hinlegen wollte, schlief Pauline, aber der Raum war voll mit Stechmücken.

Ständig wachte er in der Nacht vom hohen, surrenden Geräusch der angreifenden Blutsauger auf und musste sich auf die Jagd nach ihnen begeben. Am nächsten Morgen standen beide meist zerstochen, zerkratzt und reichlich unausgeschlafen auf.

Ihm wurde ständig Geld für den Spielsalon gegeben. Das Einzige, was überhaupt von ihm verlangt wurde, war, dass er ein Auge auf Pauline hatte.

Doch nicht einmal das überprüften seine Eltern.

Ihm konnte es nur recht sein.

Eigentlich war so ein Zustand ohne Verbote und Einschränkungen schon immer sein geheimer Traum gewesen. Nur wurde ihm das Ganze jetzt, da er wirklich in so eine Situation geraten war, allmählich unheimlich.

Irgendwann stellte sich Angst ein, dass seine Eltern sich womöglich trennen würden oder Hannah wieder ins Krankenhaus käme.

Max dachte oft an seinen kleinen Bruder und war dann traurig. Manchmal ertappte er sich jedoch dabei, dass er auf das Baby zornig war, durch dessen Tod sich alles verändert hatte und alle unglücklich geworden waren. Dann fühlte er sich schuldig, denn was konnte schließlich der kleine Martin dafür, dass er sterben musste?

Jetzt rief er seiner Schwester, die auf der Brücke saß und die Boote beobachtete, die weit draußen am Horizont entlangfuhren, zu: »Ich gehe kurz in die Spielhalle, vielleicht treffe ich jemanden. Bin gleich wieder da.«

Natürlich würde er niemanden treffen, das wusste er genau. All seine Freunde waren zu Hause.

Inzwischen wäre er sogar dankbar, wenn wenigstens Joey hier auftauchte.

»Ja, ja, du musst dich nicht beeilen. Ich gehe gleich noch ein bisschen am Strand spazieren und suche nach Muscheln«, erwiderte Pauline freundlich, und wieder einmal dachte er, dass sie eigentlich ganz in Ordnung war.

»Für eine kleine Schwester gar nicht so übel«, murmelte er.

Es war drückend heiß, und er schwitzte unter seinen schweren Gürteln und den Ketten. Mit dem Ärmel seines T-Shirts wischte er sich über die Stirn.

Er fand es peinlich, in der Badehose am Meer herumzulaufen, das war etwas für Spießer oder kleine Kinder, aber nichts für ihn.

Am liebsten wollte er einfach abhauen.

Vielleicht tat er das ja auch noch.

7

»Huch«, flüsterte Hannah, »die Wände sollen endlich aufhören, sich um das Zimmer zu drehen. Und das Bett, oder bin ich doch in einem Boot, das soll nicht so wild schaukeln.«

Sie fühlte sich hundeelend. Grauenvoll schwindlig war ihr außerdem.

»Friedrich«, flüsterte sie, und einen Moment lang kam sie sich vor wie auf ihrer Hochzeitsreise vor siebzehn Jahren. Da war es auch so brütend heiß gewesen. »Also so ist das. Das kann ja noch heiter werden«, sagte sie zu ihrer Bettdecke. »Wir erleben gerade unser verflixtes siebzehntes Jahr. Da ist es kein Wunder, dass alles schiefgeht und so chaotisch ist.«

Oder hieß es verflixtes siebtes Jahr?

Sie konnte sich einfach nicht konzentrieren.

»Denken kann so anstrengend sein, wenn einem die Gedanken ständig davonlaufen«, brummte sie in sich hinein und sah eine schattenhafte Gestalt auf sich zuwanken. »Ja, wer bist denn du?«

Hannah setzte sich auf und versuchte, das Durcheinander um sich herum zu sortieren. Die Gegenstände im Zimmer bewegten sich, und draußen rauschte das Meer so laut, dass sie ihre eigene Stimme nicht verstehen konnte. Dann sah sie, wie der Vorhang am Fenster sich ihr entgegenbauschte.

»Dachte schon, du wärst es, Friedrich. Dabei ist es nur ein Schleier im Wind.«

Als wieder keine Antwort kam, wunderte sie sich ein wenig und bemühte sich abermals, ihren Blick so lange auf einen Punkt zu richten, bis dieser endlich zu tanzen aufhörte.

Ein Gefühl von Schwäche floss durch ihre Glieder, und die Übelkeit wurde übermächtig.

»Das hier sollte mich körperlich nicht so anstrengen, sondern eine zuverlässige neue Ordnung in meinen Kopf bringen«, rief sie, um gegen die Gewalt der Wellen tief in ihrem Inneren und vor dem Fenster anzukommen.

Dieser und andere, ähnlich verworrene Sätze tauchten wie bunte Bilder in ihrem müden Hirn auf und ließen sie schließlich in einen unruhigen Schlaf sinken.

8

Mama stand auf dem Balkon und rief ganz laut nach ihr. Und schon wieder hatte sie diese seltsam schleppende Stimme, die Pauline so überhaupt nicht mochte. Nicht nur, weil sie die Worte schwer verstehen konnte, sondern weil sie so komisch klangen.

»Pauline, Buzzi-Biene« und »Paulinchen, Sumsi-Bienchen« rief Mama über die Brüstung. Sicher hatten es alle am Strand gehört. Paulines Wangen brannten, und sie wollte sich vor lauter Bedrängnis am liebsten ganz tief in den Sand eingraben, damit niemand sie sehen konnte.

Mein Gott, war ihr das peinlich!

Als kleines Kind hatte sie sich jedes Mal gefreut, wenn Mama sie »Paulinchen, mein Bienchen« genannt hatte. Einmal hatte sie sogar versucht, wie eine Biene zu fliegen, und war dabei die letzten Stufen der Treppe hinuntergepurzelt und hatte sich ordentlich wehgetan.

Jetzt aber war sie zu alt für solche kindischen Namen.

Und warum stand Mama überhaupt auf dem Balkon? Sie war augenscheinlich so müde, dass sie schwankte und sich am Geländer festklammern musste.

»Hallo, Mama!« Pauline fasste sich ein Herz und winkte zu ihr hinauf. »Ich laufe ein bisschen herum, um Muscheln zu sammeln. Ist das in Ordnung?«

»J… Ja, ma… mach nur«, stammelte ihre Mutter.

»Und du legst dich besser wieder hin«, sagte Pauline ganz leise und schämte sich ein bisschen dafür. Schnell, ohne sich noch einmal umzudrehen, sprang sie durch den heißen Sand davon.

Vorne am Meer setzte sie sich hin und betrachtete die seichten Wellen, die langsam auf sie zurollten. Heute war das Wasser türkisgrün und ganz ruhig. Draußen am Horizont verschmolz die Farbe unmittelbar mit dem Dunkelblau des Himmels.

Wenn sie wollte, konnte sie die Zehenspitzen den ganzen Tag ins warme Wasser halten und die Boote und Schiffe in der Ferne beobachten. Ihre Eltern fanden es besser, sie wegzuschicken, wenn sie sich stritten – und das taten sie häufig in letzter Zeit. Pauline fand das nicht besser, denn sie wollte wissen, worum es ging. Aber niemand erklärte ihr etwas. Alle dachten, sie wäre noch zu klein. In Wirklichkeit wusste sie ganz genau, dass Mama und Papa sich scheiden lassen würden. Und das machte sie furchtbar traurig und unglücklich.

Und traurig war sie wegen Martin ohnehin schon.

Aber sie durfte es sich unter keinen Umständen anmerken lassen, denn wenn ihre Eltern sahen, wie betrübt sie war, stritten sie sich noch mehr, weil dann einer dem anderen die Schuld an Paulines Kummer gab. Das kannte sie schon. Deshalb blieb sie lieber am Meer oder spazierte einfach nur so am Strand herum.

Vorne bei der Dusche zankten sich ein paar Möwen. Man konnte ihr Gekreische weit über den Strand hinweg hören.

Niemand schien sich zu vertragen.

Nur mit Niki lief alles gut, er war immer sofort am Telefon, wenn sie ihn anrief, und das tat sie jeden Tag. Sie erzählte ihm alles, und er hörte geduldig zu. Eigentlich hatte sie ja angenommen, sie würde die Handys ihrer Eltern heimlich nehmen müssen, aber jetzt waren die beiden durch ihre ewige Streiterei so abgelenkt, dass es ihnen nicht weiter auffiel, wenn sie sich eines der Telefone holte und damit für längere Zeit verschwand.

Pauline putzte sich den klebrigen, nassen Schlamm so gut es ging von ihren Füßen und spazierte durch den heißen Sand zurück zu ihrem Liegeplatz. Das Badetuch war auf den Boden gefallen und sah aus, als wäre es mit einer feinen Schicht aus gesponnenem Gold bedeckt.

Mama stand nicht mehr auf dem Balkon, und die Flügeltür war jetzt geschlossen.

In der Umkleidekabine zog Pauline sich rasch ihren neuen rosafarbenen Bikini an.

Gestern Abend, als Max und sie mit dem Abendessen fertig gewesen waren, war Papa bei ihnen am Tisch aufgetaucht. Er hatte sich vorgebeugt und Max ganz leise, sodass ihn im Speisesaal niemand außer ihr verstehen konnte, gefragt: »Wie viel Geld braucht ihr denn für den Spielsalon?«

Ihr Bruder hatte ihm einen Betrag genannt und von Papa genau diese Summe auch erhalten.

»Aber ich mag doch gar nicht dorthin gehen«, hatte Pauline gesagt.

Das schien ihrem Vater gar nicht eingefallen zu sein. Nachdem er sie eine Weile nachdenklich betrachtet hatte, erkundigte er sich: »Und hätte das kleine Fräulein gegen einen neuen Badeanzug auch etwas einzuwenden?«

Natürlich nicht.

Pauline war ihrem Papa lachend um den Hals gefallen, und es hatte ihr gar nichts ausgemacht, ganz allein in drei Geschäfte zu gehen, um sich schließlich diesen rosa Bikini auszusuchen.

Es war sogar noch etwas Geld für ein Tuch übrig geblieben, aber sie hatte darauf verzichtet und Papa vor dem Schlafengehen den Rest zurückgegeben.

Er war wunderschön, ihr neuer Bikini, und hatte ein kleines Täschchen mit Reißverschluss und einer kleinen Kette auf der linken Seite. Daran hängte sie ihr Sorgenpüppchen, damit sie es auch am Strand immer bei sich haben konnte. In der Nacht schlief es unter ihrem Kopfkissen und versuchte, im Moment leider erfolglos, ihre Wünsche zu erfüllen und ihre Sorgen verschwinden zu lassen.

Pauline nahm ihren gelben Plastikeimer und ging Muscheln sammeln. Immer wieder bückte sie sich und fand glatte, gezackte, abgeschliffene, gerillte, raue, glänzende, matte, weiße, graue, perlmuttfarbene, fast schwarze, zartrosafarbene und manchmal sogar bläulich schimmernde Schmuckstücke. So nannte sie ihre Funde, denn sie wollte eine Kette daraus basteln und sie ihrer Mama schenken.

Immer weiter entfernte sie sich von ihrem Platz und war schon fast bei der zweiten Brücke angekommen, als sie hochsah und auf einmal Lasse bei den Holzhütten weiter hinten erkannte.

»Oh«, machte sie erschrocken und blieb ruckartig stehen. Dann drehte sie sich um und lief, den schweren Eimer in der Hand, im Zickzack zwischen den vielen Liegestühlen hindurch den Strand entlang, so als wollte sie vor einer Schlange flüchten.

9

Maddalena stand völlig neben sich.

Sie konnte nicht fassen, zu was für einer Blödheit sie sich hatte hinreißen lassen.

Drei Tage waren seit jenem verhängnisvollen Treffen mit Tomaso Tosoni auf der Dachterrasse vergangen.

Mondbeschienen war das Astoria an dem Abend nicht gewesen, der dicke alte Geselle hatte sich wohlweislich hinter dicken Wolkenbänken verborgen und nur ab und an eine vorwitzige Sichel hervorblitzen lassen.

Und auch Maddalena war, anders als sie es ursprünglich vorgehabt hatte, keineswegs wortkarg geblieben. Die Geschichten, die ihn zum Lachen brachten, sprudelten nur so aus ihr heraus. Sie hatte über sich selbst kichern müssen, vor allem, als sie ihren Chef beschrieb.

»Das ist ja köstlich. Du triffst seinen Charakter wie kaum ein anderer. Ich darf dich doch ab jetzt duzen? Wenn du mir diese kleine Intimität verwehrst, verpetze ich dich bei deinem Vorgesetzten, liebe Commissaria.«

»Duzen geht in Ordnung. Aber Tomaso, mit welchem Argument könntest du mich beim Comandante verpfeifen?«

Er hatte gelacht und den Kopf zurückgeworfen. Der oberste Knopf seines hellblauen Hemdes sprang auf und gab die Sicht auf seinen behaarten Brustkorb frei.

»Also, ich habe mich kundig gemacht. Daher weiß ich, dass sich Ermittler nicht mit Zeugen ins Bett legen dürfen.«

»Bett?« Maddalena war vor ihren eigenen Phantasien erschrocken.

»Nun, so wörtlich war das nicht gemeint. Ich sprach von den allgemeinen Vorgaben.«

In diesem Moment hatte ihr Handy zu klingeln begonnen. Als Maddalena sah, wer sie anrief, hatte sie sich abgewandt.

»Amore?«

»Tesoro.«

»Ich bin noch mit einem Zeugen beschäftigt. Sobald ich das Protokoll fertig habe, melde ich mich bei dir.«

Ihr schlechtes Gewissen war schier unerträglich gewesen.

»Es ist nie zu spät für einen Anruf von dir, meine Allerliebste.«

Maddalena hatte das Gespräch mit einem zärtlich hingehauchten »Auf ganz bald« beendet und sich umgedreht.

Sie war allein.

Von Tomaso keine Spur.

Irritiert war sie aufgestanden und wollte gehen.

»Wohin des Weges, schöne Frau? Kaum lasse ich dich eine Minute aus den Augen, verschwindest du?«

Gewandt wie ein Kellner hatte er ein Tablett mit zwei weiteren Drinks zwischen ihnen abgestellt, ihre Hand genommen und sie sanft an sich gezogen. »Diese Nacht ist für einen Kuss gemacht.«

Der geflüsterte Satz hatte aufregend in ihrem Ohr gekribbelt, und ihre Lippen fanden sich.

Nach einigen Minuten hatte Maddalena ein paar Schritte zurück gemacht und ihn angesehen.

»Wir begehen gerade eine unverzeihliche Dummheit.«

»Das finde ich nicht. Unverzeihlich wäre es, die Dummheit nicht zu begehen.«

Und ohne sich dagegen wehren zu können, war Maddalena von dem heißen Gefühl, das in ihr aufwallte, überschwemmt worden. Langsam breitete es sich in ihrem Körper aus, floss durch ihre Adern wie ein glühender Lavastrom. In ihrem Bauch und in ihrem Kopf verursachte es einen orkanartigen Wirbelsturm. Die Luft zum Atmen blieb ihr weg und die Kraft zum Denken ebenso.

»Süße«, murmelte er in ihr Haar.

Gerade noch rechtzeitig hatte Maddalena sich wieder gefangen. »Ich muss jetzt schnell nach Hause, und danach werden wir uns nicht mehr treffen«, erklärte sie, entwand sich ihm und lief die Treppe hinunter.

Vorgehabt hatte sie das wahrhaftig. Der Mann war verheiratet und sie verlobt. Aber der Flügelschlag der Schmetterlinge in ihrem Bauch hatte ihr einen Strich durch die Rechnung gemacht.

Verknallt?

War sie das?

Ja, beantwortete sie die Frage, ich bin bis über beide Ohren verschossen in diesen unmöglichen Kerl und gerade im Begriff, mir mein Leben zu ruinieren.

Heute würde Tomaso sie in ihrer kleinen Wohnung besuchen und ein Abendessen aus dem Hotel mitbringen.

Maddalena war ganz taumelig vor Aufregung. Der Tisch war schön gedeckt, und der gute Prosecco aus Franjos Gasthaus wartete im Kühler.

»Ich bin ein schrecklicher und untreuer Mensch«, gestand sie sich leise ein.

Sie ging auf ihren Balkon und drehte sich eine Beruhigungszigarette. Doch ehe sie das Streichholz anreißen konnte, wurde auch schon ungeduldig an ihre Tür geklopft.

10

Max stützte sich schon längere Zeit vor dem Zimmer seiner Eltern an der Wand ab und überlegte, was er machen sollte.

Ihre Stimmen drangen laut zu ihm heraus, einzelne Worte konnte er verstehen, aber keine ganzen Sätze.

Jetzt begann sein Vater wieder zu schreien, und er hörte: »Verantwortungslos … Kinder … Säuferin … Scheidung.«

Dann rief seine Mutter mit bebender Stimme etwas, das er nicht verstehen konnte, das aber verdammt nach »Dann hau doch endlich ab« klang.

Da bekam Max furchtbare Angst.

Als Nächstes hörte er ein lautes Poltern, die Tür wurde aufgerissen, und sein Vater wäre fast in ihn hineingelaufen.

»Wie lange stehst du schon da?«, fragte er und sah ihn argwöhnisch an.

Max senkte den Blick und stammelte: »Äh … lange genug.«

»Lang genug wofür?«

»Alter, jetzt reg dich ab, sonst bekommst du noch einen Anfall. Du bist schon ganz rot im Gesicht.«

»Es reicht! Ihr alle reicht mir, deine Mutter … du …«, platzte sein Vater heraus und lief, die Hände tief in den Hosentaschen seiner Jeans vergraben, an ihm vorbei den Flur entlang zum Lift.

»Papa!«, rief Max ihm nach, aber sein Vater drehte sich nicht um. Vorsichtig öffnete er die Zimmertür, zuerst nur einen Spalt, bis sich seine Augen an das grelle Licht gewöhnt hatten, und sah seine Mutter auf dem Bett kauern. Ihr Gesicht war verschmiert, die Augen geschwollen und vom Weinen gerötet. Neben ihr auf dem Boden lag eine leere Flasche Gin.

Sie schluchzte laut auf. »Friedrich, bist du das?«

»Nein, Hannah, ich bin es.«

»Ach, Max. Ich bin so unglücklich. Alles … alles ist kaputt. Und ich trage die Schuld. Ich weiß nicht mehr, was ich tun soll.«

»Was ist denn los?«, fragte Max mit vor Angst zitternder Stimme. »Ich habe euch streiten gehört.« Er machte einen Schritt auf das Bett zu.

»Es ist aus, er verlässt mich. Zuerst hat mich mein Baby verlassen … ach Martin, mein Schätzchen … und jetzt auch noch Friedrich.«

Max hielt die Luft an und atmete dann geräuschvoll aus. Es war das erste Mal, dass seine Mutter in seiner Gegenwart das Baby erwähnt hatte.

»Bitte zieh dich an und iss etwas«, sagte er. »Und versprich mir, keinen Alkohol zu trinken. Der verbessert deine Lage auch nicht. Ich gehe inzwischen Papa suchen. Okay?« Schnell reichte er ihr eine Tüte Chips, die auf der Minibar lag.

»Danke, du bist so lieb, mein Großer.« Seine Mutter lehnte sich unbeholfen in seine Richtung. Tränen liefen über ihre Wangen.

Er drehte sich rasch weg, aus Angst, dass sie ihn umarmen wollte. Solcherlei Gefühlsausbrüche waren ihm verhasst. Es reichte ihm schon, dass er sich jetzt um sie kümmern musste.

Sein Vater war so ein egoistisches Schwein, seine Mutter in dieser Verfassung im Stich zu lassen.

Und an wem blieb das wieder hängen?

An ihm natürlich.

Er brauchte dringend eine Pause. Sobald er seinen Alten gefunden hatte, würde er verschwinden und sich im Ort Gras besorgen.

Vor dem Hotel kam ihm seine Schwester entgegengelaufen, atemlos und mit erhitzten Wangen.

Er wollte an ihr vorbeigehen, aber sie hielt ihn fest und keuchte: »Stell dir vor, ich habe am Strand jemanden getroffen –«

»Ich kann jetzt nicht, muss Papa suchen, er ist abgehauen. Erzähl es mir später, beim Abendessen, ja? Geh rauf zu Mama und pass auf, dass sie etwas isst. Bring ihr am besten ein Brot aus dem Speisesaal mit. Und bleib bei ihr, bis ich zurückkomme.«

»Ja, ja. Aber du hast doch gesagt, ich soll dir sofort sagen, wenn ich –«

Max wartete das Ende des Satzes nicht ab, sondern bog um die nächste Hausecke. Vor ihm lag das Meer. Die Sonne schien ins Wasser zu fallen; wie ein riesengroßer blutroter Ball hing sie direkt über dem Horizont und war kurz davor, von den schwarzen Wellen verschluckt zu werden.

Der späte Abend war lau, und von überallher drangen die Geräusche, die fröhliche Urlauber machten, zu Max, der trotz der inzwischen erträglichen Temperatur schwitzte.

So schnell er konnte, lief er zum Parkplatz auf der Isola della Schiusa. Er musste sich vergewissern, dass ihr Auto noch dastand.

Erleichtert atmete er auf, als er den Wagen an seinem angestammten Platz entdeckte.

»Fuck, fuck, fuck, diese erbärmlichen Idioten«, fluchte er.

Was fiel denen eigentlich ein, ihm und Pauline die Kindheit zu verderben?

Der alte Spruch hatte wohl seine Richtigkeit: »Trau keinem über dreißig!«

Ausgenommen Florian, schränkte Max ein.

Was würde sein Onkel jetzt wohl machen?

Er sollte ihn anrufen.

Dass er nicht gleich daran gedacht hatte!

Mit vor Aufregung steifen Fingern kramte er in seinen Taschen, fand sein Handy aber weder in der Lederjacke noch in der Armeeweste darunter und auch nicht in den Taschen seiner Hose.

Auch das noch, ärgerte er sich.

Wo hatte er das verfluchte Telefon bloß liegen lassen? Wahrscheinlich in der Spielhalle, beim Flipperautomaten. Oder beim Tischfußball?

Kurz fiel ihm ein, dass er heute achtmal hintereinander gewonnen hatte. Dann war eine andere Gruppe Spieler gekommen, und einem der etwas älteren Deutschen war es schließlich gelungen, ihn zu besiegen.

Jetzt konnte er nicht einmal Florian anrufen. Ziemlich verzwickt, die ganze Situation.

Papa würde also einfach abhauen und sie im Stich lassen.

War ja nicht anders zu erwarten.

Wann hatte er schon einmal das Richtige für sie getan?

Immer ging es nur um ihn, um seinen beschissenen Job und um seine grauenvollen Launen. Nur er brauchte Ruhe und Erholung, alle anderen mussten sich durchgehend anstrengen.

Hannah, Pauline und er kamen wie üblich an letzter Stelle. Sogar als das Baby gestorben war, hatte der Alte nichts Besseres zu tun gehabt, als bei so einem beschissenen juristischen Redewettbewerb mitzumachen, und auch noch gewonnen. Sie hatten ihn allein zur Siegerehrung gehen lassen, so beleidigt und wütend waren sie auf ihn gewesen.

Wo Papa sich jetzt wohl gerade herumtrieb?

Er sollte ebenfalls abhauen.

Ja, das ist die Idee schlechthin, überlegte Max mit glühenden Wangen. Wenn die beiden bemerkten, dass er nicht mehr da war, konnte Papa Hannah nicht allein zurücklassen. Seine Eltern würden sich um ihn sorgen, nach ihm suchen und sich dadurch vielleicht wieder vertragen.

Ja, so würde er es machen.

Er lief zurück zum Hotel und stürmte in sein Zimmer. Dort riss er die Schranktüren auf und schleuderte einige seiner Sachen in den Militärrucksack. Sein Waschzeug folgte. Dann zerwühlte er sein Bett und ließ das Licht brennen.

Die beiden sollten sofort bemerken, dass er davongelaufen war.

Je früher, desto besser.

Demonstrativ blieb er vor der Glastür zum Speisesaal stehen und band laut pfeifend seine Schnürsenkel zu. Alle sollten ihn dabei beobachten, wie er sich zum Abmarsch bereit machte.

Dann verließ Max das Foyer und hastete die Straße entlang in Richtung Hafenbecken. Irgendwo dort, in einer der vielen kleinen Gassen, gab es ein Internetcafé.

Es roch nach karamellisierten Nüssen und Zitroneneis und nach frisch gezapftem Bier.

Er hatte jetzt einen Plan.

Max wusste, was zu tun war.

11

Pauline tat, worum Max sie gebeten hatte. Sie holte Brot aus ihrem Körbchen im Speisesaal und wickelte es in eine Serviette.

Dann schlich sie wie ein Dieb durchs Hotel. Im Zimmer ihrer Eltern war es stockfinster.

Hatte Mama auch die Fensterläden geschlossen?

Das machte Papa nur, wenn sie schlafen gingen.

Sie knipste die Stehlampe an und wich erschrocken zurück.

Wie sah es hier denn aus?

Auf dem Boden lagen Chips und Taschentücher zwischen einer großen und drei kleinen leeren Flaschen verstreut.

Ein Bein ihrer Mutter hing über den Bettrand. Ihr Kopf war teilweise bedeckt vom Kissen, verfilzte Haarsträhnen schlängelten sich darunter hervor, und es roch grauenvoll nach etwas Scharfem.

»Mama?«

Aber ihre Mama reagierte nicht.

Pauline bekam Angst.

Sie öffnete Fenster und Läden und ließ die frische Meeresbrise in den Raum. Sofort sah es gemütlicher aus.

Die rote Sonne war fast gänzlich von den Wellen verschluckt worden.

Wo war Papa?

Wann kam Max endlich wieder?

Was sollte sie tun?

Donna Rosa oder Signora Franziska um Hilfe bitten?

Onkel Florian anrufen?

Vielleicht war Mama ohnmächtig geworden.

Nein, doch nicht, denn sie flüsterte gerade: »Bin nur müde, alles okay.«

Pauline ging nach draußen auf den Balkon und schaute auf den Strand hinunter.

Da. Sie entdeckte einen Mann, der durch den Sand zum Steg ging.

Das musste ihr Papa sein.

Kurz entschlossen nahm sie das Kissen von Mamas Kopf und lief zum Strand.

Nicht Max, sondern sie würde Papa finden.

Sie hatte sich nicht geirrt. Der Mann auf der Holzbrücke war wirklich ihr Vater.

»Papa, Papa, da bist du ja! Max sucht dich, aber ich habe mir gedacht, dass du hier bist.«

»Ich musste ein bisschen nachdenken«, erklärte er abwesend.

»Papa?« Sie sah ihn fragend an. »Ich muss dir etwas Wichtiges erzählen. Stell dir vor, heute am Strand habe ich jemanden getroffen, und zwar –« Weiter kam sie nicht.

»Bitte erzähle mir ein anderes Mal von deinen Strandbekanntschaften«, wies ihr Vater sie scharf zurecht, »ich muss ein Problem lösen.«

»Entschuldigung, Papa. Ich wollte dich nicht stören«, sagte Pauline verletzt.

Sie machte sich Sorgen um ihn. Er sah so müde aus, konnte aber nicht so viel schlafen wie Mama. Die ruhte sich wenigstens ordentlich aus, auch tagsüber.

»Ach, Paulinchen, du störst mich doch nicht.«

An der schuldbewussten Miene ihres Vaters erkannte sie, dass er log.

»Papa, werdet ihr euch scheiden lassen?« Die Angst in ihrer Stimme war nicht zu überhören.

»Komm her, meine Kleine.« Er zog sie an sich und hielt sie einige Minuten ganz fest, ohne etwas zu sagen. »Ich fahre nach Hause und werde über alles nachdenken. Danach sehen wir weiter.«

»Bitte nimm mich mit.« Pauline klammerte sich an ihn und begann zu weinen.

Er hob sie hoch, küsste sie auf den Scheitel und auf die Stirn und stellte sie dann sacht auf den Boden. »Du musst bei Mama bleiben. Das ist für uns alle am besten so.«

Pauline schaute ihn überrascht an. »Mama darf doch nicht allein bleiben. Sie wird sehr traurig sein, wenn du heimfährst. Weißt du das denn nicht?«

Er nickte. »Ich weiß es. Aber Mama hat ja Max und dich. Sie ist nicht allein.«

Ungeschickt trocknete er Paulines Tränen und sagte mit ernster Stimme: »Du wirst jetzt mein tapferes großes Mädchen sein. Ich gebe dir auch mein Ehrenwort, dass ich bald wiederkomme.«

»Papa. Darf ich dir noch schnell erzählen, wen ich getroffen habe? Du errätst das nie. Und ihr habt gesagt, ich soll euch sagen –«

»Schluss damit, Pauline. Geh jetzt bitte zurück ins Hotel, ich muss allein sein. Erzähl es Max.«

»Wollte ich ja, aber auch er hat nicht zugehört.«

Pauline war gekränkt und verstand ihre Eltern und ihren Bruder nicht mehr. Zuerst machten sie so ein Tamtam um ihre Bekanntschaft mit Lasse, und jetzt, wo er hier in Grado war, kümmerte es keinen mehr.

Vielleicht hätte sie seinen Namen laut hinausschreien sollen?

»Niki«, weinte Pauline kurz darauf ins Handy ihrer Mutter. Sie hatte sich in eine Ecke des Zimmers ihrer Eltern zurückgezogen, damit sie besser auf ihre Mama aufpassen konnte, bis Max zurückkam.

»Pauline, bist du das?«

»Ja. Es ist etwas passiert. Etwas ganz Schlimmes.«

»Jetzt sag schon«, forderte Niki.

»Meine Eltern lassen sich scheiden, obwohl Papa sagt, dass er nur ein wenig Zeit für sich braucht. Aber ich weiß es ganz genau.«

»Oje«, sagte Niki, »das ist ja fürchterlich.« Er schwieg einen Moment und meinte dann: »Bitte hör zu weinen auf, ich halte das nämlich nicht aus. Vielleicht ist es ja gar nicht so, wie du glaubst. Meine Eltern streiten sich doch auch ständig und lassen sich deshalb nicht gleich scheiden.«

Pauline musste ein wenig kichern, als sie sich die mütterliche Frau Gold vorstellte, die sich mit Nikis sanftem Vater, der außerdem nur selten zu Hause war, so sehr stritt, dass die Wände wackelten.

»Ist alles wieder gut?«

»Besser. Und Niki, da war heute noch etwas. Ich bin vorhin am Strand –«

»Warte kurz, ich muss meiner Mama die Tür aufsperren, bin gleich wieder da.« Niki legte raschelnd das Telefon zur Seite.

»Niki, hallo?« Ärgerlich klopfte Pauline auf das Display des Handys.

Das ist nun schon das dritte Mal, dass man mich nicht ausreden lässt, stellte sie genervt fest.

»Pauline, bist du noch da?«

»Nun hör mir bitte endlich zu. Ich habe heute Lasse am Strand gesehen.«

»Was? In Grado? Das gibt's ja gar nicht!«

Pauline sah Nikis sperrangelweit aufgerissene Augen mit dem ungläubigen Blick regelrecht vor sich.

»Doch. Er war da.«

»Das musst du deinen Eltern erzählen. Verstanden?«

Pauline musste lachen, so resolut kannte sie ihren Freund gar nicht. Normalerweise sagte sie ihm immer, was er zu tun hatte.

»Das will ich ja, Niki, aber es hört mir niemand zu. Immer wenn ich davon anfange, werde ich unterbrochen. Ich habe es ein paarmal versucht. Was soll ich denn noch machen?«

»Versuch's weiter. Irgendwann wird dir schon irgendjemand zuhören.«

»Danke für den guten Rat, du hast mir wirklich sehr geholfen«, sagte sie schnippisch und unterbrach dann die Verbindung. »Ach«, seufzte sie und kam sich sehr alt vor, »manchmal ist das Leben richtig schwierig!«

Trotzdem würde sie Niki morgen wieder anrufen. Immerhin war er im Augenblick der Einzige, der ihr zuhörte.

Was ist eigentlich so sonderbar an Lasse, überlegte sie, dass er für alle so ein rotes Tuch ist? Er war doch ein netter Kerl, der einem Nutellabrote schmierte, wenn man allein und hungrig war.

Manchmal verstand sie die Ängste der Erwachsenen überhaupt nicht.

Wo blieb bloß ihr Bruder?

Nie war Max da, wenn Pauline ihn brauchte. Weder war er in ihrem Zimmer, noch fand sie ihn an der Rezeption oder in der Hotelbar.

»Papa!«, rief sie laut, als sie ihren Vater dort an der Theke stehen sah.

Sie atmete erleichtert aus. Also war er doch nicht heimgefahren. Er würde dableiben, und ihre Welt war wieder in Ordnung.

Papa war so vertieft in sein Gespräch mit dem Barkeeper, dass er Pauline nicht bemerkte. Erst als sie erneut nach ihm rief, schon etwas ängstlich, da sie auf einmal den Eindruck hatte, unsichtbar geworden zu sein, drehte er sich zu ihr um.

»Geh auf dein Zimmer, Pauline, ich verabschiede mich morgen von dir, bevor ich fahre.«

Zu früh gefreut, dachte sie traurig.

»Papa, ich kann Max nicht finden. Weißt du, wo er ist? Er wollte dich suchen.«

»Nein, ja, er wird wohl unterwegs sein oder in der Spielhalle. Wo denn sonst?« Ungeduldig wandte er sich wieder dem Barkeeper zu, und Pauline kam sich vergessen vor.

Wäre sie noch jünger, würde sie zu weinen anfangen. Aber so schluckte sie die Tränen tapfer hinunter.

Nun, dann musste sie also in die »Spielhölle«, um Max zu finden. Nur dass er dort auch nicht war. Laut war es, und es roch nach Rauch.

Hastig zwängte sie sich zwischen den Spieltischen und Automaten hindurch. Sie schaute aufmerksam in alle Richtungen, überprüfte jedes Eck. Vorne links flackerte in einem zufällig erscheinenden Rhythmus ein grelles Licht. Sie musste wegsehen, da es sie blendete und ihr davon schwindlig wurde.

Hier hatte sich ihr Bruder auch nicht versteckt.

Zum zweiten Mal an diesem verwirrenden Abend lief Pauline zum verlassenen Strand; vielleicht würde sie Max dort finden.

Sie fühlte sich in diesem Moment so furchtbar einsam, dass sie fast wieder zu weinen begonnen hätte. Wenn doch nur ihr Bruder hier wäre, um sie zu ärgern oder zu knuffen oder blöde Nervensäge zu ihr zu sagen, all das würde sie gern in Kauf nehmen.

Der Haupteingang war schon abgesperrt, und so musste sie einen Umweg nehmen.

Die Sonne war im Meer versunken. Sicher war sie zu den Fischen hinabgetaucht, um ihnen den Meeresgrund zu erhellen. Dort unten war es nachts so fürchterlich dunkel.

»Na ja«, sagte sie zu sich selbst, »die Dunkelheit am Land ist auch ordentlich gruselig.«

Als sie ihre Badehütte erreichte, rief sie verzagt in die Finsternis: »Max, Max, wo bist du?«

Ihr Bruder war nirgends zu sehen, und zu hören war nicht einmal das Echo ihrer Stimme. Pauline war ganz allein am Strand und begann sich zu fürchten.

Vorne klatschten die Wellen gegen die Duschkabine und die Holzbrücke. Auf einmal schwebten helle Schatten über ihr, und sie zuckte erschrocken zusammen.

Waren das etwa Vampire?

Oder Fledermäuse?

Am kreischenden Lachen erkannte sie, dass es eine Schar Möwen war, die über sie hinwegflog. Einem Vogel fiel ein Stück Fisch aus dem Schnabel, und Pauline ekelte sich.

Sie stellte fest, dass ihr gelber Muscheleimer noch immer hier draußen im Sand stand, sie hatte vergessen, ihn in die Hütte zurückzustellen.

Da kam ihr eine Idee. Sie würde ihrer Mama jetzt sofort die Kette basteln. Im Hotel gab es sicher einen kleinen Bohrer, damit konnte sie winzige Löcher machen und die Muscheln auf eine Schnur aus feinen bunten Fäden ziehen. Mama würde sich sicher freuen, sie brauchte dringend Trost.

Und vielleicht war ja Max in der Zwischenzeit ins Hotel zurückgekommen?

An der Rezeption fand die Hotelangestellte tatsächlich einen kleinen elektrischen Bohrer in einer der Schubladen. Er eignete sich viel besser für ihre Zwecke als die einfachen mechanischen, mit denen Pauline im Herbst Kastanienmännchen bastelte.

Eine Muschel nach der anderen fand ihren Platz auf dem

rosa Bändchen. Wunderschön sah das aus, fand Pauline. Das würde Mama sicher gefallen. Wenn sie fertig war, wollte sie ihre Mutter wecken, um ihr das Geschenk zu überreichen. Jetzt schlief sie tief und schnarchte leise.

Es war schwül im Zimmer ihrer Eltern, und obwohl Pauline die Balkontüren weit geöffnet hatte, kam nicht der geringste kühle Lufthauch herein. Am Abend hatte sie sich noch über die frische Meeresbrise gefreut.

Sie trat hinaus und konzentrierte sich einige Zeit auf die Dunkelheit draußen am Strand. Was eben noch eine schwarze, undurchdringliche Masse war, nahm jetzt Konturen an. Die Badehütten, der Zaun, der Weg, die Pinien und vor allem die vielen kleinen Sterne am Himmel, die eifrig um einen blassen Mond herumtanzten, der immer wieder hinter Wolken verschwand.

Wenn ich groß bin, beschloss sie, möchte ich Himmelsforscherin werden oder besser noch Richterin.

Dann würde sie einfach verhindern, dass sich irgendjemand scheiden ließ, und alle Ehepaare, die sich stritten, würden eine Strafe bekommen und sich danach wieder vertragen müssen. Das wäre schön.

Wo blieb denn bloß Max?

All seine Sachen waren fort, auch sein Waschzeug.

Hoffentlich war er in kein anderes Hotel umgezogen, weil er sie alle nicht mehr leiden konnte?

Oder schlimmer noch, war er möglicherweise nach Hause gefahren?

Das wäre fürchterlich und unheimlich zugleich, denn dann wäre sie hier bald ganz allein mit Mama. Pauline wollte sich das lieber gar nicht vorstellen.

Papa war noch immer nicht aus der Bar zurück.

So konnte sie ihm nicht einmal sagen, dass Max bisher nicht aufgetaucht und sein gesamtes Zeug fort war.

Sie verstand ihren Vater einfach nicht. Da regte er sich andauernd darüber auf, dass Mama zu viel trank.

Und selbst hockte er die ganze Zeit in der Bar.

Pauline hatte vorhin sehr wohl das große Bier vor ihm auf dem Tresen stehen gesehen.

Sie ging wieder hinein, betrachtete die Kette und legte sie dann sorgfältig auf den Tisch. Im Eimer waren noch unzählige Muscheln, und sie überlegte, dass sie morgen am Strand einen Stand aufbauen könnte, um sie zu verkaufen.

Das wäre sicher lustig, und Geld für Frappé Caramel und Himbeereis brächte es auch ein.

Nach einem versichernden Blick auf ihre Mutter, die tief und fest schlief, ging sie in das andere Zimmer hinüber, um sich zu waschen. Als sie nach der Zahnbürste griff und sah, dass nur noch ihre da war, wurde sie plötzlich traurig. Diesmal ließ Pauline die Tränen laufen. Dauernd musste sie zu ihrer Zahnbürste schauen, die da so einsam und ganz allein im Wasserglas steckte. Sie schniefte laut vor sich hin und schnappte schluchzend nach Luft, als wäre sie kurz vor dem Ertrinken.

Schließlich legte sie sich auf ihr Bett und presste ihr Sorgenpüppchen an sich. »Bitte«, flüsterte sie, und ihre Stimme war vom Weinen noch ganz kratzig, »bitte mach, dass Max wiederkommt.«

Dann legte sie das Püppchen behutsam unter ihr Kopfkissen und schloss die Augen.

Das Licht ließ Pauline sicherheitshalber brennen.

12

Lasse öffnete die Tür seines Zimmers in der Pension, in der er wohnte.

Alles hier erinnerte ihn an Jessa: die Möwen, der Salzgeruch, die Hitze, das Lachen der Leute, der blaue Himmel, das Geräusch der Wellen, die glühende Sonne, der große blasse Mond, die weißen Boote, das lauwarme Wasser, der heiße Sand, die lustige Musik, das süße Eis, die bunten Farben und die grünen Bäume.

Vielleicht wäre es doch besser gewesen, nicht ans Meer zu fahren. Er war erst zum zweiten Mal in seinem Leben in Italien.

Damals, in der vierten Klasse, hatte die ganze Schule vor den Sommerferien eine Drei-Tages-Fahrt nach Lignano unternommen. Viele der Kinder hatten so wie er noch nie zuvor in der Adria gebadet.

Er war so begeistert gewesen, regelrecht überwältigt. Es kam ihm vor, als wäre er im Paradies. Es gab riesig hohe Wellen und Sanddünen, hinter denen man sich verstecken konnte. Und der Abend ging direkt in die Nacht über, aber die unendlich vielen funkelnden Sterne am Himmel verhinderten, dass die Dunkelheit sich ausbreitete und ihm Angst machte. Dabei hatte er sich damals gar nicht so oft gefürchtet wie sonst, denn Jessa war ja bei ihm gewesen.

Bis gleich am zweiten Tag ihres Aufenthaltes diese schlimme Geschichte passiert war, die sein Leben verändert hatte.

Danach war nichts mehr so gewesen wie zuvor.

Alle Farben waren ihm abhandengekommen, die Vögel hatten für lange Zeit zu singen aufgehört, das Eis seine Süße verloren und das Meerwasser sein Salz.

Und er selbst?

Krank vor Kummer war er gewesen und zerfressen von Schuld. Niemand hatte mehr mit ihm reden wollen, obgleich er wusste, dass hinter seinem Rücken bei jeder Gelegenheit über diese schlimme Sache, die passiert war, die er verbrochen hatte, gesprochen wurde.

Später war er an einen besonderen Ort gekommen, ein Ort für Menschen wie ihn. Dort hatte er sich zuerst immer wieder daran erinnern müssen, was er angerichtet hatte, ehe er irgendwann nicht mehr davon sprechen durfte.

Dort hatte er auch gelernt, den Riegel vor die Gedanken zu schieben. Wie die Zauberer in seinen Computerspielen hatte er sich einen unsichtbaren Mantel übergeworfen und war ein anderer geworden.

Einer, der sich so leicht nichts mehr gefallen ließ.

Einer, der sich prügelte, anstatt zu flennen.

Einer, der gelernt hatte, sich zu wehren.

Nur fiel es ihm in letzter Zeit immer schwerer, diesen Mantel anzuziehen.

Er wusste, dass es an Pauline lag, die Jessa in seinem Herzen wieder aufleben ließ. Seine beiden blond gelockten Königstöchter, sie wären sicher gute Freundinnen geworden, hätten sie sich kennengelernt.

Er setzte sich auf den Stuhl, schälte mit seinem scharfen Taschenmesser einen Pfirsich und schnitt ihn in Spalten.

Er war so froh, Pauline endlich gefunden zu haben. Sie hatte ihm ja erzählt, dass sie wie jedes Jahr nach Grado fahren wollten. Da war es eine glückliche Fügung, dass er mit den anderen Jugendlichen aus seiner Gruppe auf die Alm sollte. Im letzten Moment hatte er sich krankgemeldet und ein Ticket für den Bus nach Grado gekauft. Sein Vater ging davon aus, dass er in den Bergen war.

Als er in das saftige Fruchtfleisch biss, hatte er sie auf einmal wieder vor Augen, wie sie heute Nachmittag einsam und allein am Strand entlanggewandert war, einen gelben Plastikeimer in der Hand. Sicher waren Muscheln und Seesterne drin gewesen.

Eine Weile hatte Lasse sie nur beobachtet. Gerade als er auf sie zugehen wollte, um sie zu begrüßen, war sie davongesprungen.

Schnell wie der Wind und drollig wie ein kleiner Osterhase.

Hatte sie ihn bemerkt?

Er hätte sie erschrecken und dann mit ihr darüber lachen können.

Aber morgen würde er sie ganz sicher wieder treffen. Und danach wollte er weitersehen.

13

Das Licht ihrer Lampe spiegelte sich in den schmutzigen Scheiben des Kinderzimmers.

Joey saß an ihrem Schreibtisch und bohrte mit der Spitze des Bleistiftes kleine Löcher in die Tischplatte. Die frisch rosa gefärbte Strähne in ihren weißblonden, asymmetrisch geschnittenen Haaren hing ihr in die Stirn, und sie wischte sie ärgerlich beiseite.

»Hau ab, Quälgeist«, rief sie ihrem kleinen Bruder zu, der sie von hinten zu kitzeln versuchte und mit dem sie, zu ihrem großen Kummer, das Zimmer teilen musste.

Die Wohnung war klein, und man konnte das brüllende Baby nicht gut in der Besenkammer unterbringen, obwohl sie nichts dagegen gehabt hätte.

Wurde sie gefragt, wie ihr kleiner Bruder denn hieße, antwortete sie manchmal, ohne lange zu überlegen, »Quälgeist«, da ihr sein richtiger Name, Lukas, nicht immer gleich einfiel. Sie hatte den unwillkommenen Mitbewohner in ihrer »Denkdatei« eben anders abgespeichert.

Max fiel ihr ein und dass er seine kleine Schwester Pauline immer »Nervensäge« nannte.

Da hatten sie etwas gemeinsam.

Nur war Pauline ihr im Gegensatz zu Lukas nicht lästig. Joey mochte sie eigentlich richtig gern.

Seit Max ihr vor seiner Abreise nach Italien die beiden Bücher mit dem »Sorry«-Post-it und einem Stern aus Zigarettenpapier vor die Wohnungstür gelegt hatte, war sie ihm gegenüber wieder etwas milder gestimmt.

»Hau ab, Quälgeist, du nervst«, schrie sie jetzt, weil ihr Bruder einfach nicht aufhören wollte, sie zu ärgern. Sie drehte sich abrupt um und boxte ihn grob in die Seite. Lukas fing sofort an zu brüllen und versuchte, ihre Haare zu erwischen, um daran zu ziehen. Joey umklammerte ihn mit beiden Armen und zerrte den sich heftig wehrenden Viereinhalbjährigen in

Richtung Tür. »Alte Petze, ab mit dir in die Küche zu deiner Mutter, wo du hingehörst«, zischte sie zornig, stieß ihn aus dem Zimmer und drehte den Schlüssel zweimal um.

Geschafft, dachte sie erleichtert und setzte sich an ihren Computer. Er war ein Weihnachts-, Geburtstags- und Ostergeschenk gewesen, jedenfalls zum Teil. Alle hatten zusammengelegt, und sie selbst hatte ihr spärliches Taschengeld auch noch monatelang zusätzlich in den Sparstrumpf geworfen.

Endlich war dann der Tag da gewesen, an dem sie mit ihrem Vater ins Geschäft gegangen war, um das Wunderding zu kaufen. Der Quälgeist hatte bei ihrer Mutter zu Hause bleiben müssen.

Ihr Vater und sie hatten mindestens fünf Elektromärkte abgeklappert, bis sie endlich fündig geworden waren.

Sie war jetzt ganz kribbelig vor Aufregung, denn sie wollte ihre E-Mails checken. Joey wusste, dass die anderen aus ihrer Klasse sich keine E-Mails schrieben, das machten eher die Menschen im Alter ihrer Eltern. Die richtig coolen Typen chatteten, unterhielten sich digital direkt miteinander, manche auch verborgen hinter ihren Nicknames. Trotzdem mussten sie alle wegen der Nachrichten aus der Schule über einen Account verfügen.

Ihre Mutter begann ärgerlich nach ihr zu rufen, und kurz darauf pochte es heftig an ihrer Tür.

Sie musste wohl oder übel öffnen und ein Donnerwetter über sich ergehen lassen, weil sie ihren Bruder angeblich so schlecht behandelt hätte. Da war sie anderer Meinung. Sie tat genug für die kleine Kröte, fand sie, beispielsweise passte sie stundenlang im Hof oder wenn ihre Eltern fortgingen auf ihn auf.

Ihre E-Mails konnte sie nun doch erst später anschauen, zuerst musste sie ihrer Mutter in der Küche helfen. Wütend trat sie gegen die Bettkante und schmiss Lukas' Kuscheltier gegen die Wand.

Sie hielt inne und musste über sich selbst lachen, weil ihr das Märchen vom Froschkönig einfiel.

Als sie Stunden später endlich wieder vor ihrem Computer saß und ihre E-Mails öffnete, sah sie zu ihrem Erstaunen, dass Max ihr geschrieben hatte.

Ungeduldig begann sie zu lesen.

»Hey, Joey«, stand da, »ich habe nur wenig Zeit und mein Handy verloren. Du musst mir helfen. Ich haue ab aus Grado und muss heute bei dir übernachten, aber es darf *niemand* wissen, hörst du? Wir treffen uns um Mitternacht im Ringelrosenpark, alles Weitere dann.«

Na, das war ja ein Ding! Was sollte sie bloß tun?

Wie spät war es überhaupt?

Elf Uhr schon durch, also war Max fast hier, und sie konnte gar nicht mehr zurückmailen.

Sie stützte ihren Kopf in ihre Hand und dachte nach. Dann sprang sie auf und öffnete ihren Kleiderschrank.

Hosen, T-Shirts, Röcke und Kleider flogen durch die Luft. Was sollte sie bloß anziehen?

14

Vier Uhr morgens war es inzwischen.

Wie gut, dass alle schlafen, dachte Max und schlich die Treppe zum Hotelzimmer hinauf. Sogar der Nachtportier hatte ein Nickerchen gemacht und nur kurz mit einem Auge geblinzelt, als Max sich an ihm vorbeidrückte.

Seine geplante Rückreise war alles andere als angenehm verlaufen.

Längere Zeit hatte er an der Straße gestanden, die von Grado nach Aquileia führte. Ein Fahrzeug nach dem anderen war an ihm vorbeigedonnert, während er leicht im Fahrtwind der Lkws schwankte und sich in angenehmer Weise von ihrem Sog mitgezogen fühlte.

Das erste Mal an diesem grauenvollen Tag hatte ihm nicht

der Schweiß auf der Stirn gestanden. Die Temperatur war auf einmal erträglich, trotz der schweren Klamotten, die er trug.

Er war einfach nur froh gewesen wegzukommen und hatte keine Sekunde lang an seinen Vater, Hannah oder das Baby und nicht einmal an Pauline gedacht. Ein Gefühl von Freiheit war in ihm aufgestiegen, wie ein Ballon, der dem Himmel entgegentaumelte. Vergnügt hatte er einen Song von Tom Petty ausgewählt, den ihm sein Onkel auf den iPod gespielt hatte, und enthusiastisch mitgesungen. Das war zwar Popmusik und eigentlich nicht so ganz sein Ding, doch es passte richtig gut zur Stimmung.

»Into the great wide open, under them skies of blue …«

Nur hatte er dann nach einiger Zeit, die er seinen linken Daumen in Richtung der Autos ausstreckte, ernüchtert registriert, dass niemand anhielt. Kein einziges Auto wagte es, stehen zu bleiben, um den wild aussehenden Punk, dessen Haare als grüner Hahnenkamm senkrecht in die Höhe standen, mitzunehmen.

Als er bereits entmutigt aufgeben wollte, hatte auf einmal eine Ape neben ihm gehalten, so ein winzig kleines Fahrzeug, das wie ein überdachtes Motorrad aussah, und ein netter älterer friulanischer Weinbauer lud ihn ein, ein Stück mitzufahren.

Leider, oder zum Glück, ging es nur bis Aquileia. Das Fahrzeug holperte und ruckte nur so über die Landstraße, und schon nach kurzer Zeit spürte Max alle Knochen in seinem Leib. Danach stand er eine gefühlte Ewigkeit vor den antiken Säulen der berühmten Römerstadt, und wieder nahm ihn niemand mit.

Es blieb ihm schließlich nichts anderes übrig, als sich mit hängendem Kopf und müden Gliedern auf den Weg zurück nach Grado zu machen.

Knapp elf Kilometer waren schon eine gewaltig lange Strecke, erst recht zu Fuß und wenn man erst in seinem Alter war, müde und untrainiert.

Leise schloss er sein Zimmer auf. Ein Lichtschein irritierte ihn, und kurz dachte er, es hätten sich alle hier versammelt, krank vor Sorge und Aufregung, und würden ihn erwarten.

Aber das war wohl ein Trugbild seiner überreizten Phantasie. Nicht dass er so etwas gewollt hätte.

Natürlich hatte die kleine Nervensäge vergessen, die Nachttischlampe auszuknipsen. Die Fenster hatte sie auch wieder sperrangelweit offen gelassen und damit Hunderten von gierigen Stechmücken Zutritt verschafft. Sie schwirrten sirrend um den Kristalllüster, nur darauf bedacht, sich auf ihn oder Pauline zu stürzen.

Arme Kleine, dachte er gerührt, als er seine Schwester so wehrlos daliegen sah, über und über mit dicken roten Punkten bedeckt, blutige Kratzspuren in der gebräunten Haut. Die Decke war ihr von den Schultern gerutscht, und ihre blonden Locken erinnerten ihn an die verfilzte Zuckerwatte auf den Jahrmärkten. Schnell drückte er einen Kuss auf ihre warme Wange und stolperte dann müde ins Badezimmer.

Sein Fluchtversuch war wohl niemandem aufgefallen. Max war darüber ein bisschen gekränkt. Schnell, wie er das mit lästigen Fliegen machte, wischte er dieses unwillkommene Gefühl weg.

Außerdem hatte er ein schlechtes Gewissen wegen Joey, die spätnachts in den Park gegangen war, um dort auf ihn zu warten.

Gleich morgen früh würde er ihr eine E-Mail schreiben und sich entschuldigen. Er konnte sich gut vorstellen, dass sie sie genervt lesen, danach mit einem bösen Grinsen löschen und ihn zudem mit ihrem grimmigen Gesicht verfluchen würde.

Das wäre dann sicher das endgültige Aus für ihre Freundschaft.

Immerhin hatte er sie oft genug geärgert.

Er putzte sich gründlich die Zähne, gurgelte mit dem scharfen Mundwasser nach und steckte seine grüne Zahnbürste neben die blaue seiner Schwester ins Wasserglas.

Dann löschte er das Licht, legte sich ins Bett, und bevor

Max noch an irgendetwas denken konnte, war er auch schon eingeschlafen.

15

Verzweifelt klammerte Hannah sich an Friedrich.

»Bitte«, flüsterte sie in sein Ohr, »bitte lass es uns noch einmal versuchen.«

Tief atmete sie seinen vertrauten Geruch ein und wollte ihr Gesicht nicht mehr von seiner kratzigen Wange lösen. Durch die Feuchtigkeit ihrer Tränen klebte ihre Haut an seiner, und fast kam es ihr vor, als wären sie nahtlos ineinander übergegangen und auf wunderbare Weise unzertrennlich geworden.

»Hannah«, Friedrich machte sich vorsichtig von ihr los, »es geht nicht mehr. Ich bleibe bei meinem Entschluss und fahre morgen heim.«

»Was soll aus den Kindern und mir werden?«

»Ihr bleibt erst einmal hier, und nach dem Urlaub sehen wir weiter.« Er drehte ihr Gesicht sanft mit den Fingerspitzen zu sich. »Du schaffst das, Hannah.«

»Und wenn nicht?«

»Ich hole euch in einer Woche ab. Dann reden wir. Abgemacht?«

Hannah rang nach Worten, aber sie blieb stumm.

»Hannah, antworte mir.«

»Liebst du mich denn nicht mehr?«, fragte sie.

»Ich weiß es nicht, ich weiß es einfach nicht.«

Da fing sie wieder zu weinen an.

»Es ist alles vergebens. Jetzt gibt es keinen Grund mehr, mit dem Trinken aufzuhören.«

Friedrich schnaufte verärgert. »Du solltest deinetwegen aufhören und nicht wegen mir oder sonst jemandem. Sonst funktioniert das nicht. Verstehst du das denn nicht?«

Hannah antwortete nicht gleich. Dann warf sie ihm einen vernichtenden Blick zu. »Nein, ich kapier es nicht. Ich bin einfach zu blöde. Sonst wäre ich nämlich schon längst trocken und hätte *dich* verlassen.«

»Hör sofort damit auf.«

»Nein, du hast schon verstanden, Friedrich.«

Hannah konnte sehen, wie sich Röte in Friedrichs Gesicht ausbreitete. Nur um die Augen herum blieb die Haut weiß. Er sah jetzt aus wie der Froschmann aus dem alten Edgar-Wallace-Krimi »Der Frosch mit der Maske«.

Oje, dachte sie, er wirkt so verdammt erschöpft, und braun ist er auch nicht geworden.

Sie spürte mit einem Mal ein Lachen in sich aufsteigen. Obwohl sie mit aller Gewalt versuchte, es zurückzuhalten, kam sie nicht dagegen an. Sie prustete los und lachte, kicherte, gluckste, konnte gar nicht mehr aufhören damit, war völlig hilflos diesem überwältigenden Gefühlsausbruch ausgeliefert. Sie krümmte sich, die Luft blieb ihr weg, Tränen liefen über ihre Wangen, und ihre Bauchmuskeln schmerzten höllisch.

»Ich bin einfach eine hohle Nuss, für alles zu blöd«, brachte sie keuchend zwischen zwei Lachsalven hervor. »Ich kann nicht mal auf ein Baby aufpassen.«

Sie spürte, wie sich trotz des Lachanfalls Tränen in ihren Augen sammelten.

»Werde jetzt bloß nicht hysterisch. Das fehlt mir gerade noch!«

Hannah hielt sich den Bauch und quetschte schließlich japsend und nach Luft ringend heraus: »Aber dafür bist du nicht braun geworden.«

»Es reicht!«, schrie Friedrich und packte sie an den Oberarmen. »Reiß dich zusammen. Du machst mit deinem Selbstmitleid alles nur noch schlimmer.«

»Ja, du hast recht.« Ihr Lachen ebbte ab, und ihre Stimme klang müde und matt. »Ich sollte etwas trinken, sonst dreh ich noch völlig durch.« Auf einmal musste sie sich bemühen, von den salzigen Bächen, die über ihre Wangen liefen, nicht fortgeschwemmt zu werden.

»Tu einfach, was du tun musst.« Friedrich schüttelte den Kopf, drehte sich um und schloss sich im Badezimmer ein.

Hannah ging nicht mehr an die Bar.

Sie legte sich aufs Bett und starrte lange nur so vor sich hin. Sie fühlte sich leer. Vollkommen leer und unendlich müde.

16

Maddalena lief vor sich selbst davon.

In was war sie da bloß hineingeraten?

Seit dem Abendessen und der berauschenden Stunde in ihrem Bett hatten Tomaso und sie sich täglich alberne Nachrichten und Emojis über WhatsApp geschickt.

Ständig hatte Maddalena auf ihr Handy gesehen und war enttäuscht gewesen, wenn zwischendurch einmal eine Nachricht von Franjo eingegangen war.

Ihm musste sie eine Ausrede nach der anderen auftischen, weil er immer drängender nach ihrer Aufmerksamkeit verlangte.

Wie jetzt wieder, dachte Maddalena und sah mürrisch auf das Display ihres Telefons.

»Ja?«, fragte sie ungehalten statt eines Grußes.

»Tesoro?«

»Wer sonst sollte an mein Handy gehen?«

»Warum so kratzbürstig?«

»Ich laufe meine tägliche Trainingsstrecke. Du weißt, dass wir im Polizeidienst an unserer Kondition hart arbeiten müssen. Und wann immer ich meinen Sprint unterbrechen muss, um zum Beispiel mit dir zu telefonieren, ärgere ich mich. So ein Stopp ist überflüssig.«

»Verstehe ich nicht wirklich«, sagte Franjo eingeschnappt.

»Die Länge deiner Laufstrecke bleibt die gleiche. Daran ändert sich doch nichts.«

»Dann verstehst du es eben nicht. Für mich macht es einen Unterschied.«

»Das ist noch lange kein Grund, mich so anzuschnauzen.«

»Tu bitte nicht so wehleidig. Ich möchte jetzt übrigens gern weitermachen.«

»Und ich will, dass wir besprechen, wann und wo wir uns treffen. Wir haben uns schon endlos lange nicht gesehen.«

»Ach, die paar Tage …«

Franjo sog scharf die Luft ein. »Also?«

Maddalena wollte nichts ausmachen, da sie noch nicht wusste, wann sie und Tomaso sich wieder treffen konnten. Es war gemein Franjo gegenüber, das war ihr klar. Aber sie konnte im Moment nicht anders. Tomaso, die Erinnerung an ihre Umarmungen, die Küsse und … All diese schönen Bilder zogen in Endlosschleife vor ihren Augen vorbei.

»Tesoro. Ich habe dich etwas gefragt.«

»Setz mich nicht so unter Druck, Franjo. Du kennst mich. Darauf reagiere ich allergisch. Ich brauche meinen Freiraum, besonders jetzt, wo in der Hochsaison viel los ist.«

Sie log unverschämt. Fast gar nichts spielte sich ab. Langweilig war es, und sie schob eine ruhige Kugel.

»Na denn.«

»Ich melde mich, sobald ich kann.«

»Abgemacht?« Franjo klang verstimmt.

»Ja«, antwortete sie kurz angebunden und beendete das Gespräch.

Maddalena drehte sich um und lief nun nach Südosten, der Sonne entgegen. Sie versuchte sich auf das gleichmäßige Geräusch ihrer Tritte auf dem Beton zu konzentrieren. Um diese frühe Stunde war es sonst noch still, bis auf das ewige Gekreische der Möwen.

Das Gespräch mit Franjo wollte ihr nicht aus dem Kopf gehen, und das schlechte Gewissen nahm überhand.

Maddalena musste handeln.

Sie beschloss, die Sache mit Tomaso zu beenden, bevor alles aus dem Ruder lief.

Wie gern hätte sie sich ihrem Vater anvertraut. Seinen Rat bräuchte sie jetzt dringender als alles andere.

Wahrscheinlich wäre Papa entsetzt über ihr lotterhaftes Leben und ihre Lügen. Er hatte Franjo sehr gemocht und sich schon auf ihre Hochzeit gefreut.

»Ich mag meinen Verlobten auch«, murmelte sie halblaut.

Das stimmte, und doch gab es diesen feinen Unterschied zwischen sehr mögen und ziemlich verknallt sein.

Maddalena schnappte nach Luft. Sie war bis über beide Ohren in Tomaso verliebt. An dieser Tatsache gab es nichts zu rütteln.

Dennoch, so konnte sie nicht weitermachen.

War es überhaupt richtig zu heiraten, wenn man schon in den ersten Jahren einer Beziehung untreu wurde?

Das Telefon vibrierte abermals, und mit freudiger Erregung sah Maddalena Tomasos Namen auf dem Display aufleuchten.

17

Pauline hatte Mama heute noch gar nicht zu Gesicht bekommen, dabei wollte sie ihr doch so gern die Kette schenken. Dafür war Max wieder da. Kaum dass sie am Morgen aufgewacht war, hatte sie auch schon seine Jacke an der Tür gesehen und war mit einem Freudenschrei zu ihm aufs Bett gesprungen.

»Max, ich bin so froh, dass du zurückgekommen bist!«

»Nervensäge, runter mit dir, lass mich pennen, es ist spät geworden gestern Nacht.«

»Ja, ja. Hauptsache, du bist nicht weggelaufen.«

Brummende Schnarchlaute hatten ihr verraten, dass Max schon wieder eingeschlafen war. Sie hatte sich ganz vorsichtig, um ihn nicht zu wecken, neben ihn gelegt und war längere Zeit einfach nur still liegen geblieben. Sie fühlte sich geborgen und mit einem Mal froh.

Nach dem Frühstück, als Papa mit dem Auto davongefahren war, hatte sie ein bisschen weinen müssen. Auch wenn er ihr hoch und heilig versprochen hatte, bald wiederzukommen, fürchtete sie sich und spürte einen dicken Kloß in ihrer Kehle.

Jetzt saß sie schon einige Zeit am Strand, in der Nähe vom Haupteingang, und versuchte, Muscheln und Steine zu verkaufen. Es war brütend heiß, und irgendwo plärrte ein Radio. Die Dächer der Sonnenschirme raschelten im leichten Wind, der vom Meer herüberwehte, aber keine Abkühlung mit sich brachte.

Zuerst war längere Zeit niemand stehen geblieben, dabei hatte sie alles so wunderschön auf dem dunkelroten Hotelhandtuch ausgebreitet. Als sie gerade auf die Toilette gehen wollte, war ein kleines Mädchen vorbeigekommen und hatte sich nach dem Preis einer besonders schönen Muschel erkundigt. Da war ihr erst aufgefallen, dass sie vergessen hatte, Preisschilder zu schreiben. Aus dem Hotel holte sie Papier und Filzstifte und malte kleine Schilder.

Dann hatte sie sich in den Schatten der Getränkehütte gegenüber dem Eingang gesetzt und auf ihren nächsten Kunden gewartet.

Jetzt, eine Stunde später, hatte sie zwei Muscheln und einen Stein verkauft, und zwar alles auf einmal, an das freundliche Zimmermädchen aus dem Hotel. Sie hieß Antonia, und Pauline mochte sie von allen am liebsten. Immer lachte sie, und während sie die Muscheln und den Stein in ihrer Strandtasche verschwinden ließ, erzählte sie ihr auf Italienisch eine Geschichte, die sicher lustig war, weil Antonia die ganze Zeit über kicherte, während sie sprach. Pauline verstand kein einziges Wort, lachte aber fröhlich mit.

Gerade als das Zimmermädchen wieder gehen wollte, kam ein weiterer Kunde, ein älterer Mann mit grauen Haaren und dickem Bauch. Zum Glück sprach er Deutsch.

»Na, kleines Fräulein, wie laufen die Geschäfte?«, fragte er und blinzelte ihr verschwörerisch zu.

»Gar nicht laufen sie, sie liegen doch da.«

»Ha, ha«, lachte er, aber es klang gar nicht richtig lustig, nur laut. »Gut gekontert, kleine Miss.«

Pauline verstand nicht, was er meinte, und er ging weiter, ohne etwas zu kaufen.

Die Sonne stand hoch am Himmel, und einige Möwen kreisten im Blau.

Bald würde sie ins Hotel gehen, sich etwas zu essen nach oben mitnehmen und nach Mama und Max sehen.

Wo die beiden wohl steckten?

Ihr Magen knurrte laut wie ein wilder Tiger und schrie: »Hunger, Hunger!«, als ihr auf einmal jemand ein riesengroßes Eis unter die Nase hielt.

»Himbeere, extra für dich, meine Königstochter.«

»Lasse!« Erschrocken blickte Pauline auf.

Sie war gleich umgedreht, als sie ihn gestern am Strand gesehen hatte, doch er musste sie wohl ebenfalls bemerkt haben.

»Aber, aber, vor mir musst du doch keine Angst haben.«

Pauline wurde rot und nahm das Himbeereis entgegen. Es schmeckte einfach köstlich. So sahnig, weich und wunderbar süß. Ihr ganzer Mund fühlte sich an wie eine einzige große Himbeere.

»Danke, Lasse, ist lieb von dir.«

»Mach ich doch gern.«

»Möchtest du mir eine Muschel abkaufen?« Pauline sah ihn fragend an.

Lasse kratzte sich am Bauch und sagte dann nachdenklich: »Wenn es nicht zu teuer ist, kaufe ich sie dir alle ab.«

»Nein, du bekommst sie schon für ...«, Pauline rechnete schnell alles zusammen, »für neun Euro. Ja, so viel macht es.«

Sie lächelte ihn erwartungsvoll an.

»Ich nehme sie, aber dafür treffen wir uns heute Abend um acht Uhr hier an dieser Stelle.«

»Gut, soll ich sie dir einpacken?« Eifrig zog sie einen kleinen Plastikbeutel aus ihrer Badetasche.

»Nein, behalt das nur, ich trage die Muscheln in meiner Kappe.«

Lasse nahm seine Schildmütze vom Kopf und drehte sie um, damit sie alles hineinlegen konnte. Pauline kicherte.

Komischer Lasse, dachte sie.

»Unsere Vereinbarung gilt, und wenn du kommst, wartet ein riesengroßes Himbeereis auf dich, Prinzessin.«

»Na gut.« Huldvoll neigte Pauline ihren Kopf und strich ihre Locken zurück. So in etwa benahmen sich Königstöchter. Oder?

Ein schlechtes Gewissen hatte sie schon. Denn die Erwachsenen würden das nicht wollen. Und sie selbst hatte sich im ersten Moment gefürchtet, als sie Lasse erkannte. Jetzt allerdings gefiel ihr die geheime Abmachung. Es war doch ohnehin niemand da, der sie schelten konnte.

Verschmitzt lächelnd packte sie ihr Badetuch ein, winkte Lasse, als der sich noch mal nach ihr umdrehte, und ging zurück ins Hotel.

»Schnapp und weg«, flüsterte Pauline und angelte vorsichtig nach dem Handy ihrer Mutter. Sollte sie ruhig weiterschlafen.

Arme Mama, dachte sie, wie sie so daliegt, ohne Decke und Kissen.

Pauline bemerkte, dass die Muschelkette noch immer unangetastet auf dem Tisch lag. Sie nahm sie und drapierte sie auf dem Nachtkästchen. Wenn sie Mama die Kette jetzt schon nicht selbst überreichen konnte, sollte sie sich beim Aufwachen darüber freuen.

Zufrieden mit sich lief sie in ihr Zimmer. Ihr Bett war ordentlich gemacht, aber das von Max sah zerwühlt aus, als wäre er gerade erst aufgestanden.

Und wirklich, die Badezimmertür ging auf, und Max torkelte mit kleinen Augen und blassem Gesicht zu seinem Bett.

Fast wäre er über das Kopfkissen gestolpert, das auf dem Boden lag. Er kickte es mit dem Fuß zur Seite.

»Uff«, machte er.

»Max«, hob sie an.

»Bin geschafft. Todmüde. Raus mit dir.« Er warf sich mit einem Seufzer auf sein Leintuch. Dann rollte er sich auf die Seite, beugte sich über den Bettrand und angelte nach seinem Kissen. Seine sonst spitz in die Höhe stehenden Haare waren vom Schlafen platt und hingen seitlich herab. Pauline fand, dass es aussah, als hätte er den verrutschten Kamm einer Henne auf seinem Kopf.

»Du schaust aus wie ein Huhn.«

Max warf das Kopfkissen nach ihr, und Pauline brachte sich kichernd in Sicherheit.

»Wenn schon, dann Hahn. Es heißt Hahnenkamm.« Er schnaufte hörbar durch die Nase aus. Pauline begann wieder zu kichern.

»Du schnaubst wie ein Nilpferd.«

»Und du nervst«, sagte er nicht unfreundlich.

Sie kam vorsichtig näher und setzte sich zu ihm aufs Bett.

»Hast du's nicht endlich kapiert? Ich will jetzt nicht reden, sondern pennen!«

»Ich gehe ja schon, keine Angst«, murrte Pauline und zupfte an der Decke, die neben Max auf dem Bett lag.

Einige Sekunden lang wartete sie und schwieg.

»Max«, fing sie wieder an, »ich muss aber dringend mit dir reden. Ähm, weil –«

Ihr Bruder unterbrach sie ungeduldig und mit müder Stimme: »Bitte nicht jetzt. Ich will schlafen. Geh an den Strand, Nervensäge, ich komme später nach.«

»Aber es geht ja um den Strand, Max. Deswegen muss ich dir etwas sagen. Sonst schimpfst du wieder.«

»Hau ab!«, schrie Max erbost und riss seiner Schwester zornig die Decke aus der Hand. »Lass mich jetzt endlich in Ruhe!«

Fluchtartig verließ Pauline das Zimmer, und der Kloß in ihrem Hals nahm ihr fast die Luft zum Atmen.

Auf dem Flur traf Pauline auf Antonia, die sie fragte, ob sie schon alle Muscheln und Steine verkauft hätte. Zumindest nahm Pauline das an, da das Stubenmädchen einzelne Worte auf Deutsch in den italienischen Singsang einstreute.

Abenteuerlich klang sie, diese wilde, laute Sprache, fand Pauline und beschloss, nächstes Jahr Italienisch zu lernen. Sie könnte eigentlich auch gleich Antonia fragen, ob sie es ihr beibringen wollte. Ihre Eltern hätten sicher nichts dagegen.

»Antonia!«, rief sie und dann noch einmal: »Antonia!«, aber die Italienerin war schon um die nächste Ecke verschwunden. Pauline machte kehrt und lief durch den Haupteingang zum Meer, vorbei am Badewärter, der sie schon gut kannte und ihr zuwinkte.

Ein diesiger Schleier hatte sich vor die Sonne gelegt, und das Hellblau des Himmels war durchzogen von milchig weißen Fäden. Auch die Farbe des Wassers war heute matter als sonst, und auf den kleinen Wellen tanzten graue Schaumkrönchen. Vorne im Seichten spielten einige Kinder Frisbee und johlten dazu.

Pauline machte einen weiten Bogen um sie, da sie Angst hatte, von einer der Scheiben getroffen zu werden.

Mama war so etwas einmal in Lignano passiert, als sie mit ihr schwanger war. Schon oft hatte sie diese Geschichte gehört, und jedes Mal wieder bekam sie Gänsehaut, wenn sie hörte, wie eine Frisbeescheibe Mama im Genick getroffen hatte. Papa hatte Mama aufgefangen und in seine Arme genommen, wo sie minutenlang ohnmächtig liegen blieb. Pauline wollte sich gar nicht vorstellen, was noch alles hätte passieren können, immerhin war sie ja auch dabei gewesen, in Mamas Bauch.

Seither kam sie nie auch nur in die Nähe von Frisbeespielern.

Der Sand brannte heiß an ihren Fußsohlen, und einzelne

scharfe Muschelstücke und spitze Steine piksten und schnitten unangenehm in ihre zarte Haut.

»Au«, rief sie und hopste schnell zur Holzbrücke.

Das Sorgenpüppchen baumelte an ihrem Bikinihöschen, als sie über die wippenden Planken der Brücke sprang.

Ein paar Hotelgäste kamen ihr entgegen, und Pauline grüßte höflich.

Schade, dass so wenige Kinder in meinem Alter im Hotel Tosoni wohnen, dachte sie und setzte sich auf ihr schönes flauschiges Badetuch mit den blauen Blumen.

Sie schaute auf das Meer hinaus. Zwei Schiffe, die aus der Entfernung eher wie Spielzeugboote aussahen, fuhren am Horizont entlang, und weit über ihr kreisten Möwen und gaben schrille Schreie von sich. Die Wolken am Himmel sahen wie hingemalt aus.

Klack, klack, klack machten die Tasten, als sie Nikis Nummer wählte.

»Niki?«

»Pauline?«

»Hallo.«

»Hast du es schon deinen Eltern erzählt?«, fragte er ohne Umschweife.

»Was?«

»Dass du Lasse gesehen hast, du weißt ganz genau, was ich meine.«

»Nein, aber das macht nichts. Ich versteh sowieso nicht, was alle gegen ihn haben. Lasse ist okay.«

Pauline hörte, wie Niki laut ausatmete. »Spinnst du jetzt komplett?«

»Wieso?«

»Na, wegen Lasse.«

Sie konnte richtig vor sich sehen, was für ein komisches Gesicht ihr Freund jetzt zog.

»Beruhige dich. Er kauft mir wenigstens Eis.«

»Was?«

»Ja, Himbeereis. Ich liebe Himbeereis. Das weißt du ganz genau.«

»Pauline, heißt das, dass du ihn wieder getroffen hast? Du darfst ihn nicht sehen.«

»Mach ich aber doch«, sagte sie schnippisch. »Und zwar heute Abend um acht Uhr, und du kannst gar nichts dagegen tun.«

»Ach, du ärgerst mich nur. Weiß ich doch.«

»Tu ich nicht«, sagte sie und rollte eine Haarsträhne über ihren Zeigefinger. »Niki«, fragte sie dann mit gelangweilter Stimme, »was machst denn du überhaupt die ganze Zeit, wenn ich nicht da bin?«

»Och, ich bin im Hof, lese Micky Maus, trinke Zitronenlimonade und so ...« Verlegen brach Niki ab.

»Hast du meinen Papa gesehen? Er ist heute zurückgefahren.«

»Nein, der ist nicht da gewesen.«

Er zögerte kurz und erzählte dann aufgeregt: »Übrigens habe ich diese komische alte Frau getroffen, die immer zu Lasse kommt.«

»Warum ist das wichtig?«

»Weil die Frau mir gesagt hat, dass Lasse auf der Alm ist.«

»Stimmt aber nicht.«

»Stimmt aber doch, vielleicht schwindelst du mich ja an?«

»Ich lüge nicht. Du bist gemein!«

»Bin ich nicht.«

»Doch!«

»Dann beweis mir, dass du nicht schwindelst.«

Pauline wollte schon aufhängen, so wütend war sie auf ihren Freund. Da fiel ihr etwas ein.

»Okay, ich beweise es dir. Erklär mir, warum die alte Frau Lasse besuchen kommt, wenn sie doch angeblich weiß, dass er auf der Alm ist?«

»Stimmt. Ist komisch. Aber die alte Frau ist ja auch komisch.«

»Ha, jetzt siehst du es selbst. Ich sage die Wahrheit«, triumphierte Pauline.

»Bist du noch böse?«

»Nein«, sagte sie gönnerhaft, »ist schon okay.«

»Freunde?«

»Freunde.« Pauline war wieder etwas milder gestimmt und bekam außerdem ein bisschen Sehnsucht nach Niki. »Ich freu mich auf dich«, flüsterte sie ins Telefon.

Niki antwortete: »Ich mich auch«, aber das hörte sie schon nicht mehr, da sie die Verbindung gleich darauf unterbrochen hatte.

Ihre Beine baumelten über den dunklen Wellen, die gegen den Brückenpfosten klatschten. Es roch nach Fisch und noch etwas anderem.

Papa hatte diesen Geruch einmal »Lagune« genannt, fiel ihr ein. Sie fröstelte und zog die Schultern hoch. Dort, wo das Wasser den Himmel berührte, war jetzt ein breiter rosa Streifen. Ein Flugzeug, das knapp unter den Wolken flog, zog lange weiße Striche hinter sich her, und die letzten Sonnenstrahlen hatten vereinzelte dottergelbe Flecken in das Blau gekleckst.

Am Strand war es ruhiger geworden, und auf der Brücke war sie jetzt allein. Pauline stand auf und nahm ihr Badetuch und die Strandtasche.

Irgendwie ist es unheimlich hier, auch wenn es noch hell ist, dachte sie und machte sich auf den Weg zurück zum Hotel.

18

Nachdem Max vergeblich im durch die verhängten Fenster dunklen Zimmer nach Hannahs Handy gesucht hatte, knallte er zornig die Tür hinter sich zu. Es war ihm egal, ob seine Mutter dadurch aufwachte.

Es machte ihn so wütend, sie dort liegen zu sehen: im Bademantel, zusammengerollt auf dem Bett, benommen und duselig, das Gesicht voller roter Flecken und das Haar zerwühlt.

Als er vorhin schon mal kurz hier gewesen war und das Licht angeknipst hatte, war sie aufgewacht.

»Max?«, hatte sie gefragt und sich aufgerichtet.

Mit zittrigen Fingern hatte sie zur Handtasche gegriffen, die neben ihr lag, eine Tüte mit Gummibärchen herausgenommen und ihm eines angeboten.

Er hatte nur den Kopf geschüttelt. »Forget it.«

»Bringst du mir bitte ein Glas Wasser, Max?«

»Keinen Gin heute?«, hatte er böse gefragt und die Zähne in seiner Unterlippe vergraben.

Der Draht der Zahnspange hatte unangenehm gepikst.

Seine Mutter hatte das Kissen zusammengerollt und ihr Gesicht darin verborgen.

Jetzt war nicht nur sein Telefon fort, sondern auch noch das von Hannah. Betrunken, wie sie die meiste Zeit über war, hatte sie es sicher irgendwo liegen gelassen, und eine diebische Elster hatte sich darüber hergemacht.

So was Blödes.

Jetzt musste er glatt zum Internetcafé, um Joey eine Mail zu schicken, dabei hatte er sie doch anrufen wollen.

Mit einem mulmigen Gefühl im Bauch schlich er sich aus dem Hotel. Im Internetcafé stand eine ältere Frau mit grauem Haar und breitem Lächeln hinter der Bar. Freundlich wies sie ihm einen Platz zu, und als Max sein Kennwort eingab und seinen Posteingang öffnete, sah er sofort, dass Joey geschrieben hatte.

»Max«, stand da, »ich weiß, dass du ein Spinner bist. Aber ich hätte trotzdem nicht von dir erwartet, dass du mich mitten in der Nacht in den Park lockst. Was sollte das? Eine Stunde war ich dort und habe auf dich gewartet. Joey, die dich für wirklich sehr bescheuert hält«.

Max wurde rot, und seine Wangen brannten. »Shit, shit, shit«, murmelte er.

»Joey, sorry, es ist etwas dazwischengekommen«, schrieb

er zurück, »nichts für ungut, es tut mir leid. Melde mich. Hier ist das totale Chaos ausgebrochen. Max«.

Nachdem er die Mail abgeschickt hatte, saß er lange einfach nur so da.

»Life can be so cruel«, ging ihm durch den Kopf, aber er konnte sich nicht mehr erinnern, ob er das in einem Buch gelesen oder in einem Song gehört hatte.

Er fühlte sich einmal mehr, als hätte er sein Leben irgendwo zwischen Schule und Nachhauseweg, zwischen Kindheit und Pubertät, zwischen Traum und Wirklichkeit verloren.

19

Hatte sie nur geträumt, oder war Friedrich wirklich hier gewesen?

Verwirrt wischte sich Hannah eine Haarsträhne aus der Stirn und richtete sich auf, um ins Badezimmer zu gehen.

Im Spiegel sah sie ein merkwürdig rot gepunktetes Gesicht.

»Holla, wer bist denn du?«, fragte sie erschrocken.

Tiefe dunkle Ringe lagen unter ihren vom Weinen geschwollenen Augen, und ihre Haare klebten ungewaschen und strähnig an Stirn und Wangen. Auf einmal begann ihr Herz zu flattern, der Schweiß brach ihr aus, und ihr Atem ging flach und unregelmäßig. Sie musste sich an die gekachelte Wand zwischen Bad und Schlafzimmer lehnen und kurz verweilen. Der Raum schwankte auf sie zu.

So konnte es nicht weitergehen. Das war klar. Sie nahm ihr Gesicht in beide Hände und drückte die Finger sanft gegen ihre Schläfen.

Was sollte sie bloß tun?

Wie aus dem Schlamassel herauskommen?

Wenn sie so weitermachte, würde sie binnen kürzester Zeit alles verlieren, was ihr wichtig war.

Friedrich war schon fort und hatte sie seither nie angerufen. Oder etwa doch?

Wann war er eigentlich abgereist?

Hannah grübelte, versuchte, Klarheit in ihre Gedanken zu bringen, und dann wurde ihr schlecht. Sie schaffte es gerade noch zur Kloschüssel, wo sie würgend zusammenbrach.

Am ganzen Körper zitternd, wusch sie sich schließlich mit kaltem Wasser das Gesicht und putzte ihre Zähne.

Mit dem frischen Pfefferminzgeschmack auf den Lippen taumelte sie zurück zum Bett. Sie überlegte, wann sie das letzte Mal etwas gegessen hatte, konnte sich aber nicht erinnern.

Benommen holte sie ein Stück Bitterschokolade aus der Nachttischschublade. »Schokolade beruhigt ja bekanntlich die Nerven«, murmelte sie undeutlich vor sich hin.

Dann überfiel sie das unwiderstehliche Verlangen nach einem Schluck Alkohol. Whiskey, Gin, Scotch, alles wäre ihr jetzt recht, sogar Rum. Sie beugte sich über den Bettrand und zog eine Flasche Grappa, ihre Notration, hervor. Dabei streifte sie mit ihrem Ellbogen das kleine Tischchen neben ihrem Bett.

Irgendetwas fiel klirrend zu Boden. Es klang, als hätte man einen Sack mit Silbermünzen ausgeleert. Zu schwindlig, um nachzusehen, presste sie die Flaschenöffnung an ihre Lippen und atmete tief den scharfen Geruch des Alkohols ein, bevor sie trank.

Nach dem ersten Schluck hatte sich das Zittern etwas gelegt. Hannah spürte, wie sich der hochprozentige Alkohol langsam in ihrem Körper ausbreitete, und wurde allmählich ruhiger.

Sie versuchte, durch den Vorhang hindurch die Tageszeit zu ermitteln. Ihre Uhr hatte sie irgendwann einmal irgendwo liegen lassen. Ebenso das Handy.

Dunkel war es draußen, aber vielleicht hatte sie auch bloß vergessen, die Läden zu öffnen?

20

Rasch zog sich Lasse seine neuen braunen Sandalen an.

Das Leder roch intensiv nach dem frischen Harz der Nadelbäume.

Mit seinen feuchten Fingern glättete er sein Haar. Aus der Werbung im Fernsehen kannte er ein Herrenparfum, das er sich heute im Supermarkt geleistet hatte.

Sorgfältig strich er über sein weißes Leinenhemd und vergewisserte sich, dass auch der letzte Knopf seiner Hose ordentlich geschlossen war.

Das, was er vorhatte, machte mehr Spaß als jedes Abenteuerspiel auf der Konsole.

Gleich würde er seine kleine Prinzessin treffen.

Nicht weit entfernt von seiner Wohnung gab es den besten Eissalon der Stadt. Oder war Grado ein Dorf?

Badeort, fiel ihm ein, Badeort war sicher die richtige Bezeichnung.

Natürlich stand er an der Eisdiele in der falschen Schlange. Ärgerlich war das. Es gab drei, und seine war die längste. Es dauerte und dauerte, bis er endlich drankam.

Hinter und neben ihm begannen die Leute ungeduldig zu werden, als er versuchte, sich verständlich zu machen. Immer wieder tippte er unbeholfen auf die Glasscheibe.

»Das da, dieses da möchte ich.«

Er bezahlte das Himbeereis und ging ein paar Schritte. Dann sah er auf seine Uhr und bekam einen Schreck.

»Oje, schon so spät?« Erschrocken begann er zu laufen.

21

»Buhuh«, machte Pauline, der es ein bisschen unheimlich war, um diese Stunde so allein am Strand zu sein, und schüttelte sich.

Aber versprochen war versprochen.

Sie setzte sich auf die Stufen des Strandcafés gegenüber dem Haupteingang, die nackten Füße im schon etwas kühleren Sand vergraben.

Bevor sie hergekommen war, hatte sie versucht, Max oder Mama von ihrem heutigen Treffen mit Lasse zu erzählen. Sie hatte sogar versucht, Papa am Telefon zu erreichen. Niemand hatte ihr zugehört, sosehr sie sich auch bemühte. Außer Niki natürlich. Der hatte ihr ins Gewissen geredet, wie hätte es auch anders sein können. Aber sie verstand gar nicht, warum ihr immer alle einredeten, dass sie nicht mit Lasse sprechen, geschweige denn ihn treffen sollte.

So saß sie nun da, aufgeregt ob des unerlaubten Treffens und zudem hocherfreut, in Kürze an einem leckeren, extra riesengroßen Himbeereis zu schlecken.

Gedankenverloren spielte sie mit ihrem Sorgenpüppchen, steckte es in die Tasche ihrer Shorts und zog es wieder heraus. Die Kette, an der es hing, war etwas kurz, deshalb passte das Püppchen nur halb hinein. Dann wickelte sie die feine Gliederkette so fest um ihren Zeigefinger, dass die Haut ringsum rot wurde und die Fingerspitze anschwoll.

Samtig war die Dämmerung hereingebrochen und die Luft inzwischen mild und weich. Hinter dem schmiedeeisernen Gitter, das den Strand von der Promenade trennte, fuhren Kinder auf ihren Rollerskates vorbei.

Sicher war in den meisten Hotels das langweilige Abendessen bereits überstanden, denn vom nahen Spielplatz hörte sie lautes Lachen.

Wenn sie Glück hatte, würden später die Puppenspieler mit ihren Marionetten ein Theaterstück aufführen. Wie gern würde sie mit Max dorthin gehen!

Ein Geräusch, das nicht zu den anderen, bereits vertrauten des heutigen Abends passte, ließ sie aufhorchen. Das rostige Scharnier des Tores quietschte, und dann hörte sie das Tappen von Schritten auf dem körnigen Sand.

Lasse.

Himbeereis.

Das Wasser lief ihr im Mund zusammen. Hörbar schluckte sie die Spucke, die sich angesammelt hatte, hinunter. Dann lehnte sie sich träumerisch lächelnd zurück und schloss in Vorfreude auf den nahen und baldigen Genuss für einen Moment ihre Augen.

Die raue Mauer der Strandbar kratzte an ihren Schultern, und als sie den Kopf zur Seite drehte, blieben ihre Haare an den Rillen hängen, und es ziepte.

»Au«, sagte sie und öffnete die Augen.

Ihr Blick fiel auf ein Paar altmodische braune Sandalen. Die musste Lasse extra für den Urlaub gekauft haben, denn zu Hause trug er meistens zu seinem Basecap passende Sneaker.

Erwartungsvoll schaute Pauline an den Hosenbeinen entlang nach oben.

Doch statt des heiß ersehnten Himbeereises war da plötzlich ein greller Blitz, dazu ein scharfer Geruch und dann rabenschwarze Dunkelheit.

Pauline sank tief in ein Traumland.

Dritter Teil

1

Max saß einsam an ihrem Tisch im Speisesaal.

So weit sind wir also, dass jeder von uns allein zu Abend isst, dachte er und zog die Mundwinkel nach unten.

Falls Hannah überhaupt noch aß.

Seine Mutter lag, wie neuerdings üblich, betrunken im Zimmer. So hart das auch klingen mochte, er war sich jetzt sicher: Sie war rettungslos verloren und würde als verkommene Alkoholikerin, als menschliches Wrack sterben. Wie Martin wäre sie auf einmal nicht mehr da. Sein Hals wurde eng, als ihm klar wurde, dass Hannah wirklich an ihrer Sucht zugrunde gehen könnte.

Irgendwie musste er das verhindern. Wenn schon sein Vater versagte und einfach das Handtuch warf, blieb es wohl an ihm hängen. Das war er, wenn schon nicht seinen bescheuerten, egoistischen Eltern, zumindest seiner kleinen Schwester schuldig.

Dass er sich insgeheim für Pauline und sogar für die ganze Familie verantwortlich fühlte, würde er natürlich niemals zugeben. Diese Eigenschaft fand er gar nicht cool, sondern beschämend spießig.

Fahrig rollte er die letzten Spaghetti um die Zinken seiner Gabel, wischte mit einem Stück Brot die restliche verbliebene Tomatensugo von seinem Teller und trank einen großen Schluck Limonade.

Der Speisesaal hatte sich fast vollständig geleert. Bis auf ein Ehepaar mit zwei quengelnden Kindern war er der einzige Gast. Normalerweise waren die Tosonis hier und hielten den einen oder anderen Plausch mit den Gästen; heute war keiner von ihnen zu sehen. Ganz unangenehm war es ihm nicht, da

Franziska sich sicher wieder nach seiner Mutter erkundigt hätte und ihm darauf nichts Passendes eingefallen wäre.

Er sah auf seine Armbanduhr. Spät war es auch schon, beinahe zehn.

Mit einem Mal fragte er sich erstaunt, wo eigentlich seine Schwester blieb. Er hatte sie seit heute Mittag nicht mehr gesehen und eigentlich erwartet, sie im Speisesaal anzutreffen. Es war der kleinen Nervensäge ohne Weiteres zuzutrauen, dass sie, vollgestopft mit Himbeereis, Frappé Caramel und Schokolade, das Essen einfach vergessen hatte.

Er lehnte die Nachspeise, eine Mousse au Chocolat, ab und sprang so schnell auf, dass sein Stuhl fast umgekippt wäre.

Immer zwei Stufen auf einmal nehmend, hastete er die Treppe hinauf.

»Pauline!«, rief er im Flur schon von Weitem.

Er riss die Tür zu ihrem Zimmer auf und wollte bereits erleichtert durchatmen, weil sie unversperrt war, also musste Pauline da sein, aber es war niemand im Zimmer.

Komisch, um diese Zeit war Pauline noch nie allein spazieren gegangen.

Max lief zum Zimmer seiner Eltern und machte Licht. Hannah lag unverändert da, so kam es ihm jedenfalls vor. Er verzog angewidert das Gesicht, ging zum Bett und begann, sie zu rütteln.

»Mama!«, rief er. »Wach auf.«

Seine Mutter seufzte nur tief und drehte sich von ihm weg auf die andere Seite.

»Du musst aufstehen!«, schrie er und zerrte an ihr.

Was sollte er bloß machen?

Er hastete zurück ins andere Zimmer und durchsuchte jeden Winkel.

»Pauline!«, rief er ein ums andere Mal und kam sich lächerlich dabei vor.

Dann dachte er, vielleicht versteckt sich die Nervensäge bloß. Wäre ja nicht das erste Mal.

Das künstliche Licht ließ den Raum grün und kalt aussehen – und verdammt leer.

Seine Schwester war nicht da.

Fast wäre er über ihre Badetasche gestolpert, als er ein weiteres Mal suchend durchs Zimmer lief. Ihre Badesachen lagen noch darin, sie hatte mal wieder vergessen, sie aufzuhängen. Er drehte die Tasche um, und das nasse Zeug, ein Buch, ein Kugelschreiber, die Sonnencreme und ein Päckchen Kaugummis fielen auf den Boden. Dann polterte noch etwas Schweres hinterher: das Handy seiner Mutter. Wenigstens das war wiederaufgetaucht.

Mit dem Telefon in der Hand, das er ab jetzt nicht mehr hergeben würde, eilte er die Treppe hinunter, lief an der Rezeption und am Portier vorbei. Bevor er das Hotel verließ, drehte er sich aber noch mal um und fragte den alten Mann, ob er seine Schwester gesehen hätte.

»No, no, Signor Wildner, mi spiace molto.« Er schüttelte bedauernd den Kopf.

Max lief nach draußen, sah nach rechts, nach links, rief: »Pauline, verdammt noch mal, Pauline!«, bahnte sich mit seinen Ellbogen einen Pfad durch den Touristenstrom auf der Promenade, rempelte, schimpfte und fluchte.

Nachdem er einmal durch den ganzen Ort gelaufen war, bis hin zur Kirche und vorbei an jedem Eissalon, und die Promenade ebenso wie den Aussichtsweg am Meer abgesucht sowie den alten Leuchtturm umkreist hatte, stand er auf einmal wieder vor dem Haupteingang zum Strand.

Natürlich waren die Eisentüren längst geschlossen, und so musste er zum anderen Eingang laufen, der bis um zwei Uhr morgens geöffnet war, da er direkt zu dem hippen Teenie-Tempel, der Hawaii-Bar, führte. Fünfzehnjährige lümmelten in Liegestühlen und zogen an den bunten Strohhalmen, die in ihren neonfarbenen Drinks steckten. Ihre Füße wippten im Takt der lauten Musik.

Max kämpfte sich durch den zähen Sand.

Pauline war aber weder vorne am Meer noch bei ihrer Badehütte oder dem Strandcafé, das ohnehin schon lange zuhatte.

Er setzte sich auf die Holzstufen und dachte nach. Sein Atem ging stoßweise. Zu allem Überfluss war er eben auch noch auf einer klebrigen Flüssigkeit ausgerutscht, wahrscheinlich einem Eis, das jemand achtlos auf den Boden geworfen hatte.

Inzwischen war es elf Uhr geworden, und vom Meer her kam ein kühler Wind auf. Der Himmel spannte sich wie ein blauschwarzes Zelt über den Strand, durchbrochen von vielen winzigen silbern funkelnden Sternen.

Aber Max hatte dafür keinen Blick.

Was sollte er bloß tun?

Seine lästige kleine Schwester, diese unerträgliche Nervensäge, dieses Baby, auf das er vor noch gar nicht allzu langer Zeit fürchterlich eifersüchtig gewesen war, hatte sich ganz einfach in Luft aufgelöst.

»Shit!«, rief einem dämlich grinsenden Mädchen zu und erinnerte sich an Hannahs Handy in seiner Hosentasche.

Er drückte ungeduldig auf die erste Kurzwahltaste und den kleinen grünen Hörer. Der Name seines Vaters leuchtete auf dem Display auf.

Es konnte Max nicht schnell genug gehen, da er von Minute zu Minute besorgter wurde.

2

Wie sehr sie doch diese heißen Nächte hasste. Früher hatte Joey die großen Ferien und die langen Sommerabende geliebt. Sie durfte bis spät aufbleiben und ausgiebig fernsehen, und manchmal gingen ihre Eltern auch auf ein Eis mit ihr in die Innenstadt.

Nachdem allerdings der Familienquälgeist geboren worden war, war es auf einen Schlag vorbei gewesen mit all der familiären Gemütlichkeit.

Niemand hatte mehr Zeit für sie, alles drehte sich nur noch um den kleinen Bruder. Ständig wollte er etwas, war überall in der Wohnung, nirgendwo gab es einen ungestörten Ort, um sich zurückzuziehen.

Lust auf ein Spiel oder eine Partie Karten mit ihr hatte schon lange keiner mehr.

Wenn sie könnte, würde sie sich zu einer Freundin flüchten. Nicht dass sie sich das nicht oft vorgestellt und gewünscht hätte. Das Problem war nur, es gab keine.

Für viele in der Klasse war sie eine eigenartige Person mit einem merkwürdigen Kleidungsstil. Niemand interessierte sich für sie.

Ihr Leben war kompliziert.

Meist trieb sie sich draußen herum, lief durch die Straßen der Stadt oder saß im Gras und las Mangas, bis es so dunkel wurde, dass sie kein Wort mehr entziffern konnte. Erst dann ging sie wieder nach Hause und legte sich hin. Im Zimmer konnte sie nicht weiterlesen, da sie kein Licht einschalten durfte, denn ihr Bruder sollte doch ungestört schlafen. Sie sehnte den Tag herbei, an dem sie ein eigenes Zimmer bekam.

Die Sache mit dem Haschisch hatte sie aufgegeben. Es war ohnehin nur ein verzweifelter Versuch gewesen, Max damit zu beeindrucken. Sie hatte das Gras an einem verborgenen Ort am Kreuzbergl angebaut und die ganze Zeit furchtbare Angst gehabt aufzufliegen. Ihr tat der Stoff nicht mal gut. Sie bekam davon Herzrasen und Ohrensausen.

Auf Max war sie immer noch sauer. Auch wenn sie zugeben musste, sich vorhin riesig gefreut zu haben, als sie seine E-Mail erhalten hatte. Es wäre lustig und aufregend gewesen, ihn in der Nacht heimlich zu treffen.

Ein richtiges Abenteuer eben.

Was da wohl los war in Grado, dass er abhauen wollte?

Sie wäre gern auch ans Meer gefahren, nach Italien oder nach Kroatien.

Sobald sie wieder an ihren Computer konnte, würde sie ihm

zurückschreiben. Er war immerhin der Einzige in ihrem Alter, zu dem sie Kontakt hatte.

»Ach«, seufzte Joey laut und dachte, dass das Leben schon ungerecht sein konnte.

Max wollte weg vom Meer, und sie mochte nicht hier sein, sondern im heißen Sand liegen, bis sie es nicht mehr aushielt, und sich dann in die Wellen stürzen.

Ein leichter Wind kam auf, und die Blätter vom Haselnussstrauch begannen zu rascheln.

Irgendwo schlug ein Fenster.

3

»Papa«, schrie Max verzweifelt, und eine monotone Stimme, nicht die seines Vaters, antwortete ihm.

»Die gewählte Rufnummer ist vorübergehend nicht erreichbar. Bitte versuchen Sie es noch einmal zu einem späteren Zeitpunkt.«

»Shit«, fluchte Max und hämmerte mit seiner Faust gegen die Wand der Holzhütte. »Was soll ich jetzt bloß tun?«

Florian. Er musste Florian anrufen.

Sein Onkel meldete sich nach dem ersten Läuten.

»Hallo, Schwester, was verschafft mir so spät noch die Ehre?«

»Florian, ich bin es. Max. Weißt du, wo Papa ist? Er meldet sich nicht. Pauline ist nicht da, und ich habe keine Ahnung, was ich machen soll.«

»Ich weiß nicht, wo dein Vater ist, ist er denn nicht bei euch in Italien? Und was heißt das überhaupt, Pauline ist nicht da?«

»Ich kann sie nirgends finden, ich, ich …«

»Ganz ruhig, Max. Atme erst mal tief durch. Seit wann ist Pauline weg? Wo ist Hannah? Und du, wo bist du gerade?«

»Am Strand. Papa ist wieder nach Hause gefahren, der Wagen steht nicht mehr auf dem Parkplatz. Hannah ist wie üblich im Bett und schläft. Aber Pauline ist nicht da … Sie ist verschwunden, keine Ahnung, seit wann. Ich kann sie einfach nirgends finden, sie ist wie vom Erdboden verschluckt.«

»Du gehst jetzt sofort ins Hotel, schaust nach, ob sie inzwischen zurück ist, weckst deine Mutter, und ich versuche, deinen Vater zu erreichen.«

»Sie ist nicht dort, Florian, so glaub mir doch, Pauline ist einfach unauffindbar. Wir müssen etwas unternehmen. Jetzt sofort.«

»Beruhige dich. Du rufst an, sobald du im Zimmer bist. Hast du verstanden? Max?«

»Ja, ja … das ist klar. Ich bin in wenigen Minuten da.«

»Pauline wird schon wieder auftauchen. Sie ist ein kluges Mädchen«, versicherte sein Onkel.

»Florian«, Max weinte jetzt, »Mama hat zu viel getrunken, Pauline ist fort, und ich kann Papa nicht erreichen. Ich habe solche Angst.«

Dann unterbrach er die Verbindung, denn der Akku war schon schwach, und er würde ihn im Zimmer sofort aufladen müssen. Er spürte das Salz der Tränen auf seinen Lippen, und der Sand knirschte unter seinen Füßen.

4

»Bäumchen, rüttle dich und schüttle dich, wirf Gold und Silber über mich«, sagte die Figur in ihrem Traum.

Das hier war aber kein Märchen, und sie war auch nicht Aschenputtel oder Cinderella. Das hier war die pure Wirklichkeit, und irgendein Bulldozer ratterte mit hundert Stundenkilometern über sie hinweg.

Gerade als Hannah spürte, wie ihr Kopf zermalmt wurde, hörte sie jemanden »Mama!« rufen.

Trotz ihrer Benommenheit erkannte sie, dass es die Stimme

von Max war, während sich Hände auf ihre Schultern legten und an ihr zerrten und zogen. Er nennt mich wieder Mama, stellte sie überrascht fest und begann mit einem seligen Ausdruck auf ihrem Gesicht zu lächeln.

Hannah schlug die Augen auf und sah über sich das Gesicht ihres Sohnes. Mit grimmiger Miene bewegte es sich vor und zurück wie ein vergessener Lampion auf einem Kinderfest.

»Mama!«, hörte sie ihn wieder kreischen. Jeder Ton schrillte unerträglich laut in ihren Ohren.

Sie stammelte: »Max, mein Schatz.«

»Hannah, jetzt wach endlich auf. Wo ist Pauline?«

Als hätte jemand das Licht im Zimmer angeschaltet, wurde es auf einmal hell um sie, und ihre Umgebung nahm klare Formen an. Mühsam rappelte sie sich hoch, schaffte es nur bis zur Hälfte, sank wieder in die Daunen zurück und unternahm einen zweiten Versuch. Vergeblich.

»Max?«

»Hannah.« Er schüttelte sie grob.

Sie nickte.

»Komm zu dir. Hörst du mich? Kannst du mich verstehen?«

Ganz taumelig wurde sie von den Fragen.

Hilflos hob sie die Arme und verschränkte sie in einer schützenden Geste vor ihrem Gesicht. »Ja, ja, ja, sag schon, was ist los? Was ist mit Pauline?«, brachte sie undeutlich hervor.

»Das will ich von dir wissen.«

Endlich schaffte sie es, sich aufrecht hinzusetzen und ihren Blick auf Max zu richten. »Bitte«, sagte sie und schwieg dann längere Zeit, bis Max sie an der Hand nahm und in strengem Ton zu ihr sagte: »Wir gehen jetzt gemeinsam ins Badezimmer, und du wäschst dich erst mal.«

Aber Hannah konnte nicht aufstehen, also saß sie einfach so da, das Gesicht in ihren Händen verborgen, und schämte sich vor ihrem Sohn. Versuchte, sich zu sammeln und ihre Gedanken zu bündeln. Etwas wirklich Schlimmes musste geschehen sein, das spürte sie. Irgendetwas gänzlich Unfassbares hatte seinen Lauf genommen, war über sie alle hereingebrochen und hatte sie mit einem Bannfluch oder etwas Ähnlichem belegt. Aber sie konnte es nicht fassen.

Dann löste sich die Verkrampfung, das Karussell in ihrem Kopf hörte auf, sich zu drehen, und die Vorhänge in ihrem Inneren wurden beiseitegezogen.

Deutlich drang in ihr Bewusstsein, dass Pauline nicht hier war. Ihr Magen zog sich schmerzvoll zusammen, und sie begann zu zittern.

»Max«, flüsterte sie und suchte seine Hand, »was ist mit Pauline?«

»Mama«, Max begann zu weinen und drückte ihre Hand so fest, dass es wehtat. »Sie ist weg. Einfach weg. Und ich bin schuld, weil ich nicht da war und sie allein gelassen habe.«

Er brachte kein weiteres Wort mehr hervor, die Tränen liefen ungehemmt seine Wangen hinab.

Hannah richtete sich auf und zog Max an sich. »Schatz, du bist nicht schuld. Wenn irgendjemand an irgendetwas Schuld trägt, dann bin ich das«, sagte sie, und ihre Stimme hatte eine Festigkeit, die sie selbst überraschte. »Seit wann ist Pauline weg?«

Aber Max konnte nicht antworten, er schluchzte, vergrub sein Gesicht irgendwo zwischen ihrem Hals und ihrem Schlüsselbein und schien nichts mehr wahrzunehmen.

Längere Zeit saßen sie einfach nur so da, dann fragte Hannah sanft nach ihrem Handy und ob Friedrich schon Bescheid wüsste.

5

Pauline träumte, sie wäre ein Paket auf dem Weg nach Australien. Gut verpackt und fest verschnürt. Sogar den Geruch des braunen, steifen Papiers konnte sie wahrnehmen.

Klebstoff, Kleister und gummierte Pappe.

Wann das passiert war, konnte sie nicht sagen. Die Stahlwolle, mit der die Kristallgläser verpackt waren, kratzte unerträglich.

War sie denn ein Glas?

Eher wohl ein Buch oder ein Kochtopf, eine Salatschüssel oder eine Truhe.

Und schlecht war ihr. Unerträglich übel.

Ein Arbeiter hatte anscheinend das Paket mit all dem Hausrat und ihr darin hochgehoben und auf ein Fließband geworfen.

War da nicht eben noch »Zerbrechlich – Vorsicht« zu lesen gewesen?

Sie konnte sich natürlich auch getäuscht haben.

Jetzt stießen vorne und hinten Kisten und harte Gegenstände an ihre Kanten, und möglicherweise riss das Papier ein.

Säcke, gefüllt mit Gold und Juwelen, fielen von oben herab und nahmen ihr den Atem.

Ihre linke Seite war schon ganz flach gedrückt, aber war das nicht immer so auf hoher See?

Denn da war sie jetzt doch?

Die Wellen ließen das Postschiff wie eine Nussschale hin und her schaukeln.

Und ein Wirbelsturm brauste über sie hinweg.

Irgendwann hatte Mama ihr die Geschichte vom kleinen Däumling vorgelesen. Auf und ab. Sie beugte sich über die Reling, konnte also kein Glas sein oder sonst ein steifer Gegenstand.

Vielleicht war sie eine Puppe?

Es roch nach verbranntem Gummi.

Würgend übergab sie sich.

Dann kam eine Riesenwoge und schwappte über den Schiffsboden, fast wäre sie ins Meer gekippt.

Zum Glück gab es einen Postmeister, der das im letzten Augenblick verhinderte.

6

Als Max gerade die Nummer seines Onkels wählen wollte, begann Hannahs Handy in seiner Hand zu läuten und zu vibrieren.

»Max, ist Pauline wieder da? Wo bist du?«

»Nein, sie ist nicht aufgetaucht. Ich bin bei Hannah, musste sie erst wach bekommen.«

Bevor Florian etwas entgegnen konnte, hatte seine Mutter ihm mit schweißnassen Fingern das Telefon aus der Hand genommen. »Florian, bitte hilf uns«, sagte sie weinend.

Ungeduldig riss Max ihr das Handy aus der Hand und presste es an sein Ohr. »Kommt Papa zurück? Ist er unterwegs?«

»Ich kann deinen Vater nirgends erreichen, deshalb gehst du jetzt hinunter zur Rezeption, verlangst nach den Hotelbesitzern und bittest sie, die Polizei zu verständigen«, wies sein Onkel ihn mit ruhiger Stimme an.

»Aber …«

»Was aber?«

»Ich kann doch kein Italienisch, was, wenn die mich nicht verstehen?«

»Die Tosonis verstehen sicher genug Deutsch, um zu verstehen, dass Pauline verschwunden ist. Und die Schwiegertochter kommt doch aus Deutschland, sie kann übersetzen, was du sagst.«

»Die ist, glaub ich, gar nicht da, ich weiß nicht, wann sie zurückkommt … Florian … bitte unternimm etwas.«

»Ich setze mich sofort ins Auto und komme zu euch. Max, du musst jetzt stark sein, ich bin in zwei Stunden in Grado.«

»Danke.« Max schluchzte erleichtert auf. Er gab seiner Mutter das Telefon und bat sie, es aufzuladen. Dann lief er nach unten in die Hotelhalle, stolperte vor Aufregung fast über den hellblauen Teppich und klingelte nach dem Portier.

In seinem Hals saß ein dicker, fetter Frosch, und er musste sich am Rezeptionstisch festklammern.

Trotz der späten Stunde drangen laute Stimmen von draußen herein, und irgendwo lachte eine Frau hell auf. Ein Windstoß fegte Blätter und Piniennadeln durch die halb offene Eingangstür.

Max läutete noch einmal. Als sich wieder nichts tat, begann er, ununterbrochen mit seiner rechten Faust auf die Klingel zu schlagen, und rief angstvoll nach dem Portier.

7

Hannah stand nun schon seit zwanzig Minuten auf dem Balkon vor ihrem Zimmer und starrte in die Nacht hinaus.

Wo war ihr kleines Mädchen bloß?

Die ganze Zeit über redete sie sich ein, dass Pauline jeden Moment zur Tür hereinspringen oder unten am Strand aus einer der Badehütten treten und »Mama!« rufen würde, »Mama, sei bitte nicht böse, weil ich so spät komme!«.

Ein Luftzug von der Zimmertür her ließ den Vorhang rascheln und kündigte einen Besucher an. Erwartungsvoll drehte sie sich um und sah Max mit bleichem Gesicht auf sich zukommen.

»Du warst so lange fort, wo –«

»Hannah, ich habe die Polizei verständigen lassen und dann noch schnell ein paar Runden gedreht, ob …«, er stöhnte auf und rieb sich über die Stirn, »ob ich sie irgendwo finden kann.«

Hannahs Augen waren vor Angst weit geöffnet. »Gibt es irgendeine Spur von ihr? Soll ich auch noch schnell durch den Ort laufen?«

»Nein! Aber die Polizei müsste gleich hier sein. Bitte zieh dich an und richte dich ein wenig her. Sie werden mit dir reden wollen.«

»Wo sind denn die Tosonis? Max, geh bitte hinunter und hole Franziska, damit sie für uns übersetzt.«

»Daran habe ich schon längst gedacht. Geh jetzt ins Bad und mach dich fertig.«

Hannah hatte auf einmal das unbestimmte Gefühl, dass sich ihre Rollen umgekehrt hatten. Max war jetzt ihr Vater, der wusste, wo es langging, und sie selbst war das verängstigte Mädchen, das den Durchblick völlig verloren hatte.

Sie schnappte sich folgsam ein paar Kleidungsstücke, frische Unterwäsche und einen Jumpsuit, und ging damit ins Badezimmer.

Erst als sie unter der Dusche stand und spürte, wie das heiße Wasser auf ihren Kopf prasselte, legte sich das Zittern. Sie schloss die Augen und hielt ihr Gesicht unter den Strahl.

In der Enge der von weißem Dampf angefüllten Kabine kam sie sich vor wie in einem Vakuumbehälter. Ein fast übermächtiges Angstgefühl schnürte ihr die Kehle zu, ließ sie nach Luft schnappen.

Sie taumelte und musste sich an den glatten Wänden abstützen, um nicht zu fallen. Das Salz ihrer Tränen vermischte sich mit dem Wasser, das ein wenig nach Chlor roch, und sie erkannte, was geschehen war.

Ihre schlimmsten Alpträume waren wahr geworden. Eines ihrer Kinder hatte sterben müssen, das andere war verschwunden, und ihr Ehemann, den sie noch nie so dringend gebraucht hatte wie gerade jetzt, war in dieser Ausnahmesituation unerreichbar für sie.

Allein ihr pubertierender, sarkastischer und sie über alle Maße verachtender Sohn stand ihr jetzt noch bei. Sie schämte sich und musste sich den Mund zuhalten, um ihre Schreie zu ersticken.

»Pauline, mein Baby, ich habe versagt«, jammerte sie. »Friedrich, wo bist du? Ich habe alles kaputt gemacht.«

Sie hörte ein Klopfen an der Badezimmertür und gleich darauf Max' ungeduldige Stimme.

»Sag, wo bleibst du so lange?«

Sie drehte das Wasser ab, schüttelte ihre nassen Haare, dass die Tropfen flogen, und streckte den Arm nach dem Handtuch aus. Eingehüllt in das kratzige Weiß versuchte sie, im beschlagenen Spiegel ihr Gesicht zu betrachten.

Abermals wurde sie von einem Gefühl der Hoffnungslosigkeit überwältigt, und wieder flossen die Tränen und brannten auf ihren aufgebissenen, spröden Lippen.

»Ich komme schon!«, rief sie in Richtung der geschlossenen Tür und hörte Max auf der anderen Seite antworten: »Ertrinke bloß nicht im Selbstmitleid, Alter. Verstanden?«

Nun ja, wenigstens ist Max wieder ganz der Alte, stellte sie fest. Dann hielt sie kurz inne und wiederholte langsam: »›Alter‹?«

Sie wischte mit einem Kleenex auf dem Glas herum, bis eine kleine Fläche frei von Feuchtigkeit war und sie sich im Spiegel betrachten konnte.

Ja, bin das überhaupt noch ich, dachte sie.

Oder ist das womöglich irgendein »Alter«? Und wenn ja, warum kichert der so blöde?

Ein Lachen gurgelte in ihr hoch, und unfähig, es zurückzuhalten, prustete sie lauthals los. Dann erstarb es mit einem Mal wieder, und Hannah sah sich selbst ernst in die Augen.

»Was hast du bloß getan?«, fragte sie drohend und setzte erbarmungslos nach: »Wenn Pauline etwas passiert, bist allein du daran schuld, du Alkoholikerin!«

8

Maddalena räkelte sich behaglich. Träumerisch wickelte sie eine Locke um ihren Zeigefinger. Mit der Erinnerung an Tomaso schlich sich ein Lächeln auf ihr Gesicht.

Ihr Handy begann zu läuten.

Das bedeutete um diese Stunde nichts Gutes.

Als sie jedoch sah, wer die nächtliche Störung verursachte, grinste sie.

»Haben wir uns nicht eben erst voneinander verabschiedet?

Es freut mich natürlich, dass die Sehnsucht dich so schnell wieder zu mir treibt.«

»Commissaria Degrassi?«, hörte sie Tomaso betont sachlich fragen.

»Ja. Persönlich. Womit oder wobei kann ich Ihnen behilflich sein?«, entgegnete sie keck.

»Ein Hotelgast ist verschwunden. Es handelt sich um ein kleines Mädchen, Pauline Wildner aus Österreich, neun Jahre alt. Ich bitte Sie dringend, herzukommen. Die Familie ist in heller Aufregung.«

Schlagartig war Maddalena hellwach.

Sie setzte sich auf und schwang die Füße über den Bettrand.

Das war kein Scherz.

»Signor Tosoni. Ich verständige meine Kollegen, wir sind in Kürze bei Ihnen.«

Zoli, der selten zum Scherzen aufgelegt war, meinte, nachdem ihn ihr Anruf aus seinen Träumen geholt hatte, lapidar: »Klar komme ich sofort dorthin. Obwohl mir wertvolle Dessous als Anlass lieber wären als ein verschwundenes Kind.«

»Mir auch. Hoffen wir, dass die Kleine ebenso schnell wiederauftaucht wie die Unterwäsche. Bitten Sie einen der jungen Kollegen aus dem Nachtdienst, ebenfalls zum Hotel zu kommen«, wies Maddalena ihn an.

»Wird gemacht.«

Die Nacht war lau, und sie umging den immerwährenden Touristenstrom in der Fußgängerzone, indem sie Seitengassen nahm. Fast zeitgleich mit Piero Zoli erreichte sie ihr Ziel. Ihr Fahrrad lehnte sie an die Mauer, wie schon bei ihrem ersten Besuch. Zoli winkte ihr zu und reichte ihr seine Thermosflasche.

Dankbar nahm Maddalena sie entgegen.

»Ein solcher Einsatz könnte länger dauern. Während ich mich anzog, hat meine Mutter Kaffee für uns zubereitet.«

»Ein wahrer Schatz, Ihre Frau Mama. Diese Stärkung kann ich jetzt gut brauchen.«

Zoli lächelte scheu.

Der Eingang des Hotels war hell erleuchtet, als Maddalena mit ihrem Kollegen eintrat. Der junge Polizist, der kurz nach ihnen in einem Dienstwagen eingetroffen war, folgte ihnen.

So ein verschwundenes Kind war eine fordernde und anspruchsvolle Angelegenheit. Da durfte nichts schiefgehen, kein Fehler passieren.

Maddalena hoffte, dieser Aufgabe gewachsen zu sein. In gewisser Weise stellte der Fall eine Nagelprobe für sie dar.

»Da ist unsere Commissaria schon«, sagte Tomaso salopp, als sie auf die Rezeption zusteuerten, und Maddalena konnte nicht verhindern, dass ihre Wangen sich knallrot färbten.

Die Hoteliersfamilie war vollständig versammelt. Donna Rosa, eine sorgfältig geschminkte alte Dame, wirkte kühl und streng. Maddalena konnte ihren Blick kaum von den vorwurfsvollen Augen unter akkurat gezupften Augenbrauen abwenden.

Die alte Krähe hätte wohl gern gehabt, dass mich Airforce One abliefert, dachte Maddalena, die sich mehr als nur beeilt hatte.

Tomasos Frau sah sie heute zum ersten Mal. Francesca Tosoni trug ein weites, hell geblümtes Sommerkleid zu rosaroten Ballerinas. Ihr weizenblondes Haar fiel ihr lose über die Schultern. Maddalena fand, dass sie kränklich wirkte, schmal und mager. Und furchtsam. Sie stand ein wenig abseits von ihrem Mann und ihrer Schwiegermutter.

In Maddalena machte sich ein grauenvoll schlechtes Gewissen breit.

Was taten sie dieser bedauernswerten Frau bloß an?

Wieder mal beschloss sie kleinlaut, die unnötige Liaison zu beenden, und wieder mal wusste sie, wie unwahrscheinlich es war, dass sie dieses Vorhaben tatsächlich umsetzen würde. Das alles ließ sie längst nicht mehr unberührt.

Tomaso hatte ein frisches Hemd an, weiß, im Button-down-Stil, und die Bügelfalten stachen hervor. Sein holzig duftendes Aftershave vermischte sich in verwirrender Weise mit dem Geruch, den die üppigen Blütenkelche abfeuerten.

Gestikulierend machte er sie und Zoli mit Familie Wildner bekannt.

»Familie« war ein weit hergeholter Begriff. Es handelte sich um einen ruppigen Teenager mit Namen Max, der eine grüne Punkfrisur und schwarze Kleidung mit vielen Metallketten trug, die bei jeder Bewegung klirrten, und eine in sich versunkene, nervöse Frau, Hannah Wildner, deren Hände zitterten. Maddalena registrierte, dass die Nagelhaut an ihren Fingern eingerissen war. Die blond gefärbten Haare glänzten feucht. Das natürliche Rot am Ansatz stach deutlich hervor.

Ist das, was sie anhat, ein abgetragener Pyjama oder ein lässiger Jersey-Overall, überlegte Maddalena, bevor sie sich wieder auf die aufgeregte Erzählung von Max und seiner Mutter konzentrierte.

»Wann haben Sie bemerkt, dass Ihre Tochter nicht bei Ihnen ist?« Maddalena wusste aus der Polizeischule, dass bei der Suche nach einem vermissten Kind die ersten drei Stunden am wichtigsten waren. Die Chance, verwertbare Spuren zu finden, sank mit der Zeit, die verging. Eine effiziente Vorgehensweise hatte daher oberste Priorität. Im Geist ging Maddalena schnell das Prozedere durch. Sie war selbst noch nie mit dem Fall eines abgängigen Kindes befasst gewesen, kannte die nun anstehenden Schritte also nur aus der Theorie.

»Äh … also …« Signora Wildner sah hilfesuchend zu ihrem Sohn. Der sprang auch sofort ein.

»Mama leidet unter schweren Migräneattacken und hat den ganzen Nachmittag geschlafen.«

»Uns ist noch immer nicht klar, wer wann bemerkt hat, dass Pauline verschwunden war?«, formulierte Zoli neu.

Signora Tosoni übersetzte wie selbstverständlich vom Italienischen ins Deutsche und umgekehrt. Während sie sich auf die Sprachen konzentrierte, verlor sie den verstörten Gesichtsausdruck.

»Max«, sagte Hannah Wildner, »mein Großer, kam, um mich zu wecken. Ihm fiel als Erstem auf, dass Pauline sich nicht im

Hotel befand. Das war, nachdem sie nicht zum Abendessen erschienen war.«

Maddalena klärte den ungefähren Zeitraum des Verschwindens ab und bat Zoli, die weitere Befragung zu übernehmen. Sie hängte sich ans Telefon, um den Comandante und das Spurensicherungsteam zu verständigen.

Bei verschwundenen Kindern gab es nie falschen Alarm. Höchste Eile war geboten. Man musste stets so handeln, als ginge es um Missbrauch, Freiheitsentzug oder Mord. Pauline war erst seit Kurzem neun Jahre alt, weshalb man nicht von einem mutwilligen, selbst herbeigeführten Verschwinden ausgehen durfte. Das Mädchen war noch ein gutes Stück vom Teenageralter entfernt und hatte vermutlich nichts mit Ausreißen und Abhauen im Sinn. Und wenn doch, dann vielleicht für ein, zwei Stündchen. Danach würde es wahrscheinlich Heimweh bekommen und von selbst zurückkehren. Genau darauf hoffte Maddalena. Es waren allerdings schon einige wertvolle Stunden vergangen, und niemand wusste genau, wie viele.

In neunundneunzig Prozent aller Fälle tauchten Kinder wieder auf, das sagte sie auch der Mutter und dem Bruder des Kindes. Sie hoffte, mit dieser Information ein wenig Trost zu spenden. Aber natürlich gab es darüber hinaus auch das eine Prozent, bei dem das nicht der Fall war.

Die kleine Familie stand sichtbar unter großer Anspannung.

So wie Maddalena das verstanden hatte, gab es Eheprobleme, und Paulines Vater war noch nicht über das Verschwinden seines Kindes in Kenntnis gesetzt worden, da er sein Handy ausgeschaltet hatte, wohingegen der Onkel, Hannahs Bruder, zur Unterstützung der Familie nach Grado unterwegs war.

Zoli bat um ein aktuelles Foto des Mädchens, erfragte das Geburtsdatum, die körperlichen Merkmale und welche Bekleidung es trug. Dank Max, der ihm sehr konkrete und gut verwertbare Auskünfte gab, erfuhr er außerdem, dass Pauline weder ein eigenes Handy noch einen Facebook- oder Instagram-Account besaß.

Da es spät war, hatten sie den Speisesaal als Konferenzraum für sich.

Tomaso warf Maddalena hin und wieder bedeutsame Blicke zu, die ihr Blut in Wallung versetzten. Er hatte von der Bar eine Kellnerin herbeigerufen. Sie brachte Erfrischungsgetränke. Mitten in die Befragung hinein platzte Signora Wildners Bruder Florian.

Nachdem er seine Schwester und seinen Neffen in die Arme genommen hatte, fragte er: »Gibt es schon einen AMBER Alert?«

Zoli und Maddalena sahen sich an.

Es gab hier kein übergeordnetes Kompetenzzentrum wie in den USA oder den Niederlanden. Dennoch ging man nach demselben Muster vor: schnelles Handeln, allumfassende Suche. Natürlich gab es auch ein grenzüberschreitendes Alarmsystem innerhalb Europas.

»Wir haben bereits alles Notwendige in die Wege geleitet«, klärte Maddalena ihn auf. »Je stärker die Öffentlichkeit eingebunden wird, desto höher ist die Wahrscheinlichkeit, das Kind zu finden. Das Bild Ihrer Nichte wird umgehend digital und später auch gedruckt in den Zeitungen der Region erscheinen. Ebenso auf Facebook und Instagram.«

»Dann hoffe ich, dass das genügt.«

Maddalena kam sich gemaßregelt vor.

»Versuchen Sie bitte, ruhig zu bleiben. So helfen Sie Ihrer Schwester und Ihrem Neffen am meisten.«

Der Onkel legte seine Hand auf den Oberarm seiner Schwester und nickte.

»Commissaria.« Tomaso stand vor Maddalena. »Darf ich Sie kurz entführen?«

Sie folgte ihm in sein Büro.

Dort schloss Tomaso die Tür und nahm Maddalena leidenschaftlich in die Arme.

9

Niki hatte nicht einschlafen können.

Immer wieder wälzte er sich von einer Seite auf die andere. Seine Haare klebten auf der Stirn, und die Bettdecke hatte er schon längst abgeschüttelt, so unerträglich heiß war ihm.

Er hörte die Stimmen seiner Eltern aus dem Wohnzimmer, sie unterhielten sich über den Urlaub seines Vaters, der bald beginnen sollte. Die ganze Familie wollte dann, wie jedes Jahr Mitte August, auf die Almhütte seiner Tante ins Lesachtal fahren. Dort war es lustig und auch nicht so schrecklich heiß wie in der Stadt.

Sie würden wieder über die Wiesen wandern, eine leckere Brotzeit im Rucksack, manchmal schon im Morgengrauen aufbrechen und gemeinsam singen. Er mochte das, er sang auch seit der ersten Klasse im Schulchor.

Bis zu den Schafen und Ziegen würden sie auf die Alm hinaufmarschieren, über einige schwierige Stellen sogar klettern müssen und sich danach am Bach erfrischen.

Hoch oben gab es seltsame bunte Blumen und Gewächse wie Enzian und Latschenkiefer, blaue Beeren und Nebelbeeren, die ganz süß schmeckten.

Leider würde er genau dann in die Berge fahren, wenn Pauline vom Meer zurückkam. Dass sie sich so lange nicht sehen konnten, war ein Nachteil, und als ihm das bewusst wurde, freute er sich sofort ein Stück weniger auf die Reise.

Ein Windstoß drückte sein Fenster auf und ließ die auf dem Schreibtisch liegenden Blätter rascheln. Ein paar davon segelten langsam zu Boden.

Plötzlich überfiel Niki ein ganz merkwürdiges Gefühl, und sein Bauch zog sich schmerzhaft zusammen. Er setzte sich kurz auf, legte sich dann wieder hin und drehte sich auf die andere Seite. Vor Müdigkeit fielen ihm die Augen zu. Doch ständig wachte er wieder auf.

Morgen, gleich nach dem Aufstehen, würde er Pauline anrufen. Sie hatte sich doch am Abend mit Lasse treffen wollen. Er war neugierig, ob sie ihm eine Locke gegeben hatte.

Draußen begann bereits der Tag zu grauen. Auch seine Eltern waren längst zu Bett gegangen. Im Haus war es still, als sich der Schlaf wie ein dunkelblauer, samtener Mantel über Niki ausbreitete und ihn einhüllte. Doch das Gefühl der Sicherheit war trügerisch.

Mit einem Schrei schreckte Niki abermals hoch.

»Au, au, au!«

Ein scharfes Messer schien seine Eingeweide in Stücke zu schneiden, und ein siedend heißer Lavastrom breitete sich in seinem Inneren aus.

»Mama, Papa!«

Schluchzend schälte Niki sich aus der Bettdecke und tappte unbeholfen in Richtung Zimmertür.

»Mama, Papa!«

Wieder krümmte er sich unter dem Schmerz, diesmal war er noch heftiger als vorhin, und sekundenlang brachte er keinen Ton hervor.

Warum kam denn niemand?

»Au«, weinte er und taumelte im Flur gegen die Schlafzimmertür seiner Eltern.

Das Nächste, das er wahrnahm, waren die kühlen Hände seiner Mutter und dann die ruhige, ernste Stimme seines Vaters.

»Bin ich mit dem Notruf verbunden? Wir bräuchten dringend einen Arzt. Unser Sohn …«

Sein Bauch verkrampfte mit einer solchen Heftigkeit, dass er sich aus den Armen seiner Mutter wand und sich würgend auf den Boden übergab.

»Mama«, stöhnte er, als das Schlimmste vorüber war, »es tut so weh …«

Weiter kam er nicht, denn es wurde dunkel um ihn.

Später, sehr viel später, spürte er, wie eine glühende Flüssigkeit durch seine Adern floss, und als er sich aufrichten wollte, bemerkte er, dass seine Glieder schwer waren und sich taub anfühlten.

Er brachte keinen Ton hervor, und auch seine Gedanken verwickelten sich in langen Schlangen.

Über ihm kreiste ein grelles Licht, und die Stimme seines Vaters rollte von irgendeinem entfernten Winkel her auf ihn zu.

»Ganz ruhig, Niki, gleich geht es dir besser. Der Doktor kümmert sich um dich.«

»Junger Mann«, schaltete sich eine fremde Stimme ein, und Niki spürte, wie jemand an seinem Arm herumhantierte. »Du wirst jetzt einige Zeit schlafen und von etwas Schönem träumen, während wir deinen Blinddarm herausholen. Wenn du möchtest, kannst du ihn dann in einem Glas mit nach Hause nehmen und deinen Freunden zeigen.«

Er konnte seine Mutter hören, sie weinte. Dann entfernte sich ihr Schluchzen immer weiter und weiter, bis es schließlich nicht mehr zu hören war. Jetzt umgab ihn wohltuende Stille, und die Schmerzen hatten endlich aufgehört.

10

Irgendwelche Tiere hoppelten über den Schiffsboden.

Hasen?

Kaninchen?

Oder war das etwa dasselbe? So wie Uhu, Eule, Kuckuck und Käuzchen?

Schlangen vielleicht.

Hieß es nicht Kaninchen und Schlange?

Unsinn. Schlangen schlängelten, wanden und ringelten sich, aber hoppeln konnten sie nicht.

Nein, das waren sicher Kängurus. Kängurus, die jetzt am Paket schnupperten und an den Schnüren zogen, um alle Post in ihren großen Bauchtaschen zu befördern.

Eines kickte unvermittelt gegen die Seite des Pakets, und Pauline stöhnte auf.

Es tat höllisch weh.

Hölle.

Hieß es eigentlich »Spielhölle«, »Spielhöhle« oder »Spielhalle«?

»Was weiß denn ich?«, raschelte eine papierene Stimme und verstummte, als sich ein Kran näherte und die ganze mit Packpapier umhüllte Schachtel in seine Kneifzange nahm.

Die Gläser klirrten laut und drohten zu zerbrechen. Spitze Scherben stachen sie.

Autsch, tat das weh.

Sie wurde durch die Luft geschleudert, um dann krachend auf dem harten Boden zu landen. Kein geschmeidiges Fließband fing sie auf, um das Paket, in dem sie steckte, weiterzubefördern.

Wenigstens schlitterte sie jetzt nicht mehr von einem Eck zum anderen, wurde nicht mehr von den Wellen emporgetragen, nur um dann wieder in ein tiefes Tal zu fallen.

So war das eben auf Postschiffen, und ein Paket, eine Schachtel, eine Kiste musste das aushalten.

Jetzt hatten sie wieder festen Boden unter den Füßen.

Australischen Boden.

Oder war das gar nicht Australien?

Und warum kam keiner, um das Paket auszupacken?

Ein Rütteln bedeutete ihr, dass die Reise doch noch nicht zu Ende war. Pferde wurden vor eine Postkutsche gespannt, und holterdiepolter begann die wilde Jagd über die nächtliche Landstraße. Die Kutsche rumpelte über Steine, vorbei an Kirchen, Friedhöfen und Scheunen und erhob sich dann in die Lüfte.

Halt, was war das?

Auf einmal stand das Gefährt still. Paulines Augenlider flatterten. Vielleicht war das doch kein Traum? Aber warum war sie dann ein Paket?

Hier stimmte etwas nicht.

Denn eines wusste sie jetzt mit Sicherheit, Pakete konnten nicht denken, und fühlen konnten sie auch nicht.

Aber wenn sie kein Paket war und auch in keinem steckte, wer war sie dann?

Es wollte ihr einfach nicht einfallen, dabei wusste sie es, da war sie sich ganz sicher.

Die Tür des Kofferraumes wurde geöffnet, und eine körperlose Stimme begann zu sprechen. Sie klang krächzend wie die der Hexe im Märchen.

»Na, wen haben wir denn da? Da ist ja jemand aufgewacht. Dagegen werden wir sofort etwas unternehmen.«

Sie hatte keine Angst. Wenn nicht einmal die Gestalt aus dem Märchen wusste, wer sie war, hatte sie sich anscheinend gut verkleidet.

Mit einem festen Ruck wurde das raue Tuch, das um ihren Mund gebunden war, heruntergerissen.

Sie spürte keinen Schmerz, nur ein leichtes Kitzeln.

Tief holte sie Luft.

Dann, als sie gerade anfing, sich daran zu erinnern, wer sie war, stieg auf einmal ein scharfer und ätzender Geruch in ihre Nase. Einen Moment lang war sie erstaunt, dann versank sie erneut in tiefer Bewusstlosigkeit.

11

Gegen Morgen, draußen war es noch immer dunkel, saß Max mit seinem Onkel und seiner Mutter im Zimmer seiner Eltern und wartete ungeduldig auf Nachricht, dass man Pauline gefunden hatte. Irgendwann stand er auf und tigerte unruhig auf und ab. Bei Florian, der neben dem Fenster lehnte, blieb er stehen und begann auf einmal bitterlich zu weinen, wie er es zum letzten Mal als Kind in Momenten höchster Verzweiflung getan hatte.

»Bin ich froh, dass du da bist. Danke.«

»Ist ja schon gut, sicher ist alles halb so schlimm …« Florian streichelte beruhigend über seinen Kopf. »Wir werden Pauline bald finden, sie hat sich bloß irgendwo verlaufen.«

Max bemühte sich verschämt, nicht laut aufzuschluchzen. »Vor hundert Lichtjahren habe ich das letzte Mal so geflennt«, sagte er und rieb die Nase am Kragen der Lederjacke seines Onkels. Der herbe Geruch hatte etwas Besänftigendes. Er erinnerte ihn an gemeinsame Unternehmungen aus einer Zeit, als noch alles in Ordnung gewesen war.

»Florian. Was ist mit Friedrich? Weißt du, wo er ist?«, fragte seine Mutter mit zitternder Stimme.

»Wenn du das nicht weißt?«

Hannah schüttelte ratlos den Kopf und zog die Schultern hoch.

»Er wird sich bestimmt bald melden«, sagte Florian. »Jetzt müssen wir uns auf Pauline konzentrieren und der Polizei helfen, so gut wir können.«

Max setzte sich aufs Bett und dachte an die rege Geschäftigkeit vorhin in der Hotelhalle.

Drei italienische Polizeibeamte, eine davon weiblich, und Hotelbedienstete, flankiert von der aufgeregt gestikulierenden Familie Tosoni, waren im Foyer versammelt gewesen. Auf Bitten der Polizisten hatten sie sich in den Speisesaal zurückgezogen, und jemand brachte Wasser und Cola für alle.

Dann hatten die Polizisten mit der Befragung begonnen, während die Polizistin zunächst stumm, aber sehr aufmerksam zwischen ihnen hin und her blickte, und Signora Franziska hatte abwechselnd ins Deutsche und ins Italienische übersetzt.

Irgendwann schwirrte ihm der Kopf von all den vielen Fragen und deren ununterbrochenen und ermüdenden Wiederholungen.

Wer hatte Pauline als Letztes gesehen, wann war das gewesen und vor allem wo?

Wenn Max darüber nachdachte, erschien ihm diese Vorgehensweise wenig hilfreich. Es war doch so was von gleichgültig, wer von ihnen seine Schwester um wie viel Uhr an welchem Ort gesehen hatte. Denn wer konnte schon zweifelsfrei behaupten, er wäre der Letzte gewesen, außer er hätte etwas mit ihrem Verschwinden zu tun, was so schnell aber wohl niemand zugeben würde.

Vielleicht irrte er sich ja auch, und alles war wichtig und von Bedeutung. Zumindest schienen die italienischen Polizisten die Sache ernst zu nehmen.

Die Polizistin, sie hatte sich als Commissaria Maddalena Degrassi vorgestellt, war anscheinend geradewegs aus dem Tiefschlaf zu ihnen gekommen. Sie rieb sich unentwegt die Augen, gähnte, blinzelte mürrisch in die Runde und erinnerte Max eher an die Sängerin einer Rockband als an eine Kommissarin. Sie war mittelgroß, braune Locken ringelten sich um ihr blasses, müdes Gesicht, und sie drehte sich ungeduldig eine Zigarette nach der anderen, während sie mit ihrer melodischen Stimme Anweisungen gab. Zumindest nahm Max das an, da die Sätze schnell aus ihrem Mund kamen und die Polizisten dazu nickten. Sie hatte sich völlig auf seine Mutter und seinen Onkel konzentriert und Max kaum beachtet. Irgendwie ärgerte er sich darüber, da er fand, dass auch seine Aussagen von Bedeutung sein konnten, immerhin war ihm als Einzigem aufgefallen, dass seine Schwester verschwunden war.

Seine Mutter hatte einfach nur so dagesessen und ergeben Frage um Frage beantwortet, manchmal mit einem verzweifelten Ausdruck in ihren Augen den Kopf geschüttelt und dann für einige Zeit geschwiegen, bis sie sich erneut dem qualvollen Verhör stellte.

Irgendwann war Max gelangweilt und aufgeregt zugleich zum Fenster gegangen und hatte in die Nacht hinausgestarrt. Dann hatte er Hannahs Handy, das noch immer in seiner Hosentasche steckte, herausgeholt und zum wiederholten Mal versucht, seinen Vater zu erreichen.

Warum zum Teufel hatte Friedrich bloß seine Mobilbox ausgeschaltet?

Wie konnte er nicht erreichbar sein, wo er doch wusste, was mit Hannah los war, und wo steckte er überhaupt?

Es ergab einfach keinen Sinn.

»Max«, Florian rüttelte ihn an der Schulter.

War er kurz eingenickt?

»Die Kommissarin hat gerade übers Handy mitgeteilt, dass sie jetzt mit Suchtrupps das ganze Gebiet durchstreifen, und ich finde –«

Max schnappte nach Luft und packte Florians Arm.

»Warte«, unterbrach er ihn atemlos, »mir fällt gerade etwas ein.«

Er griff erneut nach dem Telefon. Mit flinken Fingern wischte er über das Display.

»Jetzt sag schon, Max, was ist dir eingefallen?«, drängte Florian. »Mach es nicht so spannend!«

»Okay, hör zu. Ich hab Hannahs Handy in Paulines Badetasche gefunden, demnach muss die letzte Person, die damit telefoniert hat, sie gewesen sein. Sie hat sich wie üblich Mamas Handy geschnappt.« Er verdrehte die Augen. »Warum habe ich nicht schon früher daran gedacht, in der Anrufliste nachzusehen, ich Depp?«

»Kluger Neffe.« Florian lachte, und Hannah machte große Augen, so als würde sie gar nicht verstehen, worum es gerade ging.

»Da!«, rief Max. »Da ist es! Niki Gold, das ist Paulines bester Freund.« Er sah auf die Zeitangabe. »Das war gestern Mittag!«

Ungeachtet der späten Stunde drückte Max sogleich auf Wählen. Zu seiner großen Überraschung meldete sich jedoch niemand.

12

Hannah wusste wirklich nicht, was um sie herum geschah. Sie nahm alles nur schemenhaft wahr und spürte ein schmerzvolles Ziehen in ihrer Herzgegend, das ihr fast den Atem nahm.

»Pauline, Pauline, meine Kleine«, murmelte sie ein ums andere Mal monoton vor sich hin.

Eine lähmende Schwäche hatte sich in ihrem Körper ausgebreitet, verhinderte aber nicht, dass das Verlangen nach Alkohol stärker wurde.

Sie musste unbedingt ins Badezimmer, denn dort hatte sie im Spülkasten der Toilette eine Flasche Whiskey versteckt. Die Gier nach Alkohol packte sie so sehr, dass sie erschauerte. Sie brauchte jetzt sofort etwas, sonst würde sie das Ganze nicht durchstehen.

»Muss kurz ins Bad«, flüsterte sie in Florians Richtung und stand dann so unsicher auf, dass der Teller mit den Oliven zu Boden ging, den Florian aufs Zimmer bestellt hatte, damit sie und Max trotz ihres fehlenden Appetits etwas in den Magen bekamen.

Max und Florian bückten sich gleichzeitig und stießen mit den Köpfen zusammen. Ihr Sohn machte eine spitze Bemerkung, und ihr Bruder begann zu lachen. Hannah spürte ebenfalls ein Kichern in sich hochsteigen, sie musste sich bemühen, nicht loszuprusten. Das hätte ja gerade noch gefehlt.

Erleichtert sperrte sie die Badezimmertür hinter sich zu und strich sich mit der Hand über die Stirn. Sie fühlte sich mit einem Mal völlig leer.

Vorsichtig öffnete sie den Deckel des Spülkastens und tastete nach der bauchigen Flasche. Kaum dass sie den Drehverschluss geöffnet hatte, schlug ihr der intensive, würzige Geruch entgegen. »Ahhh«, machte Hannah und spürte, wie ihr das Wasser im Mund zusammenlief.

Sie hob die Flasche an ihren Mund und blickte, als sie gerade zum Trinken ansetzen wollte, in den Spiegel.

Erschrocken hielt sie inne. Sie schaute einer Alkoholikerin direkt in die Augen, und die niederschmetternde Erkenntnis traf sie wie ein Schlag.

Das bin ich, dachte sie.

Die Flasche glitt ihr aus den zittrigen Fingern und fiel im Zeitlupentempo, wie ihr schien, auf den Boden, wo sie mit einem lauten Knall zerbarst.

»Was ist denn da drinnen los?« Florian pochte an die Tür. »Hannah?«

Sie musste sich einen Moment sammeln, ehe sie antwortete: »Ich habe soeben aufgehört zu trinken.«

Und Hannah wusste, als sie sich diesen Satz sagen hörte, dass es die Wahrheit war.

Ein Abschnitt in ihrem Leben war soeben unwiderruflich zu Ende gegangen. Und mit ihm rückten die Schmerzen und der Kummer um ihr Baby ein Stück weit in die Vergangenheit, auch wenn sie Martin immer in sich tragen und lieben würde. Gleichzeitig erhöhte sich dadurch die Chance, ihr kleines Mädchen zu retten.

Diese Einsicht trieb ihr zuerst das Blut in die Wangen und ließ sie dann erblassen.

Sie durfte nie wieder einen Schluck trinken. Keinen einzigen Schluck, und sei er noch so winzig.

Ihr Kopf musste klar sein.

Sie brauchte all ihre Energie, Stärke und Kraft. Nur wenn sie bei Verstand war, hatte sie die Chance, ihr Kind zu finden.

Es ging ums Ganze. Sie musste ihre Tochter suchen.

13

Ihr Kopf fühlte sich an wie ein Ballon.

Aufgeblasen, dick, rund und voller Gase, die immerfort aufsteigen wollten, um ihre Schädeldecke zu zersprengen.

Jetzt wusste sie aber wieder, wer sie war. Pauline, ein Sorgenpüppchen, mit Eltern und Bruder, einem Baby im Himmel, Onkel und Freund, neun Jahre alt, Drittklässlerin, derzeit auf Urlaub in Grado.

Wo war sie?

Und vor allem, was war passiert? Ein Autounfall?

Ja, könnte sein. Aber sie hatte von einer Seereise geträumt und Wellen gespürt.

Der Untergang eines Schiffes auf hoher See?

Ein Ausflugsboot?

Ein Piratenüberfall?

Vielleicht war sie in einen Hurrikan geraten?

Eine Flutwelle?

Ein Seebeben?

Oder hatte sie eine Himbeereisvergiftung?

Aber sie hatte doch nicht einmal daran schlecken dürfen.

Lasse?

Wo war er bloß?

Sie versuchte, ihre trockenen Lippen zu bewegen, doch ein grobfasriges Tuch hielt sie verschlossen, es ließ nur ihre Nase zum Atmen frei. Flach und sehr vorsichtig sog Pauline die Luft ein. Sie hatte große Angst, durch eine unbedachte Bewegung möglicherweise zu ersticken.

Toten band man den Kiefer an den Kopf, das hatte sie einmal irgendwo gehört.

Ob sie das bei ihrem kleinen Bruder auch gemacht hatten? Vielleicht lebte sie ja gar nicht mehr.

Aber dann müsste sie doch bei Martin sein, und der war nicht da, das spürte sie ganz genau.

Ihre Zunge konnte sie bewegen, im Mund war kein Widerstand. Also gab es keinen Knebel.

Jetzt wusste sie, was los war. Sie war gekidnappt worden. Entführt. Verschleppt.

Pauline verbot sich jegliche Bewegung, gab kein Geräusch von sich.

Totstellreflex nannte man das.

Das hatten sie im Naturkundeunterricht gelernt.

Die Übelkeit brach wieder über sie herein, und Pauline bemühte sich krampfhaft, die ätzende Magensäure hinunterzuschlucken. Sie durfte sich jetzt nicht übergeben. Unter gar keinen Umständen.

»Wehr dich nicht. Dann haben wir es leichter.«

Undeutlich drangen die Worte zu ihr, manche flogen gleich wieder fort, andere schwirrten und flatterten um sie herum wie wilde Hummeln. In ihrem Kopf herrschte Durcheinander. So laut war das Summen und Brummen der Wortinsekten, dass sie nichts verstehen konnte, keinen Satz, keine einzige Silbe.

Dann setzte Stille ein.

Aber sie konnte die Person neben ihr immer noch atmen hören.

14

Der Morgen hatte graue und violette Streifen in das Schwarz der Nacht gemalt. Kühle Luft drang durch das geöffnete Fenster und brachte den erdigen Geruch nassen Sandes mit. Mit der Flut brausten die Wellen heran, und ihr Toben vermischte sich mit dem Wind.

Es hatte aufgehört zu regnen.

Das stetige Trommeln gegen die Fensterscheibe war schon seit längerer Zeit nicht mehr zu hören.

Wo war Pauline?

Max' Herz zog sich schmerzhaft zusammen. Sein Onkel lag zusammengerollt wie ein Embryo auf dem Bett seines Vaters und schnarchte leise vor sich hin. Sein Mund war halb geöffnet, und die Dreads standen wild von seinem Kopf ab. Max wurde auf einmal überwältigt von einem heißen Strom der Liebe und Zärtlichkeit.

»Danke«, murmelte er kaum hörbar und streichelte den Ärmel von Florians Lederjacke.

»Max?«

Seine Mutter stand vor ihm, einen lila Wollpullover fest um ihre Schultern geschlungen. Sie war blass, lila Schatten lagen unter ihren müden Augen. Um den Hals trug sie eine Muschelkette.

»Die ist von Pauline«, sagte sie, als sie seinen Blick bemerkte. »Meine Kleine muss mir die Kette hingelegt haben, während ich schlief. Ich habe mich nicht bei ihr bedankt, sie nicht mal bemerkt, und sie hat sich solche Mühe gegeben.« Ihre Stimme brach.

»Mama.«

Max umarmte seine Mutter fest, und es war ihm nicht einmal peinlich, als er bemerkte, dass das Stubenmädchen noch im Zimmer war. Sie war heraufgeschickt worden, um das Bad zu reinigen, in dem Hannah zuvor notdürftig die Scherben eingesammelt und mit einem Handtuch aufgewischt hatte.

»Lege dich ruhig wieder hin, du wirst deine Kraft noch brauchen, mein Schatz, und Florian ebenfalls.«

Klar und gefasst kamen die Worte aus Mamas Mund. Er sah erstaunt zu ihr hoch.

»Mama, ich –«

»Schon gut, mein Großer. Was hätte ich ohne dich getan?« Sie beugte sich zu ihm hinunter und küsste seine Stirn. Er nahm den frischen Geruch von Zahnpasta an ihr wahr. »Versuche, dich zu entspannen. Ich bin jetzt da. Für dich, für Florian, und um Pauline zu finden.«

Dankbar sank Max in die Kissen und kuschelte sich an seinen Onkel, die Decke bis zum Kinn hochgezogen.

Jäh wurde Max aus einem Traum gerissen und wusste sogleich, dass er etwas vergessen hatte. Die Erinnerung an das Verschwinden seiner kleinen Schwester drang in sein Bewusstsein und trieb ihm erneut die Tränen in die Augen.

»Alter Schwächling«, ermahnte er sich selbst lauter als beabsichtigt und starrte auf das blendende Weiß der Wand.

Wie lange hatte er geschlafen?

Suchend sah er sich im Zimmer um.

Hannah war nicht hier.

Vorsichtig, um seinen Onkel nicht zu wecken, setzte er sich im Bett auf und lehnte sich gegen die Kissen. Seit einigen Stunden schon hatte er nicht mehr an seinen Vater gedacht.

»Shit«, sagte er und biss die Zähne so fest zusammen, dass seine Kiefer schmerzten. Er angelte nach dem Handy, das auf dem Boden vor dem Bett lag. Hastig tippte er auf die Kurzwahltaste.

15

»Lasse«, stammelte Pauline, als ihr Mund frei war und sie feuchte Lippen auf ihrer Wange spürte.

Sie erstarrte und wurde ganz steif.

Sie konnte sich nicht bewegen.

Inzwischen wusste sie, dass sie gefesselt war. An ihren Handgelenken war ein straff gezogener Stoff zu ertasten, dessen Ränder tief in ihre Haut drückten. Sie konnte noch immer nichts sehen, da ihre Augen verbunden waren, aber hören konnte sie.

Nur dass Lasses Stimme anders klang als sonst. So als würde er durch einen Blechtunnel zu ihr sprechen.

»Mädchen«, wisperte er, »höre mir genau zu, denn ich sage es nur ein einziges Mal. Versuche nicht zu schreien, es kann dich ohnehin niemand hören. Du gehörst jetzt mir. Mit der Zeit wirst du dich daran gewöhnen, also kannst du gleich damit beginnen. Wenn du machst, was ich dir befehle, wird dir nichts passieren.«

»Ich will zu meiner Mama.« Pauline begann zu weinen, aber die metallische Stimme sprach weiter zu ihr, als hätte sie gar nichts gesagt.

Paulines Angst wurde übermächtig und verursachte ein lautes Rauschen in ihren Ohren.

Sie wurde hochgezogen. Zuerst versuchte sie, sich dagegen zu wehren, doch dann gab sie nach. Es fühlte sich an, als schwebte sie durch den Raum, leicht und schwerelos.

Dann spürte Pauline etwas Kaltes auf ihren rissigen Lippen, und im nächsten Moment strömte eine kühle Flüssigkeit in ihren ausgetrockneten Mund, die kratzige Kehle entlang und die Speiseröhre hinab.

Mein Gott, war sie durstig!

Sie hatte die Köstlichkeit von Wasser in ihrem Leben noch nie so geschätzt wie in diesem Augenblick.

Mehr, mehr, mehr, schrie es in ihr, doch da wurde die Flasche von ihren Lippen gerissen. Sie streckte die an den Gelenken zusammengebundenen Hände aus, um sie wiederzufinden, doch ihre Finger wurden weggestoßen, und dann wurde ihr übel. Das Wasser hatte bitter geschmeckt, aber sie war so unendlich durstig gewesen.

In Paulines Kopf wirbelte alles durcheinander. Ihr war so schwindlig, sie konnte keinen klaren Gedanken mehr fassen.

Und die Stimme entfernte sich.

Wilde Hunde begannen, an ihr zu zerren, Höllenhunde. Weiße Wölfe. Werwölfe.

Hilfe!

Ratten nagten an ihren Zehenspitzen, Mäuse an ihrem Babyspeck an der Hüfte. Spechte hieben mit spitzen Schnäbeln auf sie ein. Im Hintergrund schimpften Papageien schrill und unverständlich laut.

Wanzen und Moskitos saugten ihr Blut. Kakerlaken krabbelten über ihre Arme und Beine.

Hilfe!

Haifische gruben die zackigen Zähne in ihr Fleisch, die Schwanzflosse eines Zitterrochens elektrisierte sie wieder und wieder, und zu allem Überfluss summte auch noch ein Bienenschwarm um sie herum.

Oder waren es Wespen oder gar Hornissen? Mehrfach wurde sie gestochen.

Hilfe!

Elefanten, Flusspferde, Rhinozerosse, Nashörner, Dinosaurier trampelten über sie hinweg. Einhörner.

Fabelwesen.

Zerbissen von roten Ameisen und Skorpionen lag sie da, hörte schon das Zischen der Kobra und wartete auf den tödlichen Biss der Giftschlange. Gefangen in der Umarmung der Würgeschlange.

Hilfe!

Fledermäuse verfingen sich in ihren Haaren, zerrten an den fein gesponnenen Locken, die aussahen wie Engelshaar.

Lametta, goldene, silberne Girlanden, Eisblumen am Fenster, Weihnachten, Mama, das Baby, Papa, Max, Niki und Florian.

Hilfe!

Ein Krokodil, Kaimane, ein Alligator.

Wer lauerte da im seichten, brackigen Wasser? Was trieb da noch sein Unwesen?

Ungeheuer, Lindwürmer, Riesenechsen, Sumpfschnecken? Goldfische etwa?

Eichhörnchen, Streifen- und Backenhörnchen, Siamkätzchen, Goldhamster, Angorahäschen. Schildkrötenbabys, Wüstenspringmäuse.

Nimmersatte Raupen. Willi mit seiner Biene Maja. Säbelzahntiger auf der Suche nach dem König der Löwen. Bambi. Golden Retriever und hundertundein Dalmatiner.

Sie war auf einmal ein Zauberlehrling, und ihre sieben Brüder hatten sich in sieben Raben verwandelt, kämpften gegen Drachen, Hexen und Magier. Pferdeköpfe sprachen in Versen zu ihr, sobald sie das Tor durchschritt. Aber sie war keine Gänsemagd und eine Königstochter schon gar nicht.

Geteert wurde sie, gefedert und vor vier Wagen gespannt, die gleichzeitig nach West, Ost, Süd und Norden zogen.

Dann wurde es still um sie herum, und die Übelkeit ließ nach.

Sie lag auf einem harten Bett.

Es war ganz dunkel. Tiefgrau. Nachtschwarz. Tintenblau.

Lasse begann zu sprechen. Er erzählte ihr von Dingen, die sie nicht verstand.

Je mehr sie hörte, desto größer wurde ihre Angst.

16

Eigentlich hatte Friedrich nicht vorgehabt, sein Telefon die Nacht über auszuschalten. Es war unverantwortlich von ihm gewesen, einfach abzuhauen und Hannah mit den Kindern allein in Grado zurückzulassen. Er hatte seine Familie eiskalt im Stich gelassen, das musste er sich eingestehen. Daher hatte er wenigstens telefonisch für sie erreichbar sein wollen. Andererseits beruhigte es ihn, dass Max bei Hannah und Pauline war. Sein Sohn durchlebte zwar gerade eine üble Pubertätsphase, doch Friedrich vertraute ihm. Er hatte seinen starken Charakter schon oft bewiesen und würde sich verantwortungsvoll verhalten.

Ursprünglich hatte Friedrich vorgehabt, ganz so, wie er es gesagt hatte, in Ruhe über ihre missliche Lage nachzudenken, um eine Lösung zu finden. Durch die vielen sinnlosen Streitereien war schon viel zu viel Zeit vergeudet worden.

Doch dann, irgendwann nach dem Tiefkühlabendessen von der Tankstelle und dem dritten Glas Rosso di Montalcino aus seinem Weinkeller, hatte er sich auf einmal so unbeschwert gefühlt, so unendlich glücklich und befreit wie schon lange nicht mehr.

Da hatte er kurz entschlossen sein Handy abgeschaltet.

Und erleichtert aufgeatmet.

Seine Fußfessel war nicht mehr da. Der Klotz hing nicht

mehr an seinem Bein und hinderte ihn daran, sich fortzubewegen.

Hin und wieder hatte er mit einem Hauch von schlechtem Gewissen auf das schwarze Display seines Handys geschaut.

Wie ging es Hannah in Grado?

Wie seiner Pauline und seinem Max?

Dann hatte er sich eingeredet, dass es so besser sei und er ohnehin alles getan hätte. Tief in seinem Inneren gab es jedoch eine leise Stimme, die ihm zuflüsterte, dass er natürlich ebenfalls einen Teil der Schuld trug.

Jetzt würde er erst einmal ins Gericht fahren und über einem seiner Fälle brüten. Das war die beste Art, sich abzulenken. Nachdenken und eine Lösung finden konnte er später immer noch. Er beabsichtigte nicht, vor Ablauf der Ferien zurückzufahren.

Auf dem Weg zu seinem Auto, kurz nachdem er die Wohnungstür hinter sich ins Schloss gezogen hatte, verspürte Friedrich einen feinen Stich von Sehnsucht nach seiner Familie.

Vielleicht sollte er Hannah eine aufmunternde SMS schicken?

Ja, das würde er tun.

Friedrich schaltete sein Telefon ein. Kaum dass er es aktiviert hatte, begann es zu brummen, verpasste Nachrichten gingen ein, und dann fing es auch noch zu klingeln an.

Erstaunt ob der frühen Stunde, jedoch gänzlich ohne böse Vorahnung schaute er auf das erleuchtete Display und verharrte dann einige Zeit mit leerem Blick, bevor er den Anruf entgegennahm.

»Hannah?«, fragte er, doch sein Sohn schrie ins Telefon.

»Nein! Nicht Mama! Papa, ich bin es! Gott sei Dank, dass ich dich endlich erreiche. Pauline ist verschwunden, und wir haben andauernd versucht, dich anzurufen.«

Friedrich konnte seinen Sohn am anderen Ende der Leitung weinen hören.

»Papa, du musst sofort kommen«, schluchzte er, »ich glaube, es ist etwas wirklich Schlimmes passiert.«

Friedrichs schlechtes Gewissen ließ seine Stimme schroffer und seine Worte barscher klingen, als er beabsichtigte. »Das ist wohl ein schlechter Scherz, ein außergewöhnlich miserabler sogar. Diese Masche zieht bei mir nicht.« Noch während er sprach, spürte er, wie sein Herz sich schmerzhaft zusammenkrampfte, und er fügte um einiges sanfter hinzu: »Max, das stimmt doch nicht? Pauline liegt im Bett und schläft? Sag bitte, dass es so ist. So und nicht anders.«

»Papa, so glaub mir doch, sie ist weg, verschwunden, so als hätte sie sich in Luft aufgelöst. Die Polizei ist im Hotel. Alle suchen nach ihr, und Florian ist auch zu uns nach Grado gekommen. Wir müssen sofort etwas unternehmen.«

Es durfte einfach nicht sein. Alles würde in Ordnung kommen. Nur keine Panik.

Er ging langsam vom Parkplatz zurück in die Wohnung. Dort marschierte er zuerst auf die Terrasse, kehrte dann um und blieb in der Küche vor dem Kühlschrank stehen. Wie in Zeitlupe, mit verzögerten Bewegungen, so als hätte er Angst, seine Umgebung zum Einsturz zu bringen, holte er ein Getränk aus dem Seitenfach.

Der Verschluss flog in hohem Bogen von der eisgekühlten Flasche, und zischend floss das Wasser durch seine Kehle.

»Papa!«, schrie Max in sein Ohr. »Papa! Du fährst doch gleich los?«

17

Trotz des Schreckens, der unvermittelt über sie hereingebrochen war, tat es verdammt gut, die würzige Morgenluft einzuatmen.

Gierig sog Hannah die kühle Frische in sich auf, füllte ihre Lungen bis zum letzten Bläschen. Durch den Alkoholentzug fühlte sie sich zittrig. Aber sie musste es schaffen, sie hatte so viel aufzuholen. So unendlich viel.

Und womöglich war es dafür bereits zu spät.

Als sie noch zur Schule gegangen war, hatte sie oft verschlafen. Wenn sie von ihrer Mutter geweckt wurde, war es zumeist schon zu spät, um rechtzeitig zum Bus zu gelangen und zur ersten Stunde im Unterricht zu erscheinen.

Zu spät, zu spät, sang irgendeine verflixte Spottdrossel in ihrem Kopf. Unermüdlich trällerte sie immer wieder und wieder denselben Refrain.

Was, wenn ihrem Baby, ihrem kleinen Mädchen, etwas passiert war? Angestrengt verbot sie sich, weiter so selbstquälerisch zu grübeln, spürte aber gleichzeitig eine heftige Verzweiflung in sich aufsteigen.

Zweimal war sie jetzt schon durch den Ort gelaufen, hatte in Ecken, Hausnischen, Seitengassen, Innenhöfe geschaut, den Spielplatz und den Strand durchforstet.

Wohin sollte sie sich als Nächstes wenden?

Die Polizei durchkämmte in diesem Moment gewissenhaft die Halbinsel, sprach mit den anderen Hotelgästen und den Medien. Auch an die Nutzer von Facebook und Instagram war ein Aufruf ergangen.

Hannah entschied, noch einmal zum Badehäuschen zu laufen, als ein jäher Regenschauer sie innehalten ließ. Sie wandte ihr Gesicht dem Himmel zu, der jetzt grau verschleiert war, und spürte die Kühle des feinen Sprühregens auf ihrer Haut. Die salzige Feuchtigkeit des Meeres vermischte sich mit den Regentropfen und diese mit ihren Tränen.

Sie schloss die Augen und blieb einige Minuten so stehen. Mit der rechten Hand umklammerte sie die Muschelkette.

Auf einmal begriff sie, welch unendliche Traurigkeit Max und Pauline durchlebt haben mussten, als Martin starb und niemand mit ihnen darüber reden wollte. Und überdeutlich sah sie ihr eigenes Versagen. Nicht wegen ihrer Unfähigkeit, die richtigen Worte zu finden, hatte sie sich geweigert, mit ihnen über den Tod des Babys zu sprechen, sondern aus Angst vor den eigenen überwältigenden Gefühlen und in der irrationalen

Hoffnung, Martins Tod dadurch, dass sie ihn weit von sich wies, ungeschehen zu machen.

Eine bisher ungekannte Gewissheit breitete sich in ihrem Inneren aus.

»Mein Baby ist tot, und niemand hat es verschuldet«, sagte sie mit fester Stimme.

Sie öffnete ihre Augen. »Wo bist du, Pauline?«

Laut schrie Hannah ihren Kummer und ihren Schmerz in den heulenden Wind hinaus.

18

»Ich erzähle dir ein Märchen«, sagte Lasse, und Pauline wusste, dass er seine Stimme verstellt hatte.

Wohl um sie zu ärgern.

Blöd, dass sie das Tuch vor den Augen hatte.

»Warum redest du so komisch, Lasse?«

Waren ihre Worte zu verstehen? Für sie hörte es sich wie Gemurmel an.

»Wovon sprichst du?«

»Von dem Streich, den du mir spielst. Ich gebe dir doch gern eine Locke. Und dann bringst du mich nach Hause, ja? Niki weiß, dass wir verabredet waren. Inzwischen hat er es allen erzählt, denn er ist eine Plaudertasche. Und bestimmt suchen sie dich. Die ganze Stadt und die Polizei. Und meine Eltern. Max wird mich finden.«

Ihr Herz pochte bis zum Hals.

Hatte sie einen Fehler gemacht? Hatte sie das wirklich gesagt oder nur gedacht?

»Willst du die Geschichte nun hören?«, kam es ungeduldig.

Pauline machte sich auf alles Mögliche gefasst. Von einer Präsentation seines Vogelgezwitschers bis hin zum Prahlen mit gewonnenen Computerspielen.

Doch als Lasse schließlich mit verstellter Stimme zu erzählen begann, lauschte sie überrascht.

»Mädchen. Mein größter Wunsch war schon immer der, einmal ein Kind zu haben. Ein eigenes. Aber als ich schon dachte, am Ziel zu sein, und mein Baby in den Armen hielt, hatte ich es auch schon wieder verloren.«

Pauline, die nun wieder etwas klarer war, wunderte sich, dass Lasse erwogen hatte, eine eigene Familie zu gründen. War er dafür nicht zu jung?

Das passte überhaupt nicht zu ihm. Aber sie hütete sich, auch nur ein Geräusch von sich zu geben.

»Daran zerbrach ich. Zuerst ging es langsam, dann immer schneller, und irgendwann stand ich vor den Trümmern meines Lebens.«

»Bist du nicht zu jung für ein Baby?«, quetschte Pauline schließlich doch durch den muffig riechenden Lappen.

»Zu jung?« Lasse lachte. »Ein Kind zu haben, ein zartes Geschöpf umsorgen zu dürfen, ist in jedem Alter das Schönste auf der Welt.«

Pauline sah Lasse vor sich, wie er Nutella direkt aus dem Glas löffelte. Der interessierte sich für Babys? Er war doch selbst noch eines.

»Als das Baby kam, war ich überglücklich. Es war ein kleines Mädchen. Wir nannten sie Alex.«

Pauline dachte an den Hausmeister, Lasses Vater. Hatte das Baby zusammen mit Lasse bei ihm in der Wohnung gelebt? Sie stellte sich vor, wie es wäre, wenn Max und Joey ein Kind bekämen. Wo würden sie leben? Bei ihnen? Oder bei Joeys Mama?

»Meine Alex hat ihren dritten Monat nicht überlebt. Sie war ein Schrei-Baby. Wir konnten nicht mehr schlafen, mussten die Kleine herumtragen, bis wir vor Erschöpfung zusammenbrachen. Und dann ist sie mir eines Abends in der Badewanne weggerutscht. Ich habe sie sofort wieder herausgefischt und alles versucht, um ihr Leben zu retten. Aber Alex war mit dem

Köpfchen am Wannenrand aufgeschlagen und schon blau im Gesicht. Tagelang habe ich geweint. Mein Baby war tot.«

Was war danach geschehen? Pauline wollte es wissen, mochte aber nicht fragen. Sie konnte nur schwer Luft holen.

»Ich musste mich abscheulichen Vorwürfen stellen. Meine Beziehung ist daran kaputtgegangen. Am Ende habe ich Alex ganz allein im Garten neben einem Fliederstrauch begraben.«

In ihrem Hof lag ein totes Baby? Pauline erschauerte.

Das war unheimlich. Wenn sie sich befreien konnte oder gerettet wurde, musste sie mit Niki zum Flieder gehen und nachsehen. Irgendwie glaubte sie nicht, dass das stimmte.

»Nicht lange nach dem traurigen Vorfall war ich wieder allein. Verlassen und einsam. Aber jetzt hat sich alles geändert. Ich habe dich gefunden, meine kleine Prinzessin, und wir beide sind jetzt eine Familie. Alles wird wieder gut.«

Aber ich habe schon eine Familie, wollte Pauline rufen. Doch sie hielt sich zurück, denn sie wollte Lasse nicht reizen.

19

»Mama!«, rief Niki und dann noch einmal, aber diesmal eine Spur lauter: »Mama!«

Er versuchte sich im Bett aufzurichten. »Ja, hört mich denn keiner?«

»Immer mit der Ruhe, Kleiner, du machst uns ja noch die Pferde scheu!«

»Welche Pferde, bin ich denn in einem Stall?« Niki fing leise an zu weinen.

»Jetzt hab dich nicht so, das ist nur eine Redewendung. Deine Mutter holt sich einen Kaffee aus dem Automaten am Flur. Sie hat die ganze Nacht über an deinem Bett gesessen und dir Zwerg die Hand gehalten. Jetzt ist sie müde. Die arme Haut.« Der pickelige Dreizehnjährige im Nebenbett rümpfte verächtlich die Nase und drehte sich dann auf die andere Seite. Niki konnte seinen blonden Haarschopf sehen und auch, dass in seinen Ohren jetzt Kopfhörer steckten, aus denen Musikgeräusche drangen.

Sein Bauch tat höllisch weh. Die Schmerzen waren so stark, dass er sich nicht aufsetzen konnte. Also blieb er ganz still liegen. »Autsch«, stöhnte er, und da fiel ihm alles wieder ein.

Er war in einem Krankenhaus, und man hatte ihn am Blinddarm operiert.

»Niki, mein Schatz, du bist wach. Wie schön.«

Seine Mutter beugte sich über ihn, und ihre Haare kitzelten seine Wange. Sie roch fein nach frisch gewaschener Wäsche, die man in der Sonne getrocknet hatte. Das war dieser ganz typische Mama-Geruch. Sofort fühlte Niki sich ein wenig besser.

»Niki«, sagte seine Mutter mit ernster Stimme. »Papa ist nach Hause gefahren, um dein Buch zu holen, und da bemerkte er, dass in der Zwischenzeit ein Anruf auf dem Festnetztelefon eingegangen war. Er kam von Hannas Handy. Also rief er zurück, und Max ging ran. Der Bruder von Pauline.«

»Ich weiß, wer Max ist«, unterbrach Niki seine Mutter ungeduldig. »Und?«

»Nun reg dich bitte nicht auf, aber Pauline ist verschwunden. Und Max hat versucht, dich zu erreichen, weil sie kurz zuvor mit dir telefoniert hat. Er wollte sich erkundigen, ob du etwas weißt, was der Polizei bei der Suche helfen könnte.«

»Pauline ist verschwunden?« Niki wurde ganz anders. Deshalb hatte sie ihn gestern Abend also nicht mehr angerufen! Oh Gott, hoffentlich war ihr nichts passiert. »Ich … ich weiß nicht, ich … Pauline wollte Lasse treffen.«

»Lasse Berger, den Hausmeistersohn?«

»Ja.«

»Aber was macht der denn in Grado? Bist du sicher?«

»Pauline hat mir gesagt, sie hätte ihn am Strand gesehen und mit ihm gesprochen.«

»Da.« Sie reichte ihm ihr Handy. »Ruf Max an und sag ihm das.«

Max hob nach dem ersten Klingeln ab.

»Niki«, sagte er erleichtert. »Erzähl mir, ob Pauline angedeutet hat, wohin sie will.«

»Sie war mit Lasse verabredet. Er ist auch in Grado, sie hatte ihn am Nachmittag am Strand getroffen. Ich wollte nicht, dass sie am Abend zu der Verabredung geht, ich finde Lasse unheimlich, aber sie sagte, er sei nett und würde ihr ein Eis kaufen.«

Niki lauschte mit ängstlichem Gesichtsausdruck Max' Antwort, dann verabschiedete er sich mit dünner Stimme von ihm und legte auf.

Ihm fiel das Handy aus der Hand, und sicher konnte man ihm die Anstrengung, nicht zu weinen, vom Gesicht ablesen.

»Mama«, flüsterte er erschrocken, »Max war fuchsteufelswild. Er hat gesagt, wenn Lasse Pauline etwas angetan hat, bringt er ihn um.«

Inzwischen hatte der Dreizehnjährige im Nachbarbett seine Kopfhörer rausgenommen und hörte aufmerksam zu.

Niki zog seine Mutter nahe an sich heran und wisperte ihr ins Ohr: »Ich will nicht, dass der da drüben alles mitbekommt. Mama, es ist ganz furchtbar. Pauline ist noch immer verschwunden, alle suchen nach ihr. Seit gestern Nachmittag wurde sie nicht mehr gesehen. Die arme Pauline.«

Niki konnte seine Tränen nicht länger zurückhalten, und seine besorgte Mutter wischte zuerst mit einem Taschentuch über sein Gesicht, bevor sie nach der Schwester klingelte. »Beruhige dich, mein Schatz, alles wird wieder gut.«

Niki merkte ganz genau, dass seine Mutter selbst nicht daran glaubte.

»Mama, was ist, wenn Pauline –«

Weiter kam er nicht, weil in diesem Augenblick die Krankenschwester durch die Tür und auf ihn zueilte.

»Du sollst still liegen bleiben und dich nicht aufregen. Deine Narbe von der OP ist noch frisch«, ermahnte sie ihn.

Nikis Mutter hob entschuldigend die Achseln. »Niki ist Zeuge eines Verbrechens«, sagte sie betroffen. »Seine beste Freundin ist verschwunden, und er hat als Letztes mit ihr telefoniert.«

Als die Schwester Niki nach kurzem Stutzen freundlich anlächelte und »Na, dann bist du ja ein kleiner Held« zu ihm sagte, entspannte sich Frau Gold sichtlich. Sie setzte sich auf die Bettkante, seufzte und warf einen bösen Blick zum Nebenbett hinüber.

»Kümmere dich um deine eigenen Angelegenheiten«, zischte sie in Richtung des verblüfften Teenagers.

Dann legte sie ihre Hand auf Nikis Schulter und streichelte sie, bis seine Gedanken in die Ferne glitten und er eingeschlafen war.

20

Lasse fühlte sich vor Angst nur so geschüttelt, seine Glieder bebten, die Zähne klapperten, und zu allem Überfluss musste er auch noch ständig zur Toilette laufen.

Er war so durstig und so hungrig und so unaussprechlich müde.

Todmüde.

Er öffnete die Tür des kleinen Kühlschranks, nahm das Wasser heraus und trank mit gierigen Schlucken die halbe Flasche leer. Nachdem er gerülpst und sich unmittelbar darauf dafür entschuldigt hatte, griff er zum Nutellaglas und löffelte hastig die süße, klebrige Haselnusscreme in sich hinein. Ein dicker Klecks landete auf seinem T-Shirt, und er stellte das Glas erschrocken zurück.

Warum hatte er das bloß getan?

In seinem Kopf schrien die Sätze wie kleine Vogelbabys, die aus dem Nest gefallen waren. Unsanft waren sie auf dem harten

Boden gelandet, diese unfolgsamen Nesthäkchen. Hätten sie doch nur auf ihn gehört. Jetzt war es zu spät. Er konnte ihnen nicht mehr helfen, so gern er das auch getan hätte.

Wahrscheinlich würde er sich verstecken müssen. Er war nur so müde nach der nervös und ängstlich durchwachten Nacht, dass er jetzt lieber schlafen wollte.

Als Lasse ungeachtet der drückenden Hitze die Hose seines weichen Flanellpyjamas anzog, wurde an die Tür seines Fremdenzimmers geklopft. Einmal, zweimal, immer heftiger und fordernder wurde das Klopfen.

Nun blieb ihm nichts anderes übrig, als zu öffnen.

21

Hannah sah in den Spiegel. Weit nach vorne gebeugt blinzelte sie, geblendet von der grellen Neonröhre, als sie ihrem eigenen Blick begegnete.

Im ersten Moment erkannte sie sich nicht wieder. Schnell schloss sie die Augen und ignorierte das anerkennende Zungenschnalzen ihres selbstverliebten Friseurs. Dann riss sie die Augen wieder auf und fuhr sich mit der Zunge über ihre trockenen Lippen.

Was sie sah, gefiel ihr. Abgesehen von der Blässe und den dunklen Schatten unter ihren Augen leuchteten diese jetzt wieder und strahlten, sie hatten ihre graugrüne Farbe zurückbekommen. Und ihr Haar glänzte im vertrauten Tizianrot. Das ganze fahle, stumpfe Orange war weg. Kurz geschnitten und fedrig leicht umrahmte die neue Frisur ihr zartes Gesicht.

Sofort musste sie an ihr kleines Mädchen denken, und die Tränen liefen wieder über ihre Wangen.

Wo war ihre Tochter?

Was war mit Pauline geschehen?

Warum traf es ausgerechnet ihre Kleine, die immer so bemüht war, es allen recht zu machen, die sich immer im Hintergrund hielt?

Wie konnte sie sich überhaupt nur einen Moment lang über ihre neue Frisur begeistern, wie auch nur einen Hauch von Freude empfinden, wenn sie doch gleichzeitig so große Angst um Pauline hatte?

Hannah ballte beide Hände zu Fäusten, so fest, dass die Fingerknöchel weiß hervortraten, und überlegte zum wiederholten Mal, wie sie das alles schaffen sollte, wo sie doch vor Kummer um Martin noch völlig gelähmt war, unfähig, ihre Gedanken zu ordnen. Und hinzu kamen die lästigen Entzugserscheinungen.

Aber um Paulines willen musste sie den Kampf aufnehmen, durfte sich vom Treibsand ihrer Traurigkeit und Angst nicht verschlingen lassen.

Auf einmal spürte sie, wie Wut in ihr aufstieg, Zorn, und gleichzeitig erwachten ihre Lebensgeister, die während der letzten Monate irgendwo tief in ihr geschlummert hatten.

»Shit, fuck!«, würde ihr verrückter kleiner Punk von Sohn, das pubertierende Ungeheuer, jetzt wohl brüllen, und er läge so verdammt richtig damit, dieses besserwisserische, liebenswerte kleine Ekel.

Hannah schluchzte laut auf.

Der Friseur legte seine Hand auf ihre Schulter und murmelte beschwichtigende Worte.

Alle wussten es, der ganze Ort, jeder sprach darüber.

Sie waren ausnehmend freundlich zu ihr, so überaus mitfühlend. Doch das Mitleid in ihren Augen verstärkte ihren Kummer noch. Am liebsten wäre es ihr, niemand würde sie beachten, und sie könnte, durch eine Tarnkappe unsichtbar geworden, durch den Ort schleichen.

Seidig umschmeichelten die Haare ihr Gesicht. Und sie rochen so frisch und gut. Hannah war mit einem Mal sehr stolz auf sich und zufrieden.

»Könnte ich ein Glas Wasser haben?«, fragte sie.

Obwohl niemand hier ihre Sprache wirklich gut verstand,

bekam sie das Gewünschte sofort und auch noch eiskalt serviert. Wahrscheinlich, überlegte Hannah, weiß ohnehin jeder hier im Ort, dass ich eine hoffnungslose Alkoholikerin bin, und bestenfalls heften sie sich nun meinen Entzug auf ihre Fahnen. Wichtig aber war allein, dass sie selbst wusste, dass sie endgültig mit dem Trinken aufgehört hatte. Sie wischte sich verstohlen die letzte Träne aus den Augen und stand auf.

Weder Friedrich war schuld am Scheitern ihrer Ehe noch sie.

So klar und deutlich hatte sie es noch nie gesehen. Sie hatten sich ganz einfach auseinandergelebt, da sie weder den Tod des Babys gemeinsam bewältigen konnten noch danach eine gemeinsame Sprache gefunden hatten.

Hannah spürte wieder dieses prickelnde, lebendige Gefühl grenzenlosen Zornes.

Als der Friseur die restlichen Haare von ihren Schultern gefegt hatte und sie nach der Rechnung verlangte, lächelte er freundlich und sagte, dass es ihm eine große Freude wäre, wenn sie ihm erlauben würde, sie auf den Haarschnitt einzuladen.

Hannah traten abermals die Tränen in die Augen, diesmal vor Rührung, und plötzlich spürte sie, dass sie hungrig war, nach langer Zeit zum ersten Mal so richtig hungrig.

Sie bedankte sich, da jeder Widerspruch zwecklos gewesen wäre, und verließ den Friseursalon, jedoch nicht, ohne ein beachtliches Trinkgeld ins Sparschwein geworfen zu haben.

22

Irgendetwas war komisch.

Abgesehen davon, dass alles komisch war.

Als Lasse ihr dieses Mal den Stoff vom Mund zog, fing Pauline zu schreien an.

»Verausgabe dich nicht, hier wird dich keiner hören.« Wieder klang seine Stimme eigenartig verzerrt. »Trink lieber das, es wird dich ruhiger machen. Wir brauchen doch kein verängstigtes Kind.«

Der schmale Rand einer Tasse berührte Paulines Lippen. Von der warmen Milch, die er ihr unbeholfen einflößte, schluckte sie so wenig wie möglich hinunter.

»Jetzt hast du dich bekleckert wie ein kleines Baby«, wies er sie streng zurecht.

Pauline wollte etwas sagen, doch das Tuch, mit dem Lasse ihren Mund und ihr Kinn abwischte, erstickte ihre Worte.

»Ich werde uns jetzt einige Vorräte und etwas aus dem Baumarkt besorgen. Du musst nicht lange warten, ich bin innerhalb von ein bis zwei Stunden zurück. Dann werden wir drei Tage geduldig ausharren. Sobald sich die erste Aufregung um dein Verschwinden gelegt hat, verlassen wir Italien. Wir beide werden ein neues Leben beginnen.«

Ich will kein neues Leben, dachte Pauline furchtsam. Ich habe doch Mama, Papa, Max und Florian.

»Nun sag mir, was ich für dich zum Essen einkaufen soll. Ich möchte, dass es dir schmeckt. Du sollst bekommen, was du brauchst. Wir werden ein schönes Leben miteinander führen.«

»Nutella«, krächzte Pauline und weinte laut auf. »Und Ananassaft, Schokoladenkekse, Himbeereis und bitte meine Mama. Wenn das nicht möglich ist, bitte Max.«

Sie hörte ein Rascheln und spürte, wie sie auf eine harte Unterlage gedrückt wurde. Irgendetwas stach in ihren Rücken, kratzte über ihren Unterarm. Sie versuchte, sich zu wehren, aber es gelang ihr nicht.

»So, und da bleibst du brav, bis ich wiederkomme.«

Die Stimme.

Sie spitzte ihre Ohren.

»Mach mir bloß keinen Unfug.«

Auf einmal war Pauline felsenfest davon überzeugt, dass die Stimme nicht zu Lasse gehörte.

Aber wenn er sie nicht geholt hatte, wer dann? Welcher Mensch hielt sie hier gefangen?

23

Joey hatte fürchterliche Kopfschmerzen, sie war heute schon damit aufgewacht. Der ganze Kopf brummte und dröhnte, und ihre Mutter hatte zu allem Überfluss auch noch gesagt, dass die Schmerzen sicher vom »zu wenig essen« kämen. So ein Blödsinn.

So als wäre Joey selbst am Kopfweh schuld. Dabei aß sie ja nicht absichtlich so wenig, sie hatte nur selten Hunger.

Ihre Mutter und sicher auch viele andere Leute dachten, sie wolle mit Absicht abnehmen, dabei war Joey das völlig egal.

Was spielte es schon für eine Rolle, ob sie nun fünf Kilo mehr oder weniger wog? Deswegen wurde sie auch nicht beliebter, und einen Freund hatte sie ohnehin nicht. Wenn sie einen hätte, dürfte der sich außerdem nicht für so oberflächliche Dinge wie ihr Gewicht interessieren, er müsste sie so nehmen, wie sie war, und nicht anders.

Vorhin war sie im Hof der Wohnanlage Herrn Gold begegnet und hatte von ihm erfahren, dass Niki im Krankenhaus lag und Pauline verschwunden war. Sie war sofort in die Wohnung zurückgelaufen und hatte sich vor den Computer geklemmt. Und wirklich, da war eine Nachricht von Max, die ihr die schreckliche Wahrheit bestätigte.

»Joey, Pauline ist fort. Alles andere ist gleichgültig, sie soll bloß wiederkommen. Die Polizei sucht nach ihr. Max«.

Es regnete, und sie fuhr auf dem Weg zum Krankenhaus mit ihrem Rad von einer Pfütze zur nächsten. Das Wasser spritzte nur so.

Wenigstens das machte Spaß, und sie vergaß darüber ein wenig die Kopfschmerzen und die Aufregung um Paulines Verschwinden.

Grau türmten sich die Wolken über ihr auf, und der Wind ließ das Metall ihrer Felgen klappern. Es roch nach Benzin. Joey drehte ihre Kappe so, dass der Schirm nach vorne schaute und den Regen abhielt.

Sie musste das Krankenzimmer suchen, und als sie endlich vor Nikis Bett stand, fand sie, dass der Kleine ganz bleich und spitz aussah.

»Na, wie geht's? Blöde Frage, was?«

»Joey, der Blinddarm und Pauline sind weg.«

»Ich weiß. Es ist entsetzlich.« Sie setzte sich auf das Bett, das ein wenig quietschte, und nahm Nikis Hand.

»Du hast ja ganz nasse Haare.« Frau Gold kam aus dem Badezimmer und reichte Joey ein Handtuch. »Trockne dich erst mal ab, sonst verkühlst du dich.«

Nikis Mutter war immer so fürsorglich, ganz anders als ihre oder Paulines Mutter.

Irgendwie mochte Joey das.

Niki gefiel es anscheinend weniger, denn er verzog das Gesicht und sagte gequält: »Aber Mama, deswegen verkühlt man sich doch nicht gleich.«

»Man nicht, da hast du recht, aber diese zarte junge Dame hier schon.«

Niki rollte mit den Augen, und Joey begann zu kichern. Dann wurde sie wieder ernst und fragte Frau Gold, was ihrer Meinung nach geschehen war.

»Kind«, sagte Nikis Mutter und hielt kurz inne, um tief durchzuatmen. »Die Polizei scheint zu glauben, dass Lasse Pauline in Grado entführt hat. Sie hatte Niki angerufen und ihm erzählt, dass sie Lasse begegnet war und sich am Abend mit ihm treffen wollte. Dann ist die arme Kleine verschwunden, das war ihr letztes Lebenszeichen. Da liegt es nahe, zu glauben, dass Lasse etwas damit zu tun hat. Ich habe den Jungen schon immer seltsam gefunden. Vernachlässigt und schwer einzuschätzen. In seiner Vergangenheit soll es einen Vorfall gegeben haben. Genaueres weiß man nicht.«

»Mama, bitte hör sofort auf, das klingt ja gruselig.« Niki setzte sich erschrocken im Bett auf. »Au, blöder Bauch.« Er stöhnte und biss sich auf die Unterlippe. Widerwillig nahm er das Glas Wasser entgegen, das ihm seine Mutter reichte.

»Anscheinend glaubte sein Vater, er wäre mit einer Jugendgruppe auf der Alm.«

Joey schnaufte abschätzig. »Ich habe mich schon gewundert, dass der alte Spanner nicht am Fenster klebte und mich im Hof beim Lesen beobachtete wie sonst.«

»Kind, wie redest du?«

»Ist doch wahr.«

Niki und Joey sagten es wie aus einem Mund, sahen sich an und begannen zu lachen.

Dann stutzte Niki und flüsterte mit kummervoller Miene: »Wir dürfen doch nicht lachen, weil wir nicht wissen, was mit Pauline ist.«

»Auch Pauline hat er angegafft. Max war deswegen zornig.« Joey drehte an ihrem Piercing.

»Vielleicht hat er ihn verprügelt, und deshalb ist Lasse nach Grado gefahren. Aus Rache.« Niki begann bitterlich zu weinen, und seine Mutter und Joey beugten sich tröstend über ihn, neugierig beäugt vom Dreizehnjährigen im Nachbarbett.

Nikis Schultern hoben und senkten sich, und die beiden redeten leise auf ihn ein. Nach ein paar Minuten setzte er sich auf. Sein Gesicht war blass und von Tränen verschmiert. Er tat Joey leid.

»Oder vielleicht hat Lasse seine Drohung wahr gemacht.«

»Was für eine Drohung?«

»Dass er Pauline verzaubern würde, wenn ich ihm keine Locke von ihr brächte.« Er zögerte und runzelte die Stirn. »Das heißt, ich bin schuld, wenn ihr etwas passiert ist.«

»Natürlich nicht, mein Kleiner.« Nikis Mutter strich seine Stirn mit einer sanften Bewegung wieder glatt. »Du hast nichts falsch gemacht.«

Nachdem er sich ein wenig beruhigt hatte, redeten sie noch

ein paar Minuten über die Schule, um nicht an Pauline denken zu müssen, ehe Joey schließlich ging.

Draußen regnete es noch immer, und die Tropfen peitschten gegen die Fensterscheibe des Krankenzimmers.

24

So schnell war Friedrich noch nie gefahren. Auf der Autobahn hatte er mit knapp einhundertachtzig Stundenkilometern sämtliche Geschwindigkeitsbegrenzungen missachtet.

Wegen Bauarbeiten musste er blöderweise auf die Landstraße ausweichen. Verärgert war er über mindestens zwei rote Ampeln gefahren. Glück hatte er gehabt, unglaubliches Glück, dass kein Unfall geschehen war.

Was mussten diese Idioten die Straßen denn auch im Hochsommer reparieren?

Mitunter touchierten die Räder seines Autos die Bordsteinkante, dass die Reifen nur so quietschten.

Außer ihm war niemand auf der Straße, zumindest kam es ihm so vor. War denn heute Sonntag oder ein Sommerfeiertag? Mariä Himmelfahrt oder, wie sie in Italien sagten, Ferragosto?

Er hatte nicht den blassesten Schimmer.

Er fuhr so schnell, dass Häuser, Tiere, Menschen, Bäume wie Striche an ihm vorbeizogen, Farben sich miteinander vermischten und jegliches Geräusch vom Lärm des Motors geschluckt wurde.

Friedrich hatte noch ein altes Päckchen Lucky Strike im Wagen liegen. Mit der rechten Hand fischte er es vom Rücksitz und riss mit den Zähnen das Cellophan von der Hülle. Wenig später sog er gierig den Rauch ein. Seine Kehle brannte, und auch seine Bronchien wehrten sich gegen den ungewohnt scharfen Qualm.

Er begann zu husten und rang nach Luft. Schnell öffnete

er das Fenster und warf die Zigarette in hohem Bogen hinaus. Wie ein Glühwürmchen segelte sie durch die Luft und landete auf dem Asphalt.

Um seine zitternden Finger zu beruhigen, drehte er an den Knöpfen des Autoradios, und auf einmal sang die glockenhelle Stimme von Sheila Nicholls »Fallen for You« in sein Ohr.

Innerlich sah er Hannah, die laut und falsch mitträllerte, und Tränen traten ihm in die Augen.

Ihm wäre viel eher nach Cockers »It's a Sin When You Love Somebody«, aber wenn er ehrlich war, konnte er jetzt überhaupt keine Musik ertragen. Schon hackte er wieder auf die Austaste. Wenn er so weitermachte, würde er noch einen Unfall bauen.

»Shit«, sagte er halblaut, als es auch noch zu regnen begann. Die Straße war verdammt rutschig, und die Scheibenwischer quietschten und machten ein monoton tickerndes Geräusch.

Nur nicht müde werden, ermahnte er sich. Es fehlte gerade noch, dass er jetzt einschlief. Doch er war weit davon entfernt, das Adrenalin brodelte nur so in seinen Adern.

Wo war sein kleiner Schatz, sein kleines Mädchen?

Hatte es Schmerzen?

Fürchtete es sich?

Oder war Pauline womöglich längst …

Weitere Fragen verbot er sich.

Friedrich war durstig, doch er wollte an keiner Tankstelle anhalten. Sein Baby hatte vielleicht nichts zu trinken, litt Hunger und Durst. Das würde er ihr gern abnehmen und selbst für lange Zeit ohne Wasser bleiben. Wenn es doch nur ginge. Er würde alles tun, um ihr zu helfen. Sogar seine Sturheit aufgeben.

Derlei magische Gedanken waren ihm sonst ein Gräuel, und er sprach sie üblicherweise anderen zu. Jetzt schämte er sich für seine Überheblichkeit.

Er schälte sich, eine Hand immer am Steuer, aus der engen Lederjacke. Es war so heiß im Auto, drückend schwül, und er musste die Kühlung auf Stufe drei stellen, da die Scheiben schon wieder beschlugen.

Friedrich hatte Udine fast erreicht. In Gedanken blätterte er mit angefeuchtetem Finger im Toulouse-Lautrec-Kochbuch, das er vor Kurzem auf dem Flohmarkt erstanden hatte.

Sobald sie daheim waren, wollte er für seine Familie ein hervorragendes Mahl zubereiten. Für seine vollzählige Familie.

Pauline musste einfach wiederauftauchen.

Friedrich hielt inne und dachte, dass es niemandem etwas brächte, wenn er vor Hunger umkäme. Jegliche selbstquälerische Regung hatte sich in Luft aufgelöst. Er würde jetzt etwas essen und trinken.

Er nahm die nächste Ausfahrt und öffnete kurz darauf die Tür einer Trattoria, die er soeben online im Michelin-Führer gefunden hatte.

25

Flirrt über Grado heute ein besonderes Licht?

Weit vorne liegt die Insel im matten Schein der Nachmittagssonne. Am Himmel tanzen federleichte Wolken in unterschiedlichen Grautönen. Ich kann mich kaum von ihrem Anblick lösen und auf die Fahrbahn konzentrieren.

Zum Glück gibt es nur wenig Verkehr auf der Straße. Die Badegäste aus der Region machen es sich noch in ihren Liegestühlen bequem, bevor sie sich mit einem guten Abendessen oder einem feinen Glas Wein vom heutigen Tagesaufenthalt verabschieden. Und die Urlauber bleiben ohnehin noch ein paar Tage. Die unzähligen An- und Abreisen erfolgen hier üblicherweise am Samstag. Dann ist »Schichtwechsel« in den Appartements und Hotels.

Meine große Wende hat bereits eingesetzt.

Vergnügt beginne ich zu pfeifen.

Ein wunderbares neues Leben liegt vor mir. Die Freude darauf ist unbeschreiblich.

Ich kurble das Fenster meines alten Fiat Panda nach unten und sauge die mit Salz und Jod getränkte Luft des nahen Meeres ein. Das Lenkrad dreht sich wie von selbst nach links und rechts, ohne den Wagen schlingern zu lassen. Das Gefühl, das mich erfasst, ist riesig. So tief wie das Meer, so grell wie das Schreien der Möwen. Säße ich nicht am Steuer, ich würde zu tanzen beginnen.

Endlich ist ein für alle Mal Schluss mit Traurigkeit, Verzweiflung und Hoffnungslosigkeit. Schon vor einer Weile habe ich meine Antidepressiva abgesetzt. Jahrelang musste ich das Zeug schlucken. An meiner Stimmung konnten die Tabletten jedoch nichts ändern. Außer schmerzhaften Magenkrämpfen jeweils eine halbe Stunde nach der Einnahme gab es kein nennenswertes Ergebnis. Mein dahingefristetes Dasein blieb von der Medikamenteneinnahme unberührt. Ebenso von der Gruppentherapie und den Einzelsitzungen. Ich hatte daran ohnehin nicht teilnehmen wollen und wäre ferngeblieben, hätte man nicht so beharrlich darauf bestanden. Die Fachleute glauben ja, alles hundertmal besser zu wissen als die Personen, denen so Schlimmes widerfahren ist wie mir. Mir auch noch den Kummer anderer anzuhören hat meine Lage nicht verbessert. Im Gegenteil, es zog mich noch ein Stück tiefer hinunter. Und die weisen Ratschläge meines Psychotherapeuten hatte ich selbstverständlich allesamt mühelos bei Dr. Google gefunden.

Schnee von gestern.

Ohne Belang.

Meine Welt ist jetzt schön wie keine andere.

Abrupt höre ich zu pfeifen auf, denn leise Musik aus dem Radio erreicht mich. Die spielen doch glatt meinen Lieblingssong.

»Perfect Day« von Lou Reed.

Schnell drehe ich den Regler auf volle Lautstärke und schmettere den Text mit.

Just a perfect day

Drink sangria in the park
And then later, when it gets dark
We go home

Die Glückshormone in mir wirbeln nur so durcheinander, rauschen wild durch meine Adern. Ich stelle sie mir als glitzernde Sternchen bildlich vor.

Just a perfect day
Feed animals in the zoo
Then later a movie, too
And then home
Oh, it's such a perfect day
I'm glad I spent it with you
Oh, such a perfect day
You just keep me hanging on
You just keep me hanging on

Meine kehlige Stimme erfüllt den Innenraum des Autos. Die Straße, auf der ich mich befinde, heißt lapidar »352« und erstreckt sich ab der Autobahnabfahrt Palmanova als tolle Allee circa achtzehn Kilometer weit Richtung Grado. Da ich nur einen Teil der Strecke zurücklege, muss ich nicht lange fahren. Trotzdem bin ich auf dem kurzen Stück an so vielen schönen Wiesen, Feldern und Gebäuden, an Weinlagen und einstigen, längst verfallenen Arbeiterunterkünften vorbeigedüst. Um das Notwendigste zu besorgen, musste ich ein paarmal anhalten. Ich war in einem Einkaufszentrum in der Nähe von Cervignano, im Supermarkt und in einem der Baumärkte. Überall habe ich ordentlich zugeschlagen. Über die notwendigen Nahrungsmittel hinaus besorgte ich auch eine beträchtliche Portion an Luxus.

In Gedanken an das Erworbene muss ich unwillkürlich schmunzeln.

Just a perfect day
Problems all left alone
Weekenders on our own
It's such fun
Just a perfect day

You made me forget myself
I thought I was someone else
Someone good
Es stimmt, denke ich. Alles, was Lou Reed geschrieben hatte, der gesamte Text, jedes einzelne Wort, stimmt haargenau. Ich bin durch *dich*, Pauline, ein besserer Mensch geworden. Jemand Gutes.

Gleich erreiche ich die Abzweigung nach Belvedere, dem bezaubernden Mini-Ort, aber dahin will ich nicht. Bei Gelegenheit werden wir beide dort ein Picknick veranstalten, und du hörst dir dann meine Erzählungen über Grado und die Lagune an.

Du weißt sicher nicht, dass der fünf Kilometer lange Damm, der die Insel mit dem Festland verbindet, erst im Jahr 1936, einer dunklen Zeit, erbaut wurde. Davor setzte man mit Booten über, um den Badeort zu erreichen.

Ich kann schon das Staunen auf deinem Gesicht sehen.

In meinem Bauch kribbelt die Freude, sie sprudelt wie die Bläschen eines frisch geköpften Proseccos aus dem Karst.

Oh, it's such a perfect day
I'm glad I spent it with you
Oh, such a perfect day
Gerade als ich »You just keep me hanging on« schmettere, nähert sich von links oben ein Schatten.

Ein Kranich im Sturzflug, denke ich.

Dann kracht es sehr laut und wird auf einmal dunkel.

Sehr dunkel.

26

Das Essen war schnell gekommen. Friedrich hatte den Frico verschlungen und sich den tropfenden Käse mit dem Handrücken vom Kinn gewischt.

Wieder im Auto, stellte er zufrieden fest, dass er noch keine Mahlzeit so hastig zu sich genommen hatte wie diese. Er wollte eben rasch bei seiner Familie sein.

Frisch gestärkt drückte er aufs Gas.

Doch kurz bevor er Belvedere, die letzte Station vor dem Damm, erreichte, stand alles still.

Auch er musste den Warnblinker setzen und anhalten.

Es wurde ungeduldig gehupt.

Vor ihm hatte sich eine lange Schlange gebildet. Außer Autos, die Stoßstange an Stoßstange standen, war nichts zu sehen.

Irgendetwas musste geschehen sein, denn um diese Tageszeit kam es hier selbst an hohen Feiertagen selten zu Blockaden. Wahrscheinlich versperrte ein überlanges Fahrzeug den Weg, oder es war ein Boot von einem Anhänger gekippt. Er war sich ziemlich sicher, dass irgendeine Art von Unfall passiert war, denn so sehr staute es sich nicht, wenn einfach nur jemand ungeschickt abzubiegen versuchte, da steckte entschieden mehr dahinter.

Es hatte zu regnen begonnen. Innerhalb von wenigen Minuten klatschten die Tropfen immer heftiger gegen die Windschutzscheibe.

Auf der Gegenfahrbahn fuhr ein Polizeiauto mit heulender Sirene und grellem Blaulicht an ihm vorbei.

Ob sie wohl auch so wild nach seiner Pauline suchten?

Das Einsatzfahrzeug schien den Stau hinter sich gelassen zu haben. Weiter vorne war es jetzt scheinwerferhell, und das Blaulicht spiegelte sich in einem eigenen Rhythmus im Nass der Fahrbahn. Friedrich hatte sein Autofenster heruntergelassen.

Ein Einsatzfahrzeug nach dem anderen donnerte an ihm vorbei.

Sirenen heulten, Menschen verließen ihre Autos und liefen aufgeregt herum. Auch Friedrich öffnete vorsichtig die Autotür und stieg aus. Überall standen jetzt Feuerwehrleute, Polizisten, Rettungsfahrer.

Zwei Fahrzeuge hatten sich gänzlich ineinander verkeilt, mitten auf der Kreuzung, das Heck des kleineren zeigte in Richtung Westen. Platt wie zusammengequetschte Bierdosen, die man achtlos weggekickt hatte, lagen sie da.

Überall waren Scherben, und eine aufgeplatzte Einkaufstüte lag am Straßenrand. Der Saft roter Tomaten, dunkles Kakaopulver, Eigelb und Milch vermischten sich mit dem Regen. Daneben glänzten die Scherben eines zerbrochenen Nutellaglases.

Mehr wollte Friedrich nicht sehen.

Als er sich jedoch umwandte und zu seinem Auto zurückgehen wollte, wurde sein Blick von einer Trage auf dem Boden magisch angezogen. Er konnte einen bleichen Arm ausmachen, der fast den nassen Asphalt berührte, nur durch eine Infusion hochgehalten. Gleich daneben befand sich eine weitere Trage, die Person darauf war mit schwarzem Plastik abgedeckt. Hier hatte es einen vermutlich schlimmer als den anderen getroffen.

Jemand schrie, und Friedrich wurde von einem der Unfallszeugen rückwärtsgeschoben.

Als die Krankenwagen und ein Teil der Polizeifahrzeuge fort waren und er endlich weitergewunken wurde, fuhr er, die Augen starr geradeaus auf die Straße gerichtet, am Unfallort vorbei.

Grauenvoll, er wollte gar nicht wissen, was da geschehen war.

Nach einem raschen Blick auf seine Armbanduhr stellte er zu seinem Entsetzen fest, dass beim Warten einiges an Zeit vergangen war.

Trotzdem fuhr er nun langsamer, und seine Knie zitterten.

27

»Papa«, schrie Max, »endlich!«

Ungestüm warf er sich in Friedrichs Arme.

Augenblicklich fühlte er sich sicher und zuversichtlich.

Sein Vater war hier. Alles würde gut werden.

Florian berichtete Friedrich, was seit ihrem Telefonat geschehen war und was man unternommen beziehungsweise nicht unternommen hatte.

Seine Mutter stand blass, mit kurz geschnittenen, frisch gefärbten Haaren im Raum. Als Florian verstummte, drückte sein Vater sie an sich und hielt sie fest, als wollte er sie gar nicht mehr loslassen, aber Hannah wand sich aus seiner Umarmung und schob ihn weg. Sie weinte laut.

»Zu spät, Friedrich, zu spät. Deine Bemühungen sind vergebens. Wärest du bloß nicht weggefahren. Jetzt kannst du auch nichts mehr ändern.«

Max, der im Deutschunterricht unlängst ein Referat über Shakespeares Königsdramen gehalten hatte und meinte, sich nun mit den Abgründen der menschlichen Seele auszukennen, nörgelte: »Ihr seid so was von pathetisch. Voll bescheuert, Alter. Aber wirklich.«

Woraufhin alle zu schmunzeln begannen.

»Gott sei Dank, Alter, du bist endlich wieder du selbst.« Florian lachte und boxte ihn in die Seite.

Sogar Hannah hatte zu weinen aufgehört und atmete tief durch. »Bevor ich mich mit Gin Tonic volllaufen lasse, was ich jetzt am liebsten täte, oder einen hysterischen Lachanfall bekomme, werde ich mich eben so gut es geht beruhigen.«

»Daran tust du gut, Schwester.«

»Warst du beim Friseur?«, fragte Max' Vater.

Florian und ihm war das sofort aufgefallen, Friedrich anscheinend nicht.

Hannah zuckte nur mit den Schultern.

»Ich könnte mir aus Solidarität den Iro abrasieren«, polterte Max in das erstaunte Schweigen hinein und grinste.

Das würde er mit Sicherheit nicht machen, von Hannahs gewählter Form der Katharsis hielt er nämlich überhaupt nichts. Ein Friseurbesuch war dennoch immer noch besser, als sich bis zur Besinnungslosigkeit zu betrinken. Da war er ganz ihrer Meinung.

Papa, Florian, Mama und er setzten sich auf die überdachte Hotelterrasse und warteten auf die Kommissarin. Nach Nikis Anruf hatte er sogleich die italienische Polizei über die Sache mit Lasse informiert, und nun ermittelte man fieberhaft in den Hotels und Pensionen der Stadt, um herauszufinden, wo er abgestiegen war. Die Suchtrupps waren noch immer im Einsatz, und sogar Hubschrauber suchten inzwischen die Gegend ab. Wie kleine schwarze Punkte tanzten sie brummend näher, um schließlich, wenn sie direkt über einem waren, dröhnend wie ein Kampfgeschwader zu knattern und zu lärmen, ehe sie sich wieder entfernten.

Hoffentlich fanden sie irgendeinen Hinweis.

Inzwischen hatte auch eine der Hotelangestellten, Antonia, den Polizisten berichtet, Pauline am Strand getroffen und ihr Muscheln abgekauft zu haben. Dabei war ihr ein junger Mann aufgefallen, der die Kleine längere Zeit beobachtet hatte. Alles passte ins Bild.

Der »junge Mann« war Antonias Beschreibung zufolge höchstwahrscheinlich Lasse gewesen.

Max sprang erschrocken auf, als das Handy seiner Mutter in seiner Jackentasche zu klingeln begann. Ihm wurde vor Angst ganz flau in der Magengrube, als er die italienische Nummer sah, und so gab er Friedrich das Telefon.

Lasse war festgenommen und verhört worden, aber man hatte ihn allein in seinem Pensionszimmer angetroffen. Von Pauline keine Spur. Er behauptete, sie nicht getroffen zu haben.

Die Polizei hatte außerdem die österreichischen Kollegen verständigt, und in Kürze würde ein Ermittler aus Kärnten nach Grado kommen, um die Commissaria zu unterstützen.

Der Regen trommelte gleichmäßig auf das Sonnensegel, und Max fröstelte. Er wickelte die Kapuzenjacke enger um seine Schultern. So ein Hundewetter im Hochsommer! Letztes Jahr hatten sie durchgehend Sonnenschein. Diesmal meinten die Götter es wahrlich nicht gut mit ihnen.

Die Erleichterung, die ihn bei Friedrichs Ankunft ganz schwach hatte werden lassen, war nun verflogen, und er spürte, wie die Angst um seine Schwester wieder übermächtig wurde.

Was war bloß geschehen, was hatte Lasse mit seiner Schwester angestellt?

Warum, zur Hölle, war dieser elende Spanner überhaupt hier in Grado?

Hatte er das Ganze etwa geplant?

Wieder und wieder ging sein Vater mit ihm den Ablauf der Ereignisse durch, und sie überlegten, was wo und wie passiert sein könnte. Friedrich unterbrach Max ständig, und auch Florian stellte manchmal eine Zwischenfrage, sonst hielt er sich eher im Hintergrund.

Max musste sich höllisch anstrengen und konzentrieren, um nichts durcheinanderzubringen.

Mittlerweile hatte Max das Gefühl, etwas Wichtiges, vielleicht sogar Entscheidendes vergessen zu haben, doch sosehr er auch darüber nachgrübelte, es wollte ihm einfach nicht einfallen.

Irgendwann stand er auf, holte sich unten an der Promenade ein Frappé Caramel und trank es in großen Zügen und mit Tränen in den Augen aus.

28

Ihr gesamtes Team war unterwegs, zusammen mit mehreren Einsatzhundertschaften aus angrenzenden Regionen.

In den Nachrichten kam stündlich die Suchmeldung. Hubschrauber kreisten über Grado. Autos mit Lautsprechern fuhren den Strand entlang.

Alle waren vereint, um das kleine Mädchen zu finden.

Es herrschte Aufregung und Betriebsamkeit auf der Insel. Maddalena war rund um die Uhr beschäftigt. Natürlich gelang es ihr, verschiedene Aufgaben zu delegieren, schließlich gab es jede Menge davon zu bewältigen. Nur fragte sie sich manchmal, was passieren würde, wenn sie kein Auge auf den jeweiligen Verlauf hätte. Deshalb sah sie auch sehr genau hin. Die Jungs in ihrem Team waren allesamt ziemlich phlegmatisch, um nicht zu sagen stinkfaul. Dabei war ihre Einstellung von einer gewissen angeberischen Haltung geprägt, geradezu selbstherrlich. Sogar der scheue Piero Zoli schwamm in diesem Mix aus Ignoranz und verquerem Selbstbild mit.

Maddalena hatte begonnen, Aufzeichnungen zu machen. Irgendwo musste sie beginnen, wenn sie etwas ändern wollte. Und das musste sie. So konnte es nicht weitergehen. Bei der nächsten Verschnaufpause, sobald das Mädchen gefunden war, würde sie handeln. Sie ahnte, dass sie einer weiteren Mauer aus Ablehnung begegnen würde, und das machte die Sache nicht einfacher.

Dieser Fall brachte alle Unzulänglichkeiten des Teams, ihre eigenen eingeschlossen, zum Vorschein.

Vielleicht sollte sie Hilfe bei einem externen Coach suchen?

Das klang zwar gut und versprach auch Unterstützung, nur fehlte ihr dazu entschieden die Zeit.

Maddalena wollte gar nicht daran denken, wie ihr heutiger Tag verlaufen war. Den Druck, den sie auf ihr Team ausübte, bekam sie von oben. Scaramuzza verstand es meisterhaft, sie mit seinen Aussagen bis in die Grundfesten zu erschüttern. Er fand stets die richtigen Worte, um einerseits Wut, andererseits tiefe Beschämung bei ihr auszulösen. Sie hatte tatsächlich nicht immer alles und jeden im Griff, aber neben ihrem Team galt es nun auch noch einen ganzen Apparat an Hilfskräften zu befehligen, wer konnte da schon ständig an alles denken? Hinzu kam, dass sie seit Papas Tod schon bei der geringsten Kleinigkeit gegen die verdammten Tränen ankämpfen musste. Zum Glück hatte sie bisher verhindern können, dass ihre Kollegen es bemerkten. Obwohl der Comandante sie immer wieder scharf und gründlich musterte. Sie war sich sicher, dass er ihr schon beim geringsten Anzeichen von Trauer, etwa einem feuchten Film in ihren Augen, mangelnde Führungsqualität vorwerfen würde. Womit er gar nicht mal so unrecht hatte, gestand sie sich schweren Herzens ein. Es gab auch von ihrer Seite noch einiges zu verbessern, zum Beispiel ihren manchmal zu rüden Umgangston mit den Mitarbeitern.

Und der Fall war entschieden eine Nummer zu groß für sie. Zuerst hatte sie sich darüber ausgelassen, wie wenig in der Lagunenstadt zu tun war, und jetzt wusste sie nicht mehr, wo sie als Nächstes anpacken sollte.

Der Kaffee von Zolis Mutter war gut, aber er half nicht immer.

Seit der Meldung von Pauline Wildners Verschwinden waren zwanzig wertvolle Stunden verstrichen, und sie hatten außer dem verstockten jungen Mann im Verhörraum nebenan keinen, aber auch wirklich keinen Anhaltspunkt.

Der Bruder des Mädchens, Max, hatte Paulines Freund in Kärnten kontaktiert und von diesem erfahren, dass die Kleine in Grado einem Nachbarsjungen über den Weg gelaufen war, Lasse Berger. Über das Melderegister der Beherbergungsbetriebe hatten sie dessen Unterkunft schnell gefunden. Er hatte auch zugegeben, Pauline begegnet und am Abend ihres Verschwindens mit ihr verabredet gewesen zu sein. Sie sei jedoch nicht am Treffpunkt erschienen.

Ein patenter Kerl war er, der Bruder von Pauline. Seinem Alter auf alle Fälle weit voraus.

Lasse Berger würden sie sich morgen noch einmal vornehmen müssen. Er bestand bei der Befragung vorhin vehement darauf, die Kleine nicht angetroffen zu haben. Dass er zugegeben hatte, ein Treffen mit ihr vereinbart zu haben, machte ihn allerdings zu einem Verdächtigen. Auch wenn er am fraglichen Abend in der Pension, in der er sein Zimmer gebucht hatte, von einigen anderen Gästen gesehen worden war, könnte er das Mädchen entführt und irgendwo versteckt haben.

Ächzend streckte sie ihre müden Glieder durch. Ein grollendes Knurren ihres Magens machte sie darauf aufmerksam, wie hungrig sie war.

Ihr Telefon begann zu läuten.

»Tesoro.«

»Amore.«

Manchmal war es einfacher, sich an Gewohntem zu orientieren.

»Wann treffe ich dich endlich?« Franjo klang immer noch beleidigt.

Er hatte auch allen Grund dazu. Ihr schlechtes Gewissen regte sich.

»Ich habe dir doch erzählt, dass ein kleines Mädchen verschwunden ist. Glaubst du, ich sitze da und drehe Däumchen? Ich komme vor Arbeit nicht mal zum Essen. Zeit für dich habe ich im Moment leider keine.«

»Weil du das Essen ansprichst, Tesoro: Lass mich dich doch verwöhnen. Ich bringe dir etwas Köstliches mit.«

»Nein«, wehrte sie ab. »Vielleicht morgen. Heute kann ich beim besten Willen nicht.«

»Dann melde dich bitte morgen bei mir. Kann ich mich darauf verlassen?«

Die nachvollziehbare Gekränktheit ihres Verlobten machte Maddalena zu schaffen. »Ja«, sagte sie schroff und unterbrach die Verbindung.

Sie hatte Tomaso seit gestern Nacht im Hotel nicht mehr gesehen. Und sie vermisste ihn, stellte sie bestürzt fest.

Wieder klingelte ihr Handy.

»Franjo«, begann sie genervt und wurde sogleich unterbrochen.

»Tomaso hier. Ich bin zwar kein mit Sternen gekrönter Koch, aber das Hotelessen hat dir sichtlich geschmeckt.«

In Maddalenas Bauch tobte ein Frühlingssturm.

»Ist das ein dienstlicher Anruf?«, fragte sie schwach.

»Selbstverständlich, Commissaria. Ich müsste Sie heute noch

sehen und etwas mit Ihnen besprechen. Sagen wir, in einer guten Stunde bei Ihnen? Da können wir ungestört reden. Ich bringe eine Minestrone mit und frische Ciabatta.«

Maddalena lief das Wasser im Mund zusammen. Sie gab sich geschlagen.

»Okay, bis dann.«

Von ihrem Arbeitsplatz bis zu ihrer Wohnung waren es keine zehn Gehminuten, trotzdem beeilte sie sich. Sie spürte ein erwartungsvolles Ziehen in ihrem Bauch.

Griesgrämige Wolken huschten über einen düsteren, sternenlosen Himmel. Es hatte zu regnen aufgehört, aber die Luft stand vor Feuchtigkeit.

Es roch nach Pizza, nasser Erde und Kokosnussspalten.

Zu Hause duschte sie ausgiebig und zog dann ihre besten Jeans und ein enges Top an. Sie trug weder einen BH noch Schuhe.

Was sie tat, war unverantwortlich und unmoralisch. Nichtsdestotrotz freute sie sich auf Tomaso.

Sorgfältig deckte sie den Tisch und entkorkte eine Flasche von Franjos Ribolla Gialla. Um ihre Nerven zu beruhigen, stürzte sie ein halbes Glas des golden schimmernden Weißweins bereits jetzt hinunter.

Ihre Locken waren noch feucht, als an ihre Tür geklopft wurde.

Erwartungsvoll öffnete sie und prallte zurück.

»Überraschung gelungen?«, hörte sie Franjo sagen.

Schwungvoll nahm er sie in seine Arme und marschierte an ihr vorbei in die Wohnung.

»Da ist ja jemand unter die Hellseherinnen gegangen«, stellte er überrascht fest. »Woher wusstest du, dass ich dich besuche?« Er zeigte auf den Tisch.

»Sie hat nicht Sie, sondern mich erwartet.« Tomaso war im Türrahmen aufgetaucht, ging zur Küchenzeile und stellte die Behälter mit dem Hotelessen auf der Kochplatte ab.

Franjo stand regungslos im Raum. Er warf Maddalena einen

verhangenen Blick zu, in dem sie tiefe Traurigkeit erkennen konnte.

»Dann bin ich hier also überflüssig«, sagte er leise und ließ sie beide allein.

»Franjo!«, rief Maddalena ihm nach. »Bitte komm zurück!«

Aber Franjo blieb weder stehen, noch kam er zurück.

29

Pauline war durstig und hungrig. Aber es war vor allem der Durst, der sie quälte.

Sie musste es schaffen, das Tuch von ihren Augen zu lösen. Dazu brauchte sie Hände. Und genau da lag das Problem. Ihre Hände waren vor dem Bauch gefesselt. Sie wälzte sich auf die Seite und rieb mit den Handgelenken über die Kante der Unterlage. Dieser blöde Schal oder was immer das war, ließ sich jedoch nicht wegschieben, und der dicke Knoten hielt ihren Bemühungen hartnäckig stand. Es war anstrengend, der Schweiß lief ihr über die Stirn und den Nacken. Nach einer Verschnaufpause bemühte sie sich abermals. Sie wollte schon aufgeben, als sie auf einmal spürte, wie sich der Stoff um ihre Handgelenke zu lösen begann. Von neuer Energie getrieben machte sie weiter, bis die Fessel wegrutschte und ihre Hände freigab. Sie fühlten sich kalt und taub an.

Pauline massierte ihre Handgelenke, spreizte die Finger und ließ die Hände kreisen. Nach einer Weile wurden sie warm. Jetzt konnte sie die Tücher von Augen und Mund entfernen.

Ihr wurde vor Aufregung schwindlig.

Pauline atmete tief ein und aus. Allmählich hörten die Sternchen vor ihren Augen auf zu tanzen.

Als sie sich an die Dunkelheit gewöhnt hatten, konnte sie die Konturen ihrer Umgebung erkennen. Da war ihr Lager, daneben eine Wasserflasche und sonst nichts. Nur raue, unverputzte Wände und geradeaus, in der Wand vor ihr, ein schräges Fenster. Obwohl, ein richtiges Fenster war das nicht, wohl eher eine Art Oberlicht. So etwas gab es oft in Kellerräumen. Also befand sie sich vermutlich in einem Keller.

Sie griff nach der Wasserflasche, drehte den Verschluss ab und trank gierig. Sie war so durstig, dass es wehtat. Dann sah sie sich weiter um.

Sie fand es hier unheimlich. Schade, dass es Harry Potter nicht wirklich gab, denn der würde sie sicher herausholen. Bibi Blocksberg, Gandalf, die kleine Hexe, alles erfundene Figuren. Bis auf ihren Bruder Max. Der konnte allerdings nicht zaubern.

Was war bloß mit Lasse los?

Warum hielt er sie hier fest?

Und warum verstellte er sich?

Spielte er vielleicht eine Rolle in einem seiner Videospiele?

Vorhin war sie überzeugt gewesen, dass es nicht Lasse war, der sie hier gefangen hielt. Sie erinnerte sich nicht mehr, wie sie auf diese Idee gekommen war.

Wieder ging sie im Geist durch, was passiert war. Sie war mit Lasse verabredet gewesen und hatte sich schon riesig auf das große Himbeereis gefreut. Eine Weile hatte sie warten müssen, dann waren seine Schuhe und Hosenbeine vor ihr aufgetaucht.

Danach nichts als Dunkelheit.

Hatte er sie betäubt?

Es musste also doch Lasse sein. Niemand sonst war dort gewesen oder hatte gewusst, dass sie am Strand auf ihn wartete.

Was dachte er sich bloß dabei?

Irgendwie passte das alles gar nicht zu ihm. Sie einfach so zu betäuben, zu fesseln und irgendwohin zu verschleppen.

Ihre Eltern fielen ihr ein und Max. Was die jetzt wohl dachten?

Sie machten sich sicher große Sorgen um sie. Wahrscheinlich suchte die Polizei schon nach ihr.

Wieder langte sie nach der Wasserflasche, doch als sie sie ansetzte, musste sie feststellen, dass kein einziger Tropfen mehr darin war. Enttäuscht warf sie sie zur Seite.

Pauline nestelte unbeholfen an ihrer Kleidung. Was sie suchte, war nicht da.

Sie konnte ihr Sorgenpüppchen nicht finden, sosehr sie sich auch bemühte. Es war weder in der Hosentasche, noch hing es am Bikinihöschen. Da war nur noch das feine kurze Kettchen, an dem es gebaumelt hatte. Sicher war es während der Entführung abgerissen.

Pauline weinte bitterlich. Die Tränen rollten über ihre Wangen, und sie schluchzte laut auf.

»Sorgenpüppchen, wo bist du?«

Jetzt konnte es ihre Wünsche nicht mehr erfüllen, ihre Sorgen nicht mehr zum Verschwinden bringen. Ihr wurde ganz bang, und sie begann zu schreien.

»Mama, Papa, Hilfe! Hört mich denn keiner? Max? Hilfe, Hilfe! Holt mich hier heraus!«

Sie war so durstig, denn es war unerträglich heiß.

War es in Kellern normalerweise nicht kühl?

Zumindest sagten das die Erwachsenen, und in der Schule hatten sie gelernt, dass man Gemüse und Obst deshalb im Keller lagerte.

»Aber«, fragte sich Pauline halblaut, »was ist hier schon normal?«

Sicherlich nicht, dass sie entführt worden war.

Gekidnappt.

Sie war gekidnappt worden, eine Geisel. Wie im Film.

Lasse würde sicher Lösegeld für sie verlangen.

Wofür brauchte Lasse so viel Geld?

»Komisch eigentlich«, sagte sie eine Spur lauter, »meine Eltern sind doch keine Millionäre und auch nicht berühmt. Obwohl, ein bisschen berühmt ist Papa schon. Immerhin hat er einmal ein Interview im Fernsehen über einen seiner Fälle gegeben.«

Vielleicht war das der Grund, und Lasse wollte jemanden aus dem Gefängnis befreien, den ihr Vater dorthin gebracht hatte?

Pauline erinnerte sich, dass sie und Niki vor längerer Zeit in den Nachrichten gehört hatten, dass Rachetaten häufiger vorkamen, als man dachte.

Vergeltung.

Gemeinsam hatten sie über das Wort gekichert.

Jäh kam die Angst zurück.

Wenn sie doch nur etwas zu trinken hätte. Wo blieb denn nur Lasse? Müsste er nicht längst vom Einkaufen zurück sein?

Andererseits, überlegte sie weiter, konnte der Kidnapper kaum Lasse sein, wenn er jemanden aus dem Knast befreien wollte.

Wen sollte er im Gefängnis schon kennen?

Warum kam denn niemand und befreite sie?

Lange würde sie es, ohne etwas zu trinken, nicht mehr aushalten, sie fühlte sich jetzt schon völlig ausgedörrt und musste immerzu an rauschende Wasserfälle, Bottiche voll eiskalter Coca-Cola und an sprudelnde, kühle Bergquellen denken.

»Mama, Papa!«, schrie sie. »Max, Onkel Florian, Papa, holt mich hier heraus. Ich habe furchtbare Angst und bin ganz allein, Papa, Papa!«

Wieder begann Pauline verzweifelt zu weinen.

30

Max und Florian liefen zusammen durch den Ort. Sie hatten längst damit aufgehört, sich vor dem Regen zu schützen, der früh am Morgen wieder eingesetzt hatte, und ihre Haare hingen nass auf die Krägen ihrer Windjacken. Von Schirmen hielten beide nicht viel, die behinderten sie nur.

Die Rucksäcke, die sie trugen, waren schwer und zerrten an ihren Rücken. Immer wieder blieben sie stehen und nahmen durch Klarsichthüllen geschützte Blätter heraus, die sie im Ort verteilten.

Max hatte sich große Mühe gegeben, am Hotelcomputer ein Urlaubsfoto von Pauline einzuscannen und eine Vermisstenmeldung daraus zu gestalten.

Nun pinnten sie den Steckbrief überall da, wo sie einen trockenen Flecken fanden, an Wände, brachten ihn in Geschäfte, Ämter, Reisebüros, Erste-Hilfe-Stationen, Restaurants und Hotels und befestigten ihn schließlich auch an der nassen Rinde der Bäume.

»Vermisst«.

Kaum zu glauben, dass ihnen Pauline unter dem dicken Schriftzug so fröhlich entgegenlächelte.

Am kleinen Yachthafen durften sie das Foto auf dem Ausflugsdampfer »Nuova Cristina« und an den Liegeplätzen einiger anderer Schiffe aushängen, zusätzlich an fast jedem Fischerboot. Hin und wieder hielt neben ihnen ein Autofahrer an und klebte nach kurzem Gespräch eine der Klarsichthüllen an die Innenseite seiner Scheibe.

Überhaupt erfuhren Florian und Max von der Gradeser Bevölkerung sowie den Touristen sehr viel Mitgefühl, die Polizisten, denen sie auf ihrem Weg begegneten, versorgten sie mit Informationen, und es gab eine große Bereitschaft zu helfen.

Doch unabhängig von all diesem Bemühen, all der Unterstützung und Freundlichkeit rund um sie herum gab es nichts Neues.

Keine Spur, kein Hinweis, ganz einfach: nichts.

Und immer wieder verfiel Max in ein quälendes Grübeln. Irgendetwas war in seiner Erinnerung vergraben, irgendetwas hatte er übersehen. Manchmal kam es ihm so vor, als wenn an den Rändern seines Gedächtnisses etwas aufblitzte, aber kaum dass er es fassen, erkennen, verstehen wollte, war es auch schon wieder verschwunden.

»Max.« Florian blieb stehen und versuchte, seinem Neffen Mut zuzusprechen. »Du wirst schon sehen, wir finden sie«, sagte er. »Schau, da vorne kommt wieder ein Polizist, vielleicht gibt es diesmal etwas Neues.«

»Ach, lass mich. Es hat doch alles keinen Sinn!«

»Gib jetzt nicht auf«, ermahnte Florian ihn.

Max wusste, dass man ihm seine zunehmende Verzweiflung schon von Weitem anmerkte. Ganz hager war sein Gesicht während der letzten sechsunddreißig Stunden geworden, und seine Jacke, ohnehin etwas zu groß, schlotterte jetzt um seinen schmalen Körper. Er hatte seit dem Verschwinden seiner Schwester kaum essen können. Sein Hals war wie zugeschnürt, und sein Körper fühlte sich taub an. Seinem Onkel schien das bewusst zu sein, denn er steuerte mit ihm auf einen Imbissstand zu und bestellte Pizza und Getränke.

»Du musst essen«, sagte er bestimmt.

Widerwillig biss Max ein großes Stück ab.

»Florian«, sagte er, »ich habe solche Angst um Pauline. Was, wenn wir sie nie wiedersehen?« Seine Stimme klang verzagt, und plötzlich loderte die alte Wut in ihm hoch, und er schrie Florian, der gar nichts gesagt hatte, an: »Alter, hör auf, mich wie ein Kleinkind zu behandeln. Meine Schwester ist höchstwahrscheinlich tot. Genauso mausetot wie Martin. Kapierst du das?«

Florian lächelte traurig. »Ich glaube das zwar nicht, aber so sollte es funktionieren, Max. Sei ruhig zornig. Das ist allemal besser, als vor Verzweiflung zu vergehen. Und jetzt iss sofort das Stück Pizza auf, bevor es noch nass wird!«

Wortlos verschlang Max die Pizza im Stehen, dazu leerte er eine Dose Coca-Cola. Als er fertig gegessen hatte, wischte er sich mit dem Ärmel seiner Jacke über den Mund und seufzte tief auf. »Ah, das hat geschmeckt.«

Auf der anderen Straßenseite sahen sie Friedrich und Hannah. Max musste zweimal hinsehen, so verändert kam ihm seine Mutter vor.

Er hatte nicht geglaubt, dass sie es schaffen würde, so einfach mit dem Trinken aufzuhören, aber anscheinend hatte sie dem Alkohol seit letzter Nacht wirklich abgeschworen. Mit den kurzen roten Haaren erinnerte sie ihn an früher, als er noch kleiner war. Ein warmes Gefühl, das er krampfhaft wieder in den Hintergrund zu drängen versuchte, stieg in ihm hoch.

»Blöde Hannah«, murmelte er.

Florian zwinkerte ihm zu, als hätte er Max nicht gehört. »Es geschehen ja anscheinend doch noch Zeichen und Wunder. Sieh dir bloß deine Mutter an. Vielleicht kommen deine Eltern ja wieder zusammen?«

Irgendwie klang es falsch, als Florian das sagte. So als glaubte er selbst nicht daran und als erwähnte er es nur, um ihn und vielleicht auch sich selbst zu beruhigen. Max sah deshalb starr geradeaus, würdigte ihn keines Blickes und reagierte auch nicht auf die Zurufe seines Vaters. Er tat das Einzige, was er jetzt wirklich tun wollte, er stellte sich unter einen Baum, zog das Handy aus seiner Jeanstasche und wählte Joeys Nummer.

31

Lasse stürzte die Zitronenlimonade, die ihm ein netter Polizist im Vernehmungszimmer hingestellt hatte, hinunter, als wäre er kurz vorm Verdursten.

»Sie werden uns jetzt erzählen, warum Sie in Grado sind. Und was mit dem Mädchen passiert ist. Wo ist die Kleine? Reden Sie endlich.«

»Aber das kann ich nicht sagen.« Lasse begann zu stottern und verschluckte sich hustend. Er wurde ganz rot im Gesicht, und der Schweiß stand in kleinen Perlen auf seiner Stirn. »Ich habe sie doch nicht entführt«, brachte er schließlich hervor. »Ich will nach Hause.«

»Sie müssen uns zuerst erzählen, was geschehen ist«, beharrte der dicke Polizist.

Gestern war der Mann um einiges freundlicher gewesen.

Die Augen der Polizistin schossen glühende Pfeile in seine Richtung.

Konnte man hören, wie er die Luft anhielt?

»Es reicht.« Die Polizistin, die erst vor wenigen Minuten zum Verhör dazugekommen war, stand auf. »Lippi, bringen Sie ihn in eine Zelle, damit er merkt, was es ihm bringt, uns hinzuhalten.«

»Nein, nein«, schrie Lasse. »Ich bin weder vorbestraft, noch habe ich etwas mit dieser Angelegenheit zu tun. Ich habe niemandem etwas getan, auch Jessa nicht.«

Die Polizistin atmete hörbar aus, und Lasse konnte ihr Herz unter dem sandfarbenen Seidenshirt pochen sehen. Auf und ab flatterte der Stoff, als würde ein kleiner Fisch darunter zappeln.

»Wovon sprechen Sie?«, fragte sie ihn mit bohrendem Blick.

Ein anderer Polizist, der bis dahin im Hintergrund geblieben war, ergriff das Wort. »Hören Sie auf, blöde Sprüche zu klopfen.«

»Ich will doch bloß Locken zur Erinnerung, weiter nichts. Ihr könnt Jessa fragen, sie weiß es. Ich darf sie nicht kontaktieren, aber mit euch wird sie reden.«

Die Polizistin nahm wieder Platz. Jetzt nickte sie begütigend, und ihre Stimme klang ruhig und sanft. »Weiter so, Herr Berger, gut. Und jetzt erzählen Sie uns, was passiert ist.«

Eigentlich mochte er die Frau. Sie gefiel ihm mit ihren blitzenden grünen Augen und den langen braunen Locken.

Die Polizisten blickten ihn aufmerksam an.

»Nur keine Angst, wenn Sie die Wahrheit sagen, passiert Ihnen nichts«, bekräftigte der Dicke.

Lasse holte verärgert Luft. »Ich habe Ihnen doch gestern schon alles erzählt. Ich wollte Pauline ein Himbeereis spendieren. Und im Austausch dafür eine Locke von ihr erhalten. Ich sammle Locken.«

»Als Herr Berger noch zur Schule ging, hat er bei einem Ferienaufenthalt im Nachbarort Lignano einer Schulkollegin alle Kopfhaare abrasiert«, sagte die Polizistin. »Jessa, so hieß das bedauernswerte Mädchen, begann zu schreien, also hielt er ihr den Mund zu. Bis eine Erzieherin schließlich auf die beiden aufmerksam wurde, war Jessa glatzköpfig und fast erstickt. Sie hatte einen schlimmen Schock erlitten und konnte längere Zeit nicht sprechen. Herr Berger kam danach in eine Anstalt für schwer erziehbare und auffällige Jugendliche.«

»Woher haben Sie das?«, fragte der dicke Polizist namens Lippi scharf.

»Die Kollegen aus Österreich haben es eben durchgegeben, es gibt ein Annäherungsverbot.«

»Aber Jessa hatte mir die Locke doch geben wollen«, stammelte Lasse. »Ich weiß nicht, wieso sie so schreien musste.«

Die beiden anderen Polizeibeamten warfen einander vielsagende Blicke zu, doch bevor einer von ihnen etwas sagen konnte, ermunterte die Polizistin ihn, endlich zu erzählen, was passiert war.

»Ich wollte Pauline um acht Uhr abends beim Strandeingang treffen. Vorher hatte ich ihr Muscheln abgekauft. Ein Herr hat uns zugesehen, er kann bezeugen, dass es stimmt. Er hatte selbst kurz mit ihr gesprochen und sich dann auf die Stufe einer der Hütten gesetzt und uns zugesehen. Er wird auch gehört haben, dass wir uns später treffen wollten.«

»Herr Berger, das tut nichts zur Sache, konzentrieren Sie sich und berichten Sie uns, was danach geschehen ist.«

Lasse kratzte sich am Kopf, wischte mit einem Taschentuch über seine feuchte Stirn und richtete den Blick auf seine Schuhe. »Ich habe in meinem Pensionszimmer eine Kleinigkeit zu Abend gegessen und dann das Eis für Pauline geholt, Himbeereis. Das hat sie am liebsten. Ich musste lange in der Schlange stehen und kam zu spät zum Treffpunkt. Am Strand war keine Pauline. Kein Kind, nirgends.«

»Das sollen wir glauben?«

»Es ist die Wahrheit.«

Lasse war beim Sprechen immer aufgeregter geworden, und heiß war ihm, so als säße er in der Sonne am Strand. Auf einmal fühlte er sich, als verließe das Blut seinen Körper, und ihm wurde ganz flau. Er atmete ein paarmal ruckartig ein und aus, rang dann nach Luft und fiel vornüber.

»Schnell, jemand soll einen Notarzt rufen und die Rettung!«

32

Pauline kroch auf allen vieren über den erdigen, unebenen Boden. Sie war auf der Suche nach Wasser. Vielleicht stand ja irgendwo noch eine zweite Flasche herum. Ihre Glieder schmerzten. Dort, wo sie gefesselt gewesen war, tat es weh, es brannte und stach. Ihre Zunge, überhaupt der ganze Mund bis zur Kehle hinunter fühlte sich ausgedörrt an, wie Sandpapier, und der Hals kratzte wie bei der Mandelentzündung, wegen der sie letztes Jahr zwei Wochen von der Schule zu Hause hatte bleiben müssen. Damals bekam sie eine ekelhafte Medizin von der Hausärztin, aber von Mama leckere Zitronenlimonade mit Honig.

Ach, wenn sie jetzt bloß einen Schluck davon trinken könnte! Vielleicht hatte sie Fieber?

Warum fand sie keine Tür?

War sie eingemauert?

Die Hitze im Raum war unerträglich, und sie fühlte sich benommen und ganz duselig im Kopf. Ihre Knie waren vom groben, sandigen Boden aufgescheuert und ihre Handflächen rissig und an einigen Stellen offen. Wenn sie daran leckte, konnte sie Blut und Erde schmecken.

Wo blieb denn bloß Lasse so lange?

Wie viel Zeit war überhaupt vergangen, seit sie ihn am Strand bei der Erfrischungshütte hatte treffen wollen?

Stunden?

Tage?

Sie hatte keinen Zeitbegriff mehr.

Ein überdimensional großes Himbeereis tauchte vor ihr auf

und weiter vorne eine Kiste Eistee. Sie wollte schon danach greifen, da erinnerte sie sich, dass sie im Sachunterricht etwas über Fata Morganas und andere Trugbilder gelernt hatten. Das hier war sicher so etwas.

Der Durst musste daran schuld sein, oder kam so etwas nur in der Wüste vor?

Wie lange konnte sie überhaupt ohne Wasser überleben? Und ohne Essen?

So ganz genau konnte sie sich nicht daran erinnern. Hätte sie bloß besser aufgepasst.

Voriges Jahr war sie von den Eltern einer Schulkollegin eingeladen worden, in den Sommerferien mit in ein Überlebenscamp zu fahren, aber sie hatte abgelehnt. Erstens mochte sie Katharina nicht so gern, und zweitens fand sie so einen Abenteuerurlaub anstrengend und gruselig. Wäre sie doch mitgefahren, dann wüsste sie jetzt sicher, was zu tun wäre, wie sie zum Beispiel an Flüssigkeit käme oder sich möglicherweise sogar befreien könnte.

Warum kam denn niemand?

Sie tastete fieberhaft die Wände ab, von ganz unten bis hinauf zum höchsten Punkt, den sie erreichen konnte. Da war nur die unebene, raue Mauer, an einigen Stelle ragten Steine hervor, an anderen waren ganze Stücke abgebröckelt.

Wäre ich ein kleiner Hund, würde ich jetzt bellen, wäre ich ein Kätzchen, würde ich miauen, dachte sie, kicherte und fühlte sich noch unheimlicher.

Schaurig hohl warfen die Wände das Echo ihres Lachens zurück, und Pauline erschrak.

Sie suchte nach ihrem Lager, konnte es nicht sofort finden und geriet in Panik.

So schnell sie konnte, krabbelte sie über den Boden und tastete unruhig nach der Matratze, ihr Atem ging stoßweise, und ihr Herz schlug ihr bis zum Hals. Es fühlte sich an wie ein Vogel, der im Käfig auf und ab flatterte.

Als sie das Lager schließlich gefunden hatte, krabbelte sie

erschöpft hinauf, rollte sich zusammen und begann leise zu wimmern.

Pauline öffnete den Mund, um »Hilfe!« zu schreien und nach ihren Eltern zu rufen, brachte aber keinen Ton heraus. Keinen einzigen, nicht einmal ein Krächzen.

Verzweifelt schloss sie die Augen und fiel irgendwann in einen unruhigen Schlaf.

33

Hannah und Friedrich hatten, während sie die Steckbriefe ihrer Tochter an die Türen und Tore von Grado hängten, ausführlich miteinander geredet, das erste Mal seit Martins Tod. Sie waren nebeneinander hergegangen, zuerst durch den Ort, dann entlang der Promenade.

Obwohl ihr Augenmerk auf die Suche nach Pauline gerichtet war, hatten sie nichts außer sich selbst wahrgenommen, keinen Menschen gesehen und auch nicht das Gekreische der Möwen über den grau schäumenden Wellenkämmen gehört.

Trotz des Schirmes, den Friedrich über sie beide gespannt hielt, waren sie innerhalb kürzester Zeit nass bis auf die Haut geworden.

Es war ihnen gelungen, sich nicht gegenseitig mit Vorwürfen zu überhäufen. Jeder von ihnen hatte, ohne zu zögern, seinen Teil der Schuld übernommen, und so hatten sie schließlich auch ihr gemeinsames Versagen erkennen können, dass nicht zuletzt in ihrer Unfähigkeit, nach Martins Tod miteinander zu reden, begründet lag.

»Lass uns Cappuccino oder Tee trinken, sonst verkühlen wir uns, und das bringt niemandem etwas.«

Im Laufschritt steuerten sie eine kleine Bar an. Friedrich bat die Bedienung um ein Handtuch und reichte es Hannah. »Hier, trockne dich ab, du bist ja pudelnass.«

Sie warf ihrem Mann einen überraschten Blick zu, so aufmerksam und liebevoll war er schon lange nicht mehr gewesen.

»Ach, Friedrich, warum haben wir beide es nicht geschafft?«

»Ich habe viel darüber nachgedacht, ich weiß es einfach nicht. Irgendwann hatte ich das Gefühl, dass wir an einem toten Punkt angelangt sind und kein Weg mehr zueinander führt.« Er lehnte sich auf dem unbequemen Stuhl weit zurück und verschränkte seine Arme vor der Brust.

»Wir haben uns doch so sehr geliebt. Weißt du, Friedrich, es gab Zeiten, da hätte ich nichts dringender gebraucht, als mit dir über Martin zu sprechen, über alles, was passiert ist.« Sie stockte. »Aber«, fuhr sie mit leiser Stimme fort, »ich konnte es nicht, sosehr ich mich auch bemüht habe. Immer wenn ich mir vornahm, unser Schweigen zu brechen, überkam mich die Angst, Martin dadurch endgültig zu verlieren, unwiderruflich.«

»Ach, Hannah«, sagte Friedrich zärtlich und streichelte behutsam ihre Hand, »glaubst du, wir schaffen es, wenn wir es noch mal ernsthaft versuchen? Um Paulines willen?«

Sie hatte seine Frage kommen sehen und schaute ihn mit einem traurigen Ausdruck in den Augen an. »Friedrich, wir können es nicht jemand anderem als uns selbst zuliebe noch mal miteinander versuchen. Und wir beide gehen doch schon längst in unterschiedliche Richtungen. Ich habe es nur nicht wahrhaben wollen, ich bin viel zu lange einer Illusion nachgejagt. Aber jetzt sehe ich es, und es tut fürchterlich weh, dass unsere Liebesbeziehung zu Ende ist. Doch es ist ein Fluss ohne Wiederkehr.«

Sie hielten sich lange Zeit an den Händen und schauten einander schweigend in die Augen. Dann gingen sie zurück ins Hotel. Traurig, aber auch erleichtert ob der schweren Entscheidung – und dankbar, sie gemeinsam getroffen zu haben.

34

»Das ist es.« Max sprang auf.

Lange Zeit hatte er einfach nur so dagesessen, auf dem Steinmäuerchen, und auf das tosende dunkle Meer hinausgeschaut.

Es regnete noch immer, und inzwischen hatten der Himmel, die Wellen und die Regentropfen ein und dieselbe Farbe angenommen. Alles war grau verhangen.

Weit draußen, wo sich sonst die Linie des Horizonts abhob, konnte Max den Übergang von Wolken und Meer nicht mehr ausmachen. Eine einzige düstere Masse drohte alles zu verschlingen. Möwen, Boote, wagemutige Kitesurfer und unvorsichtige Schwimmer, die sich ungeachtet des Risikos in die Fluten gestürzt hatten. Doch einige Unvernünftige gab es wohl immer.

Die Bojen und Flöße schaukelten wild auf dem Wasser, und der Wind war über den Tag heftiger geworden, wirbelte den Sand auf und verteilte ihn überall im Ort.

Seinen Pulli halb über den Kopf gezogen, rannte er zurück zum Hotel.

»Max?« Seine Mutter kam durch den Regen auf ihn zugelaufen. Das Wasser spritzte an ihren bunten Gummistiefeln hoch.

»Hannah, wo sind Papa und Florian?«

»Die sind auf die Polizeistation gegangen, um zu fragen, ob es etwas Neues gibt.«

»Shit, ich bräuchte jetzt sofort einen der beiden.«

»Sag mir, worum es geht. Vielleicht kann ich dir helfen?«

Max zögerte.

Typisch, nun hatte er auch noch seine Mutter am Hals.

»Na gut. Pauline ist mit Giancarlo einen Tag lang in der Lagune unterwegs gewesen. Vielleicht weiß der alte Fischer etwas? Ich muss ihn suchen. Aber da kannst du mir auch nicht helfen.«

Hannah packte ihren Sohn, der eben kehrtmachen und in

Richtung Hafen laufen wollte, fest am Arm und rief: »Wieso nicht? Vier Augen sehen mehr als zwei. Warte hier, ich hole nur schnell mein Regencape und dir einen trockenen Pullover und deine Windjacke!«

Und schon war sie weg.

Es dauerte nicht lange, bis sie Giancarlo gefunden hatten.

»Wie kann ich helfen?« Der Fischer mit dem wettergegerbten Gesicht und den grauen Locken konnte ihre Sprache besser verstehen als sie die seine.

»Giancarlo, du warst doch mit meiner Schwester in der Lagune. Bitte fahre mit uns den gleichen Weg ab.«

Max drückte Giancarlos schwielige Hand, doch der Fischer, der ihn kannte, seit er ein paar Monate alt war, warf seine Stirn in Falten und sagte dann unwirsch: »Das geht bei diesem Wetter nicht. Ausgeschlossen.«

»Bitte.« Hannah schien kurz nachzudenken und sagte mit leiser Stimme: »Egal, wie viel es kostet.«

Jetzt ist der alte Gauner sicher beleidigt, dachte Max. Jeder im Badeort wusste, dass er zwar überzogene Preise für seine Piratenfahrten verlangte, von irgendetwas musste der Alte schließlich leben, aber seinen Stolz wie eine Fackel vor sich hertrug.

»Es geht nicht um Geld, es ist zu gefährlich. Morgen vielleicht.«

Das hatte Hannah anständig verbockt. Hätte er sie bloß nicht mitgenommen.

Doch dann schnaufte der Alte verdrossen auf, und Max traute seinen Ohren nicht, als er ihn mit heiserer Stimme sagen hörte: »Für Sie, Signora Hannah, mache ich eine Ausnahme. Die Tränen einer Mutter machen mich hilflos.«

»Danke, danke, das vergesse ich Ihnen nie!« Hannah fiel Giancarlo um den Hals, und Max musste seine Hände in die Hosentaschen stecken, damit er sie nicht von ihm wegriss. Seine Mutter konnte so peinlich sein, dass es wehtat.

»Es ist gefährlich. Niemand darf mir einen Vorwurf machen,

wenn etwas passiert. Ich setze dabei auch mein Leben aufs Spiel, nicht nur eures.«

Max half Hannah ins Boot, und Giancarlo ließ den Motor aufjaulen.

Draußen auf dem Meer war es stürmisch, und der Fischer versuchte mit aller Kraft, den Kurs zu halten. Ringsum sprühte weißgraue Gischt, und die grüne Irokesenzacke peitschte Max ins Gesicht. Hannahs rote Fransen verdeckten ihre Augen, und Giancarlo hatte den Kragen seiner Öltuchjacke bis über die Ohren gezogen.

Der Wind heulte und sang sein eigenes Lied. Mitunter klammerte sich Hannah fest an Max, um nicht von ihm fortgetragen zu werden.

35

Obwohl sie unter großem Druck stand, versuchte Maddalena seit gestern Nacht immer wieder, Franjo zu erreichen. Doch ihr Verlobter hob nicht ab. Kurz war sie versucht, im Gasthaus anzurufen, doch die Vorstellung von Matejas Gesicht hielt sie davon ab.

Auf der Polizeistation war der Teufel los. Lasse Berger hatte den Verdacht gegen ihn nicht entkräften können, im Gegenteil. Er behauptete vehement, Pauline in Grado rein zufällig über den Weg gelaufen zu sein, doch die Ermittlungen der österreichischen Kollegen vor Ort hatten ergeben, dass der junge Mann eigentlich bei einem Almaufenthalt dabei sein sollte, zu dem er nicht erschienen war. Sein Vater wähnte ihn vergnügt in den Bergen wandernd und keineswegs an der Adria. Bergers Vorgeschichte tat ihr Übriges. Als Jugendlicher hatte er ein Mädchen fast skalpiert und zu Tode geherzt, und niemand, nicht seine Betreuerin, die ihn seit Langem kannte, nicht seine Ärzte und nicht einmal sein Vater, schien mit Sicherheit ausschließen zu können, dass etwas Ähnliches – womöglich ungewollt – wieder passierte. Lasse Berger könnte bei Pauline auf triebhafte Weise gehandelt und so ein Unglück herbeigeführt haben.

Wieder ließ sie es bei Franjo klingeln. Wieder ging er nicht ans Telefon.

Wie hatte sie sich nur so tief in diese unselige Geschichte verstricken können? Tomaso war gestern, nachdem er ihrem Verlobten absichtlich so anmaßend begegnet war, beleidigt gewesen, dass Franjo ihnen einen Strich durch den schönen Abend gemacht hatte. Daraufhin war es Maddalena leichtgefallen, ihn endgültig vor die Tür zu setzen.

»Das ist aber nicht dein Ernst?«, hatte er überheblich gefragt.

»Doch, es ist mehr als nur das. Ich hätte es dir schon viel früher sagen müssen. Das zwischen uns fühlt sich nicht richtig an.«

Und so, wie sie es gesagt hatte, meinte sie es auch. Nur bei Franjo hatte sie dieses besondere Gefühl, wirklich angekommen zu sein.

Entschlossen wischte sie den Gedanken an ihr kompliziertes Liebesleben zur Seite. Sie wurde in Scaramuzzas Büro erwartet. Der österreichische Kollege, Rosner, war endlich angekommen.

Auf ihr zögerliches Klopfen dröhnte Scaramuzza: »Herein, meine Beste.«

Maddalena bemerkte den Mann nicht sofort, da er im Gegenlicht vor dem Fenster stand. Helles Gleißen umflorte seine Gestalt.

»Commissaria.« Er kam auf sie zu und musterte sie gründlich von Kopf bis Fuß. Dann lächelte er amüsiert. »Gerade erst hier angefangen? Sie wirken noch sehr jung und, nichts für ungut, ein wenig unbedarft.«

Sie fühlte sich wie eine Schülerin an ihrem ersten Tag in einer renommierten Schule, die auf dem Schulhof stand und feststellte, dass sie die falsche Kleidung trug.

So ein impertinenter Kerl.

»Simon Rosner.«

Als wenn Maddalena das nicht wüsste.

Sie nickte kurz und biss ihre Zähne zusammen.

Neben dem Kollegen stand die Dolmetscherin, eine ältere Dame, deren Dienste mitunter auf der Dienststelle in Anspruch genommen wurden und die seit Lasse Bergers Verhaftung beinahe ununterbrochen hier war.

»Maddalena Degrassi. Nicht jeder kann schon vor der Pensionierung stehen«, entgegnete sie angriffslustig. Doch Rosner verzog nur spöttisch sein Gesicht, als belustigte ihn ihre Dreistigkeit.

Seine Augen blickten verhangen und waren von dunklen Ringen umschattet. Den ganzen Mann umgab eine trübe Aura, die von hellem Grau bis zum tiefsten Anthrazit reichte. Augen, Haare, Poloshirt, Jeans und Sneakers, alles war perfekt aufeinander abgestimmt. Grau in grau.

Litt der Mann unter Depressionen?

Scaramuzza schien die Spannung zwischen ihnen nicht aufzufallen, und wenn doch, dann beflügelte sie ihn. Vergnügt rieb er seine Hände. »Da wären wir also, bereit, staatenübergreifend zu arbeiten. So eine Vorgehensweise imponiert mir. Denn wenn nicht wir, wer sonst könnte diesen Fall lösen?«

Wie peinlich war das denn?

Maddalena schämte sich für ihren großspurigen Chef.

Rosner hingegen nahm keinen Anstoß an Scaramuzzas prahlerischer Ausdrucksweise. »Ich pflichte Ihnen bei. Diese Zusammenarbeit wird allerdings nur funktionieren, wenn alle, und ich meine wirklich *alle*, ihren Teil dazu beitragen.«

Hatte Maddalena sich verhört oder die Dolmetscherin Rosners Worte falsch übersetzt? War diese Frechheit von ihm gerade wirklich geäußert worden?

Diesen Inspektor mochte sie nicht, und sie würde ihn nie mögen, das stand für sie von der ersten Sekunde an fest.

»Ich wurde gebeten, mit Ihnen gemeinsam zu ermitteln. Schließlich handelt es sich bei dem vermissten Kind um eine

Österreicherin. Auch abgesehen von meiner Erfahrung musste ich kommen, da es nun Mal Usus ist.« Er musterte sie abschätzig.

Scaramuzza wedelte mit der Rechten in Maddalenas Richtung. »Degrassi, besorgen Sie Ihrem werten Kollegen doch bitte ein Hotelzimmer.«

Maddalena enthielt sich eines Kommentars.

»Es kann durchaus sein, dass ich …« Rosner zögerte und bedachte sie mit einem mitleidigen Blick. »Oder sagen wir mal salopp: wir … den Fall schneller lösen als gedacht. Dann werde ich maximal für ein, zwei Nächte hierbleiben.«

Jede verdammte Stunde, beschloss Maddalena, ist eine Stunde zu viel. Störrisch setzte sie sich vor Scaramuzzas Computer, den offensichtlichen Widerwillen ihres Chefs ignorierend, und klickte die aufgerufenen Seiten über Großwildjäger und ihre Beute weg.

Sie reservierte mit einem anzüglichen Lächeln ein Zimmer im schlechtesten Hotel im Ort.

»So, das hätten wir. Ihre Unterkunft befindet sich am Ende der Pineta. Der Fußweg bis zu uns führt am Meer entlang. Selbstverständlich kann einer meiner Mitarbeiter Sie auch mit dem Dienstwagen abholen.«

Rosner zog eine Augenbraue in die Höhe. »Das wird nicht nötig sein. Ich genieße die Freuden der Natur. Aber zuallererst möchte ich mit Lasse Berger sprechen. Und Ihr Angebot einer Dienstfahrt annehmend, bitte ich Sie, mich danach zum Hotel der Familie zu begleiten.«

»Nichts lieber als das«, entgegnete Maddalena mit säuerlicher Miene.

Angeber. Wichtigtuer, dachte sie. Fast hätte sie es ausgesprochen.

Wartete auf diesen elenden Mann etwa eine Frau daheim?

Arme Seele.

Zähneknirschend nahm sie den Kollegen unter ihre Fittiche und verließ mit ihm Scaramuzzas Büro.

»Wunderschöne Tiere hat Ihr Vorgesetzter in Afrika erlegt«, sagte der Kollege im Hinausgehen.

Diese Aussage besiegelte Maddalenas Beschluss, Rosner zu hassen.

36

Friedrich schreckte schweißüberströmt und mit heftig klopfendem Herzen aus einem unruhigen Mittagsschlaf hoch. Er blieb regungslos liegen, um das Geräusch auszumachen, das ihn geweckt hatte. Aber es war nichts zu hören bis auf das Trommeln in seiner Brust und den Regen, der weiterhin unermüdlich gegen die Scheiben klopfte.

Er sah sich im Zimmer um, gewöhnte sich langsam an das silbrig fließende Licht und setzte sich dann ruckartig auf.

Wo war er hier bloß gelandet? Das Bett neben ihm war kalt und leer, die Kissen feucht und zerwühlt.

Schlagartig fiel ihm alles wieder ein. Pauline war verschwunden. Er saß auf Hannahs Bett, das vor noch nicht allzu langer Zeit auch seines gewesen war, und erinnerte sich an das Gespräch mit ihr, das ihn seltsam erleichtert hatte. Wenigstens gab es jetzt endlich Klarheit zwischen ihnen, und er musste sich nicht mehr verstecken.

Nachdem er mit seinem Schwager von der Polizeistation zurückgekommen war, waren ihm vor Müdigkeit und Erschöpfung die Augen zugefallen. Sein Hals fühlte sich kratzig an, und er spürte eine Erkältung in sich aufsteigen.

Man hatte ihnen vorsichtig mitgeteilt, dass Lasse zwar verdächtigt werde, aber als Täter möglicherweise dennoch nicht in Frage käme. Man müsse weiter in alle Richtungen ermitteln. Da niemand eine Lösegeldforderung erhalten hatte, seien die Möglichkeiten allerdings begrenzt, und der Grund für Paulines Verschwinden blieb weiterhin im Dunkeln.

Für Florian und ihn hatte alles sehr verwirrend und undurchsichtig geklungen, und als sie dann auch noch hörten, die Polizei würde bereits konkrete Spuren verfolgen, glaubten beide nicht daran.

Sie waren sich einig gewesen, hingehalten worden zu sein, und eine große Enttäuschung und Mutlosigkeit hatte sich in ihnen Bahn gebrochen. Lustlos und erschöpft waren sie zurück ins Hotel gestapft.

Vor der Eingangstür hatten sie sich voneinander verabschiedet. Friedrich war allein hineingegangen, um Hannah und Max über das, was sie soeben erfahren hatten, zu unterrichten, Florian wollte noch einmal die andere Seite der Halbinsel absuchen, die Isola della Schiusa jenseits der Brücke.

An der Rezeption hatte Friedrich im Vorbeigehen eine Zeitung vom Stapel genommen. Überall lachte ihm das Gesicht seiner Tochter entgegen. Inzwischen hatten sie hier im Ort und wahrscheinlich auch in ganz Ober- und Mittelitalien traurige Berühmtheit erlangt.

Da er Hannah und Max in keinem der beiden Zimmer finden konnte, hatte er die Zeitung auf den Nachttisch und sich selbst auf das Bett gelegt und war erschöpft eingenickt. Jetzt griff er erneut danach und blätterte Seite um Seite um. Das Papier raschelte in seinen Händen, als er die Berichte und Artikel überflog.

Friedrichs Blick blieb an einer Unfallmeldung hängen, und er stockte.

War das auf dem Foto nicht die Stelle auf der Straße nach Grado, kurz bevor man auf den Damm fuhr? Da hatte es anständig gekracht, erinnerte er sich und sah wieder den schlaffen Arm von der Trage baumeln und den schwarzen Plastiksack.

Überall Obst und Gemüse, dachte er noch.

Friedrich vertiefte sich in den Artikel. Ein Todesopfer hatte es gegeben, eine deutsche Urlauberin, und zwei italienische Schwerverletzte.

Er bekam Gänsehaut, wenn er an die beiden Autos dachte,

die wie Blechdosen zusammengefaltet gewesen waren und ihn an eine Mülltrennanlage erinnerten.

»Furchtbar«, murmelte er und schüttelte sich.

Friedrich faltete die Zeitung zusammen und legte sie weg. Dann atmete er tief durch, stand auf und schleppte sich ins Badezimmer. Er überlegte gerade, wo Max und Hannah blieben, als sich auf einmal das Zimmer um ihn zu drehen begann und die Wände auf ihn zuwankten. Friedrich sah viele kleine Sternchen vor seinen Augen auf und ab tanzen, und dann musste er sich schnell auf den Rand der Badewanne setzen, um nicht umzukippen.

Er bekam ganz sicher eine Erkältung. Die Nase kribbelte, und er fühlte sich schwach. Er drehte sich zum Waschbecken und hielt seine Handgelenke unter das eiskalte Wasser.

Langsam wurde er wieder klarer im Kopf, und noch bevor er sich unter die Dusche stellte, tat er etwas, das er zuletzt als Kind getan hatte.

Er kniete nieder und betete zu einem Gott, an den er schon lange nicht mehr glaubte.

Inständig beschwor er ihn, Paulines Leben zu schützen.

37

Hannah hatte große Angst.

Aber keine Angst konnte so schlimm sein wie die Furcht um Pauline.

Das Piratenboot schaukelte wie eine Nussschale auf den Wellen. Der Wind peitschte den Regen in ihre Gesichter, und ihre Kappen waren schon längst davongeflogen. Nur Giancarlo trug noch immer seinen gelben Regenhut.

Max kauerte in einer Ecke und schützte sein Gesicht mit den Händen vor der salzigen Gischt.

Giancarlo schrie ihnen zu, dass sie nun das offene Meer verließen und in den Canale di San Pietro d'Orio einbogen. Dort sollte es etwas windgeschützter sein. Doch auch hier türmten sich die Wellen hoch auf, und das Salzwasser spritzte von allen Seiten ins Boot.

Während der Regen silberne Schnüre in die dunkelgrauen Wolkenbänke malte, brachten einzelne Sturmbojen das ehemalige Fischerboot fast zum Kentern. Schreiend hielten sich Max und Hannah an den Holzbänken fest, und der alte Fischer grinste verbissen.

Sie passierten eine weiße Madonnenstatue, die auf einem Lagunenpfahl hoch über ihres und alle anderen Boote hinausragte. Hannah sah, wie sich Giancarlo bekreuzigte, und aus einem inneren Zwang heraus tat sie es ihm nach.

»Hannah!« Max verdrehte seine Augen, bis sie nur noch das Weiße sehen konnte.

»Junger Mann, deine Mutter tut das Richtige. Die Madonnina del mare wird uns beschützen.«

Seine Worte drangen kaum durch das Heulen des Windes, so laut brauste es um sie herum. Ein unkontrollierbares Kichern stieg in Hannah hoch, sie bemühte sich, es zurückzuhalten, doch es perlte wie glitzernde, glucksende Kohlensäure in ihrer Kehle und kitzelte sie, bis sie laut zu prusten begann. Dann durchkreuzten sie auch schon die Überschwemmungsinseln und die kleinere San Pietro d'Orio.

Hannah wusste selbst, dass ihr Gelächter Ausdruck ihrer großen Anspannung war. Sie vermutete irgendeine Art hysterische Entladung dahinter, die ihr helfen sollte, mit der Situation besser klarzukommen, dennoch schämte sie sich dafür. Auf keinen Fall wollte sie Giancarlo, der nur zu helfen versuchte, beleidigen.

»Danke, Giancarlo, grazie, für alles!«

Sommer für Sommer hatten sie mit dem alten Fischer in seinem Piratenboot, dessen Segel er selbst genäht und bemalt hatte, die Lagune in westlicher und östlicher Himmelsrichtung erkundet. Hannah war von den römischen und frühchristlichen

Ausgrabungsresten begeistert gewesen. Max und Pauline hatten hier die unterschiedlichsten Fische, Vögel und Pflanzen entdeckt, Ratespiele gemacht und sich gegenseitig geärgert, wenn einer etwas nicht wusste. Aber das war, bevor Max beschlossen hatte, ein Punk zu werden.

Hannahs Magen hob sich leicht, und sie atmete tief durch, das Lachen war ihr inzwischen wieder vergangen. Wilden Seegang hatte sie noch nie gut vertragen. Jetzt schipperten sie schon durch den nächsten Kanal.

Max rief ihr etwas zu, das sie nicht verstand. Er zeigte aufs Meer und beugte sich so weit über den Bootsrand, dass er bedrohlich zu schwanken begann. Giancarlo gelang es gerade noch, ihn am Zipfel seiner Jacke zu erwischen.

»Unterschätz die Gewalt der Wellen nicht!«, schrie er.

»Was ist, wenn jemand Pauline auf eine der kleinen Inseln verschleppt hat? Da vorne, in einer der Hütten, könnte sie doch sein?«

Es schien, als wollte Max jeden Moment in Tränen ausbrechen. Hannahs Herz zog sich schmerzhaft zusammen.

»Nein, die ›Casones‹ sind alle, jedes einzelne Häuschen, von der Polizei abgesucht worden. Das weiß ich, weil einige der anderen Fischer dabei mitgeholfen haben.«

Hannah schrie nun ebenfalls gegen das Dröhnen des Windes an, und ihre Stimme überschlug sich vor Aufregung. »Aber wenn doch schon alles abgesucht wurde, warum machen wir dann diese Tour?«

»Weil wir nichts übersehen und nichts dem Zufall überlassen wollen!«, hörte sie Max brüllen.

Inzwischen näherten sie sich dem Festland, konnten schon die Flussmündung sehen.

Der Regen peitschte mit unverminderter Kraft auf sie nieder, Sträucher und Bäume am Ufer bogen sich, und weiße Gischt flog über das aufgewühlte Wasser hinweg weit ins Land hinein.

Durch einen schmalen Kanal erreichten sie schließlich durchnässt und zitternd das Festland von Aquileia und machten wenige Meter neben einem anderen Boot fest. Hier wollten sie auf Giancarlos Anraten hin eine kurze Pause einlegen, vielleicht einen Schluck heißen Kaffee trinken und etwas essen, falls sie einen Bissen hinunterbrachten. Hannah wusste gar nicht, wann sie das letzte Mal feste Nahrung zu sich genommen hatte.

Max half Hannah beim Aussteigen. Sie klammerten sich aneinander. Hannah stolperte, und wenn Max sie nicht festgehalten hätte, wäre sie gefallen. Sie fühlte sich mit einem Mal seltsam schwerelos und wie in Watte gepackt.

»Ein Cappuccino wird deiner Mutter guttun und uns auch.« Giancarlo wollte sie zur nächsten Bar lotsen, die einem seiner Freunde gehörte und etwa hundert Meter entfernt im Landesinneren lag.

Doch Hannah, die sich in einem merkwürdigen Ausnahmezustand befand, machte auf einmal kehrt und zog die beiden zielstrebig den schlammigen Weg zum Boot zurück.

»Alter, Hannah, was soll denn das?«, ereiferte sich Max, doch Giancarlo fügte sich in das Unausweichliche.

»La forza delle donne«, murmelte er.

»Jetzt steh nicht so da, sondern hilf mir ins Boot.« Sie packte ihren Sohn am Ärmel.

Max sah sie erstaunt an, und da war Hannah auch schon über die Reling gesprungen.

»Unser Schiff ist das andere, Signora Hannah, das hier ist das falsche.«

»Weiß ich doch!«, schrie sie. »Aber irgendetwas sagt mir, ich soll mich hier umsehen. Ich durchsuche nur schnell das Boot.«

Der Regen und auch der Sturm hatten jetzt etwas nachgelassen, und es roch nach Pinien und frischem Rosmarin.

Max und Giancarlo standen ein wenig sprachlos auf der Anlegestelle und sahen Hannah zu, die in jede Ecke des Bootes schaute. Schließlich schüttelte sie enttäuscht den Kopf.

Als sie schon wieder halb auf dem Steg war und Max und Giancarlo ihr gleichzeitig die Hände entgegenstreckten, drehte sich Hannah noch einmal um und schrie laut auf. Sie warf sich auf den Schiffsboden, ihre Finger bohrten sich ins Holz, und dann hielt sie etwas in die Höhe.

»Max, sieh nur! Mein Gefühl hat mich nicht getrogen. Ich habe das Sorgenpüppchen gefunden. Es gehört Pauline!«

Mit einem Satz war ihr Sohn bei ihr auf dem Boot, gefolgt von Giancarlo, und alle drei betrachteten stumm Paulines Maskottchen.

Max fing zu weinen an. Hannah nahm ihn fest in den Arm. Giancarlo bat um ein Handy und verständigte die Polizei.

38

»Gleich wird es läuten, und dann haben wir endlich Pause. Soll ich dir was von meinem Salamibrot und von meinem Kakao abgeben?«

Hatte Niki das gerade wirklich gesagt, oder war es nur wieder ein Traum?

Beim Gedanken an die leckeren Pausenbrote lief Pauline das Wasser im Mund zusammen. Nur dass sie jetzt nicht einmal mehr Spucke im Mund hatte, so ausgedörrt und trocken war sie. Ihre Kehle war vor Durst ganz wund und brannte wie Feuer.

Pauline versuchte, sich aufzusetzen, aber sie war zu schwach. Sie fiel in einen unruhigen Halbschlaf, aus dem sie immer wieder aufschreckte. Heiß war ihr inzwischen auch nicht mehr, sie wurde vielmehr vor Kälte geschüttelt, und ihre Zähne klapperten.

Ach Niki. Ob er wohl schon mit seinen Eltern auf der Alm war? Dort war es schön, einmal hatte sie mitfahren dürfen. Es gab Schafe und Ziegen, und manchmal konnte man auch Rehe sehen und Hasen. Aber am allermeisten hatte ihr das Bächlein gefallen. Niki und sie ließen Boote aus Rinde darauf tanzen, und das Wasser war so frisch, dass man es sogar trinken konnte.

Am Abend hatte es Milch gegeben. Andauernd fielen ihr Getränke ein.

Am liebsten hätte sie sich in den Arm gebissen und ihr eigenes Blut getrunken, so durstig war sie.

»Nein«, krächzte sie, »das ist eklig.«

Niki trank jetzt sicher Bananenmilch oder ein großes Glas Himbeersoda und Max heiße Schokolade.

Ob Papa wohl auch nach ihr suchte?

39

Friedrich sollte seine Familie auf der Polizeistation von Aquileia treffen.

»Familie«, murmelte er, »ohne das Baby und Pauline sind wir ohnehin keine mehr.« Er rieb sich die brennenden Augen. Dann strich er über seine Wange. Die Haut spannte und fühlte sich trocken an, außerdem piksten die Bartstoppeln. Er hatte sich schon seit Tagen nicht mehr rasiert.

»Was hast du gesagt?« Sein Schwager drehte sich fragend zu ihm um.

»Nichts, gar nichts, ich habe nur laut gedacht.«

Florian nickte und zog sich die Kapuze seiner grauen Windjacke über den Kopf. »Es ist jetzt sicher nicht der richtige Moment, Friedrich, aber ich wollte dir sagen, dass wir Freunde bleiben, auch wenn meine Schwester und du euch trennen solltet.«

»Florian«, sagte Friedrich mit heiserer Stimme. »Wir werden uns nicht trennen. Aber danke.«

»Wie auch immer, ich wollte nur, dass du das weißt.«

Friedrich zog seinen Schwager kurz an sich, drückte ihn und wandte sich dann ab, um seine Tränen zu verbergen.

Einerseits war er froh, dass er sich endlich mit Hannah ausgesprochen hatte, andererseits war da so eine Leere in ihm.

Aber all das wurde überschattet von einem heißen, nagenden Gefühl unmittelbarer Gefahr.

Wo war seine Tochter?

Was würde er gleich zu hören bekommen?

Wusste man etwas Neues?

Schweigend gingen sie nebeneinander den Weg entlang, und Friedrich kickte wütend ein paar Steine vor sich her.

Noch ehe sie die Polizeistation erreichten, hörten sie auch schon Max' Stimme.

»Wo wart ihr so lange? Kommt schnell herein!« Zusammen mit Hannah eilte er die Außentreppe hinunter, dass die Holzplanken unter ihren schnellen Schritten vibrierten. Auch Giancarlo, der alte Fischer, stand oben und winkte ihnen zu.

Alle begannen gleichzeitig zu reden, es war kaum ein Satz zu verstehen.

»Mama hat Paulines Sorgenpüppchen gefunden!«

»Das gibt es doch nicht! Wie ist es dazu gekommen? Seid ihr sicher, dass es ihres ist? Erzählt!« Friedrichs Magen krampfte sich zusammen.

»Was habt ihr gefunden?« Florian blickte verwirrt von einem zum anderen, und Max erklärte ihm schnell, was ein »Sorgenpüppchen« war und dass Pauline ihres überall mit sich herumschleppte.

»Und auf welchem Schiff habt ihr es gefunden? Warum wart ihr überhaupt dort?«

»Mama hatte eine Eingebung. Manchmal hat sie fixe Ideen und lässt sich durch nichts davon abbringen. Wir wissen noch nicht, wem es gehört. Sie suchen gerade nach dem Bootsbesitzer.«

»Was noch?«

»Aber das reicht doch fürs Erste. Kommt mit.«

Friedrich und Florian wurden die Außentreppe hinauf- und in die Polizeidienststelle hineingezogen.

Es ging hier zu wie in einem Bienenstock. Telefone klingelten, Faxgeräte surrten, und Computer gaben bei jeder hereinkommenden E-Mail schrille Töne von sich. Auch hier sprachen alle durcheinander, riefen sich auf Italienisch Unverständliches zu, raschelten mit Papier, blätterten aufgeregt in Listen, zogen Aktenordner aus langen Regalen, stießen Flüche aus, und irgendeiner der Polizisten bot ihnen zwischendurch Platz an.

Friedrich konnte die wohlklingende Stimme der Commissaria aus dem Lärm herausfiltern und sah sie mit einem Kugelschreiber einen nervösen Rhythmus auf die Arbeitsfläche eines Schreibtisches klopfen. Immer wieder runzelte sie die Stirn, kratzte sich hinter dem Ohr und sprach beschwörend in ihr Handy.

Der österreichische Inspektor sei mit den italienischen Kollegen im Gelände unterwegs, erklärte man ihnen, woraufhin Giancarlo, nachdem er sich einige Male umgeblickt hatte, als suchte er den richtigen Ansprechpartner, achselzuckend auf die Commissaria zuging und schnell und unverständlich auf sie einzureden begann.

Maddalena Degrassi beendete ihr Telefonat unwillig und wandte sich mürrisch dem Störenfried zu. Der Alte ließ sich davon nicht abhalten, sprach eindringlich auf sie ein, hielt zwischendurch inne und schüttelte den Kopf. Dann sagte er einige Zeit gar nichts, sondern lauschte mit höchster Konzentration der Commissaria.

Im Moment, erklärte er den Wildners anschließend, suche man fieberhaft nach dem Besitzer des Bootes. Man vermutete, dass es möglicherweise gemietet worden war und Pauline vielleicht ganz in der Nähe festgehalten wurde. Deshalb habe man die Einsatzzentrale kurzerhand hierher verlegt. Die Spurensicherung sei inzwischen am Kanal eingetroffen und untersuche das Boot, auf dem Hannah das Sorgenpüppchen gefunden hatte.

Friedrich sah, wie Hannah auf ihrem Stuhl zitterte. Er beugte sich zu ihr hinüber und streichelte ihre kühle, feuchte Wange. »Hannah, dass du das Sorgenpüppchen entdeckt hast, ist einfach großartig!«

»Ach, Friedrich, wenn wir sie doch nur finden könnten. Wo ist unser Mädchen? Es darf ihr nichts passieren.«

Sie blickte ihn mit verweinten Augen an.

Max, der die ganze Zeit über schweigend in einer Ecke lehnte, war ganz blass. Er sah aus, als würde er angestrengt über etwas nachdenken.

»Max«, hob Friedrich an, wurde aber von einem lauten Schrei unterbrochen.

»Mama, Papa, Florian, ich weiß jetzt, dass Lasse es nicht war! An jenem Abend habe ich den Strand nach ihr abgesucht. Bei der Bar gegenüber dem Eingang bin ich fast auf einem Eis ausgerutscht. Das war sicher das von Pauline, denn es war rot, und Lasse hat sie doch dort treffen wollen. Aber als er hinkam, sagte er, da war sie schon weg. Und das muss stimmen. Er sagt die Wahrheit, denn Pauline hätte ihr Himbeereis ganz sicher niemals auf den Boden geschmissen, sondern aufgegessen, ehe sie mit ihm mitgegangen wäre. Es ist ihr Lieblingseis. Also muss sie entführt worden sein, bevor Lasse kam.«

Sofort übersetzte Giancarlo das der Commissaria, woraufhin der Lärm im Zimmer deutlich zunahm.

»Gut kombiniert, Max. Wahrscheinlich ist sie von dort auf das Boot verschleppt worden, und als Lasse schließlich mit dem Himbeereis kam, war sie nicht mehr am Treffpunkt«, sagte Florian und klopfte seinem Neffen anerkennend auf die Schulter. »Und Lasse hat vor Schreck, Kummer oder was auch immer das Eis einfach fallen lassen und ist davongelaufen.«

Die Tür wurde aufgerissen, und ein Luftzug wirbelte nasse Blätter und Nadeln in den Raum.

Mehrere Polizisten stürmten herein, und es wurde mit einem Mal völlig still im Büro.

»Das ist der österreichische Inspektor«, sagte Max und wies auf den mit einer grauen Windjacke und grauen Jeans bekleideten Mann, der die Gruppe anführte.

Simon Rosner steuerte direkt auf sie zu. »Es gibt Neuigkeiten, aber ich muss Sie darauf vorbereiten, dass es keine guten sind.«

Hannah schrie auf. »Ist meine Tochter gefunden worden? Ich möchte die Wahrheit wissen, jetzt sofort.«

»Nein.« Rosner legte ihr begütigend seine Hand auf die Schulter, und die italienische Commissaria machte einen Schritt auf sie zu. »Nein, das ist es nicht. Aber wir wissen jetzt, wem das Boot gehört.«

»Das ist doch gut, Hannah, da sind wir einen großen Schritt weiter«, sagte Friedrich, um sie zu beruhigen.

»Nun, ganz so einfach ist es leider nicht.«

Rosner wechselte einen kurzen, ernsten Blick mit seiner Kollegin, setzte sich, strich umständlich seine Hose glatt und begann dann zu erklären, worum es ging.

40

Niki saß im Hof. Er lehnte an aufgetürmten Kissen auf der Liege, die ihm seine Mutter fürsorglich hingestellt hatte. Sein Bauch tat ihm weh, die Operationswunde war in der kurzen Zeit natürlich noch nicht verheilt, aber das machte ihm nichts aus.

Er hatte so lange gebettelt, bis er früher als geplant das Krankenhaus verlassen durfte.

Es hatte zu regnen aufgehört, und innerhalb kürzester Zeit waren das Gras und die Blätter wieder trocken geworden und die Luft warm. Außer ihm war niemand da. Das passte ihm gar nicht, denn er hätte den anderen Kindern gern von seiner Operation erzählt und sich ein wenig bemitleiden lassen.

Nun war es wie bei Tick, Trick und Track, bloß hatte seine überbesorgte Mutter und nicht Onkel Donald ihm frisch ausgepresste Zitronenlimonade gebracht, aber leider, wegen der Operation, keine Schokoladenkekse. Sogar eine Fliegenklatsche gegen die lästigen Wespen und Mücken hatte sie ihm dagelassen und einen Riesenstapel neuer Comics. Obwohl er im Schatten lag, trug er zur Sicherheit eine Baseballkappe, und auf seinen Beinen lag eine leichte Baumwolldecke.

Er war bestens ausgerüstet und hätte nun eigentlich in Ruhe zu lesen beginnen können. Aber Niki konnte sich nicht konzentrieren. Immer starrte er auf dieselbe Seite.

Irgendwann fiel ihm das Heftchen aus der Hand, und er schreckte hoch. Er war in Gedanken bei Pauline gewesen und darüber vielleicht auch ein wenig eingenickt.

Noch nie in seinem ganzen Leben hatte er sich um einen anderen Menschen so große Sorgen gemacht. Eines wusste er sicher, wenn seiner Freundin etwas passiert war, würde er nie wieder lachen können und wie ein Einsiedler in den Wald ziehen.

Irgendwo schlug eine Tür. Niki sah hoch, als ein Schatten auf seinen Comic fiel. Joey stand vor ihm und hielt ihm einen Pfefferminzkaugummi unter die Nase.

»Möchtest du?«

Niki richtete sich auf und griff nach dem Kaugummi. Während er den Streifen aus dem raschelnden Silberpapier wickelte und ihn sich quer in den Mund schob, grinste er Joey an.

»Na, du Breitmaulfrosch?« Sie lachte und setzte sich zu ihm auf die Liege. »Dir geht es wohl schon etwas besser?«

»Joey, hast du Lasse gesehen?« Niki schaute sie beschwörend und ein wenig ängstlich an.

»Nein, Kleiner, der ist sicher noch im Krankenhaus in Italien. Er hat beim Verhör schlappgemacht. Max hat es mir erzählt. Er hat mich extra angerufen«, sagte sie stolz.

»Ich fürchte mich vor ihm, weil er sicher böse auf mich ist.«

»Aber Niki, du kannst doch nichts dafür, dass der alte Spanner Pauline nachgefahren ist und ihr die Haare abschneiden wollte.« Joey schüttelte entrüstet den Kopf, und ihre rosa Strähne wippte auf und ab.

»Ja, schon, aber …«

»Hör auf, dir Sorgen zu machen, und vergiss das Ganze. Sei lieber froh, dass du der Polizei helfen konntest.«

»Joey, eigentlich ist Lasse ja ein armer Spinner und kein Spanner, oder? Etwas richtig Schlimmes, außer dass er diesem Mädchen eine Glatze rasiert hat, ist doch nie passiert?«

»Hast schon recht, trotzdem ist er unheimlich und gehört in Therapie.«

»Stimmt schon, und er hat uns immer beobachtet und so komisch geredet und alle Vögel nachgemacht. Er ist gar kein Zauberer, ist doch wahr?« Niki beugte sich zu Joey vor und schlang seine Arme um ihren Hals. Dann sagte er ihr ganz leise ins Ohr, dass er am liebsten in Grado wäre, bei Pauline, und beim Suchen mithelfen würde.

»Ich auch«, wisperte Joey und dachte an Max.

Sie erzählte Niki, dass sie oft mit Max telefonierte und sie jetzt gute Freunde wären. Dabei lächelte sie, und die Sonnenstrahlen tanzten auf ihrer Nase. Niki knuffte sie in die Seite und quietschte.

»Punker-Max und Pinkhaar-Joey, das ist mega.«

Sie zog ihn am Ohr und kicherte. »Werde bloß nicht frech, bist jetzt wohl unter die Dichter gegangen, was? Und nein, der blöde Lasse ist natürlich kein Zauberer. Vor dem brauchst du dich nicht zu fürchten.«

Niki atmete aus. »Du, Joey. Ich meine das wirklich so. Wir sollten nach Grado fahren.«

Bevor die erstaunte Joey etwas antworten konnte, rief Frau Gold vom anderen Ende des Hofes: »Niki, das Essen ist gleich fertig!«

»Mama!«, rief Niki zurück. »Bitte komm, ich muss dich etwas Wichtiges fragen.«

Seine Mutter kam auf sie zu. »Hallo, Joey.«

»Guten Tag«, grüßte Joey freundlich und stand auf.

Frau Gold zupfte an Nikis Decke und befühlte seine Stirn. »Etwas heiß. Du wirst doch kein Fieber haben?«

»Hör auf, ich bin kein Baby«, empörte er sich. »Mir geht es gut, und ich habe eine Bitte. Eine ganz große Bitte.«

»Mach es nicht so spannend. Sag schon, worum es geht. Eis bekommst du keines, dazu ist es noch zu früh.«

»Joey, bleib da und hör bitte zu.« Niki hatte sich aufgerichtet und ihre Hand genommen.

»Du kannst gern mit uns essen, Joey. Es gibt Sommersalat mit Putenstreifen«, sagte seine Mutter und warf der mageren Joey einen mitleidigen Blick zu.

»Bitte, Mama, fahr mit mir nach Grado, und Joey soll auch dabei sein.«

Frau Gold setzte zu einer raschen Antwort an, hielt dann aber inne. Sie sagte eine Weile gar nichts, runzelte nachdenklich ihre gebräunte Stirn und strich einige Male über die Falten ihres bunten Sommerkleides.

»Sag schon, Mama, was ist? Fahren wir? Es ist ganz wichtig und mein größter, mein allerallergrößter Wunsch für Weihnachten, Ostern und Geburtstag zusammen.«

»Warum eigentlich nicht? Nach dem Mittagessen packen wir rasch ein paar Sachen und fahren los.«

Niki war überrascht, als er seine Mutter das sagen hörte. Spontaneität war sonst nicht ihre Stärke. Aber wenn das der Herzenswunsch ihres kleinen Sohnes war und sie ihm damit eine Freude machen konnte, was sprach dagegen? Sie waren diese Woche ohnehin allein zu Hause, da Nikis Papa geschäftlich in Wien zu tun hatte, da konnten sie auch für ein oder zwei Tage nach Grado fahren.

Außerdem konnte sie Paulines Eltern vielleicht etwas unterstützen.

Niki jubelte begeistert: »Danke! Du bist die beste Mama auf der ganzen Welt!«

»Joey, wir nehmen dich gern mit, wenn du möchtest. Frag deine Eltern, ob du darfst.« Frau Gold streichelte über Nikis verstrubbelte Haare und lächelte Joey zu, die vor Aufregung rote Flecken auf ihren Wangen bekommen hatte.

»Mache ich, danke!«, schrie sie und stürmte davon.

»Vielleicht«, sagte Niki und schmiegte sich an seine Mutter, »vielleicht finden wir Pauline?«

41

Rote Ameisen krochen über Paulines Gesicht, ganze Straßen überquerten ihre rechte Wange. Einzelne Biester fanden den Weg ihren Hals entlang unter ihr Shirt. Als sie zu beißen begannen, wollte sie »Au!« schreien, brachte aber keinen Ton heraus. Sie konnte sich nicht mehr bewegen und die Tiere abschütteln, dazu war sie inzwischen viel zu schwach.

Lebe ich noch, fragte sie sich.

Über sich sah sie ein langes silberfarbenes Seil baumeln. Sie öffnete ihre trockenen, verkrusteten Augen richtig und erkannte, dass es bloß ein fein gesponnener Faden war, an dem eine fette, hin und her schwankende Spinne hing, die sich ihr bedrohlich näherte. Schnell schloss Pauline ihre Augen wieder.

In ihren Ohren summte es laut.

Auf einmal war ihr, als läge sie am Strand, im nassen Sand, wo die kleinen Wellen sie umspülten. Wieder spürte sie das warme Meerwasser, das ihren ganzen Körper einhüllte, nur ihr Gesicht blieb trocken.

Dann kam eine besonders große Woge und nahm sie mit, trug sie ins offene Meer hinaus. Pauline ließ sich von den Wellen treiben, und die Mittagssonne brannte heiß auf ihrem Gesicht.

Endlich war ihr wieder warm, auch das Zittern hatte aufgehört. Ein paar kleine goldene Fische schwammen um sie herum, während sie sich glücklich und geborgen fühlte.

Irgendwo weit draußen meinte sie, Martins niedliches Gesicht zu erkennen. Jetzt konnte ihr nichts mehr geschehen.

Als sie bereits weit hinter der Warntafel für Nichtschwimmer war, erreichte die Spinne schließlich ihren Hals. Sie landete auf Paulines Haut und biss kräftig zu.

Pauline konnte den Schmerz nicht mehr spüren. Sie war in eine tiefe Bewusstlosigkeit gefallen.

42

Zuerst hatte Hannah aufmerksam zugehört und dabei fest die Hand ihres Bruders gedrückt, während Friedrich Zwischenfragen stellte.

Max, der noch blasser war als zuvor, stand in einer Ecke des Büros. Als Rosner geendet hatte, quetschte er lautstark die leere Coladose, die er in der Hand hielt, zusammen.

Hannah hielt sich ihre schmerzenden Ohren zu, und als sie der darauffolgenden Stille gewahr wurde, verstand sie mit einem Mal, was das alles bedeutete. Sie versuchte, die aufsteigende Panik zu unterdrücken und ihre Stimme unter Kontrolle zu bekommen.

»Ihr wisst doch, was das heißt?«

»Hannah, das muss es nicht bedeuten. Liebes, du darfst nicht gleich das Schlimmste annehmen.« Friedrich warf ihr einen gequälten Blick zu.

Hannah sprang auf und riss ihren Bruder mit einem Ruck von dessen Stuhl hoch. »Kapiert doch endlich, es geht um jede Minute!«

»Was soll ich denn machen? Wohin willst du?« Florian griff nach Hannahs Hand, aber sie wehrte ihn ab. In ihrer Faust hielt sie das Sorgenpüppchen fest umschlossen. Seit man es ihr zurückgegeben hatte, war sie nicht zu überreden gewesen, es wieder herauszurücken.

»Frau Wildner.« Der Inspektor war aufgestanden. »Bitte setzen Sie sich wieder. Das bringt doch nichts. Wir müssen in aller Ruhe die weiteren Schritte planen, dürfen jetzt nichts Unüberlegtes tun.«

Wie in Trance ließ sich Hannah wieder auf ihren Stuhl sinken, und Florian tat es ihr nach.

»Ich verstehe das nicht. Sie sagten doch, dass diese Deutsche, die das Boot gemietet hatte, gestern bei einem Unfall getötet wurde. Dann sollten wir jetzt sofort in ihre Unterkunft fahren, denn dort muss meine Tochter sein.« Hannah hielt inne und schlug entsetzt ihre Hand vor den Mund. »Wenn sie nicht inzwischen verhungert und verdurstet ist.«

Friedrich und Florian waren aufgesprungen und standen jetzt vor Hannah.

»Das kannst du nicht wissen, vielleicht hat sie genug Vorräte«, sagte Friedrich.

»Ich brauche einen Whiskey!«, schrie Hannah und begann, mit ihren Fäusten auf die Tischplatte zu hämmern.

»Niemand darf meiner Mutter Alkohol geben«, sagte Max leise und baute sich drohend vor seinem Vater auf.

Florian zog seinen Neffen sachte beiseite und redete beruhigend auf ihn ein.

»Frau Wildner«, Inspektor Rosner legte seine Hand auf Hannahs Arm, »selbstverständlich haben wir all das auch schon längst bedacht.«

»Na, herzlichen Dank«, fuhr sie ihm spöttisch ins Wort. »Freut mich außerordentlich zu hören, dass auch Sie mitdenken. Aber hören Sie auf, uns für blöde zu verkaufen. Mein Mann und mein Bruder lassen sich das ja anscheinend von Ihnen gefallen. Ich ganz sicher nicht.«

Inspektor Rosner ließ sich nicht aus der Ruhe bringen. »Ich kann Sie gut verstehen, denn ich würde an Ihrer Stelle nicht anders reagieren. Aber bitte glauben Sie mir, dass wir bereits alles unternommen haben und weiter unternehmen werden, um Ihr Töchterchen zu finden.«

Hannah verschränkte ihre Arme auf dem Tisch, legte ihr Gesicht darauf und begann laut zu weinen.

Giancarlo fragte an Friedrich gewandt, ob er einen Arzt holen solle. Friedrich schüttelte stumm den Kopf.

Florian war neben Hannah getreten. Er knetete unbeholfen die Schultern seiner Schwester und murmelte: »Hannah, Hannah, bitte rege dich nicht so auf. Wir finden sie«, woraufhin sie sich zu ihm umdrehte, ausholte und ihm eine schallende Ohrfeige verpasste.

»Kleiner, hör sofort auf, mich zu besänftigen. Pauline wird

bald verdurstet sein, wenn wir sie nicht schnell finden. Tu etwas, und zwar sofort.«

Alle begannen hektisch durcheinanderzureden, und Hannah klammerte sich an Friedrich. »So unternimm doch du endlich etwas, wenn schon die Polizei nichts tut.«

Als sie Friedrichs ratloses Gesicht sah, drehte sie sich zu ihrem Bruder um, der seine feuerrote Backe im Spiegel betrachtete, und lachte unter Tränen. »Tut mir leid, Kleiner.«

»Schon okay und vergessen, Große.«

»Frau Wildner, die Unterkunft des Unfallopfers wurde bereits durchsucht. Als die italienische Polizei in das gemietete Haus kam, war niemand dort. Wir haben alles Nötige unternommen.«

Friedrich, der nun ebenfalls käseweiß war, wandte sich an den Inspektor. »War die Deutsche denn vorbestraft? Was wissen Sie über sie?«

»Auch hier muss ich Sie leider enttäuschen, es ist nichts dergleichen bekannt, sie wurde nie auffällig, ist polizeilich nicht registriert. Beatrix Huber war nach Auskunft ihrer Nachbarn eine Einzelgängerin, ohne Familie und Freunde. Sie arbeitete als Bankkauffrau. Die deutschen Kollegen haben auch mit ihren Arbeitskollegen gesprochen, sie beschrieben sie als freundlich und unauffällig. Es tut mir leid, Ihnen sagen zu müssen, dass die Entführung Ihrer Tochter aller Wahrscheinlichkeit nach eine Zufallstat war.«

»Das heißt im Klartext«, sagte Hannah unter Schluchzen, »dass wir nicht ausreichend auf unser Kind aufgepasst haben.« Sie griff nach den beiden Brausetabletten Aspirin, die ein zuvorkommender Polizist ihr gebracht hatte, und löste sie in einem beschlagenen Wasserglas auf.

Von den Beamten unbemerkt, hatte sich Max die Polizeiakte geangelt, hineingesehen und schrieb hektisch etwas auf einen Zettel.

Dann gab er Giancarlo, dem sein Tun nicht entgangen war, ein Zeichen.

Die beiden flüsterten eine Weile miteinander, und der alte Fischer zerwühlte zweifelnd seine grauen Locken. Hannah nahm die Szene am Rande ihres Gesichtsfelds wahr und fragte sich, was sie bedeutete.

43

Das Meer leuchtete türkisfarben, und der feuchte dunkle Sand knirschte unter ihren Zehen. Es hatte zu regnen aufgehört.

Joey krempelte ihre Jeansbeine hoch, und obwohl das zitronengelbe T-Shirt einige Zentimeter über ihrem Bauchnabel endete, war ihr heiß.

Niki humpelte neben ihr her, liebevoll ermahnt von Frau Gold, nicht zu schnell zu gehen.

Joey musste grinsen, weil Niki sofort eine Spur langsamer wurde. »Ich wusste gar nicht, dass du dich am Bein verletzt hast, ich dachte, es ist die Blinddarmnarbe, die schmerzt?«

Irritiert schaute Niki sie an und verzog sein Gesicht zu einer komischen Grimasse. »Verstehe ich nicht.«

»Na, weil du humpelst!« Joey konnte das Kichern nicht unterdrücken.

Sie war froh, richtig ausgelassen und fröhlich wie schon lange nicht mehr. Obwohl der Anlass, der sie hierher ans Meer in Italien gebracht hatte, natürlich ein trauriger war.

Pauline war noch immer nicht gefunden worden.

Im Hotel hatte man ihnen gesagt, dass Max, seine Eltern und sein Onkel Florian auf der Polizeistation in Aquileia wären und erst zum Abendessen zurückerwartet würden.

Am liebsten hätte sie Max sofort angerufen und ihm erzählt, dass ihre Eltern ihr erlaubt hatten, mit Frau Gold und Niki nach Grado zu fahren. Aber sie wollte ihn überraschen. Joey freute sich schon auf sein Gesicht, wenn er sie am Abend im Speisesaal erblickte.

»Wir freuen uns, dass du mitdurftest, Joey, du hast es verdient, ein paar Tage auszuruhen. Ist nicht immer leicht für dich, daheim ständig den Babysitter zu spielen, was?«

Joey grinste verlegen.

Sie blinzelte wegen der Sonne und umschlang Niki mit beiden Armen. Sie wünschte sich insgeheim, ihr Bruder wäre so lieb wie Niki.

Aber, dachte sie, vielleicht war Niki in Lukas' Alter ja auch so ein Quälgeist?

Niki war sichtlich stolz auf die Zuneigung seiner großen Freundin und sah sie mit schmachtenden Blicken an.

»Nach Pauline mag ich dich am liebsten, natürlich außer Mama und Papa.«

Frau Gold und Joey begannen gleichzeitig zu lachen, doch Niki schrie plötzlich auf.

»Da, Pauline!« Er zeigte auf ein Plakat, das an einer der Badehütten hing.

Betroffen sahen sie sich das Foto an, von dem Pauline ihnen blond gelockt und spitzbübisch entgegenlächelte.

Irgendwie unheimlich, dachte Joey und spürte, wie sich Gänsehaut auf ihren Armen bildete.

44

Irgendetwas krabbelte flink über das kleine Mädchen, das da bewegungslos auf dem Boden lag.

Es war dunkel, sehr dunkel. Die Luft war stickig, und es roch nicht gut. Auch drang kein Laut herein. Nur wenn man sich sehr anstrengte, konnte man irgendwo draußen die Wellen ans Ufer klatschen hören.

War man länger hier, verlor man gänzlich die Orientierung und jegliches Gefühl für Zeit und Raum. Da konnte es schon passieren, dass man nicht mehr wusste, ob dies ein Traum oder die Wirklichkeit war. Immer vorausgesetzt, dass man am Leben war.

Das kleine Mädchen, das auf der harten Matratze lag, sah aus, als ob es schliefe. Es war sehr blass, und lange, helle Locken umrahmten sein zartes Gesicht.

Es war jetzt sehr still und fast friedlich. Nichts war mehr zu hören, kein Rascheln und Knistern, kein Seufzen, nicht einmal ein Atemzug.

Es war, als wären alle in einen hundertjährigen Schlaf gefallen, die Käfer, die Ameisen, die Spinnen, die Motten und das kleine Mädchen.

45

»Shit, Alter, Erwachsene können so dämlich sein.« Max trat gegen die Bordsteinkante. Durch den dünnen Stoff seines armeegrünen Basketballschuhs konnte er die scharfe Kante spüren, und der Schmerz traf ihn unvermittelt.

»Willst du etwa sagen, dass ich ein Kind bin, weil ich dir helfe?«

Das überhörte Max geflissentlich und trieb den Alten stattdessen zur Eile an.

Giancarlo räusperte sich und warf ihm einen halb belustigen, halb beleidigten Blick zu. »Auf was habe ich mich bloß eingelassen, dass ich eher auf einen Dreizehnjährigen höre, den ich schon als Baby kannte, als auf die Polizei von Italien und Österreich?« Er schüttelte demonstrativ seinen Kopf.

»Giancarlo, wir tun das Richtige.« Max legte ihm seinen Arm um die Schulter und schob ihn ungeduldig weiter.

Sie waren bei einer Bar direkt gegenüber dem Dom angekommen, und Max drängte Giancarlo hinein. Einige Minuten später, nach einem kurzen Wortwechsel und beschwörenden Blicken, begleitet von treuherzigen Beteuerungen und gemurmelten Versprechungen, saßen sie auf einer alten klapprigen Vespa, die Fausto, dem Barbesitzer, einem Freund des Fischers gehörte.

»Schneller, schneller!«, schrie Max und klopfte dem Alten ungeduldig auf den Rücken.

»Ruhig Blut, junger Mann. Ich hole aus der Maschine ohnehin heraus, was geht.«

Die Bäume, Häuser und so manches Ausgrabungsstück flitzten an ihnen vorbei, und da bemerkte Max plötzlich, dass es zu regnen aufgehört hatte.

Das diesige Grau, das sie die letzten Tage begleitet hatte, war einem zarten Himmelblau gewichen. Die orange Sonne stand schon tief am Himmel und färbte die restlichen noch verbliebenen Wolken in ein grelles Bonbonrosa. Die schräg einfallenden Strahlen blendeten Max, der seine Sonnenbrille nicht mitgenommen hatte.

Er klammerte sich an die breiten Schultern des Alten und atmete stoßweise. Der Fahrtwind zischte in seinen Ohren. Sein ganzer Körper war bis zum Äußersten gespannt, und die Nervosität ließ Ameisen in seinen Adern tanzen.

Max konnte noch immer nicht glauben, dass er so furchtlos gewesen war, sich ganz einfach die Ermittlungsakte vom Tisch zu nehmen. Ohne dass es einer der Anwesenden bemerkt hätte, war es ihm außerdem gelungen, den Namen und die Adresse der verunglückten Deutschen abzuschreiben.

Bis auf den alten Fischer natürlich, dem war es nicht entgangen, und er hatte ihm, sobald sie den Raum verlassen hatten, seine Hilfe angeboten.

Nun waren sie unterwegs zu dem Haus, das die Deutsche gemietet hatte. Sicher, die Polizei war schon dort gewesen, hatte alles durchsucht. Aber da wussten sie ja noch nicht, dass in ihrem ausgeliehenen Boot Paulines Sorgenpüppchen gefunden werden würde. Und jetzt, da offenkundig war, dass es einen Zusammenhang zwischen dem Verschwinden seiner Schwester und dieser deutschen Touristin gab, ließen sie sich alle Zeit der

Welt, erkannten nicht, dass sie alles noch einmal auf links ziehen und jeden Winkel durchleuchten mussten, weil Minute um Minute der Überlebenszeit seiner kleinen Schwester verstrich.

Eines schwor sich Max, und er klopfte zur Bekräftigung auf seinen Oberschenkel, wenn Pauline da lebend herauskäme, würde er mit Sicherheit niemals mehr in seinem ganzen Leben Nervensäge zu ihr sagen.

Erleichtert atmete er aus und fragte Giancarlo gegen den Fahrtwind, wann sie endlich da wären.

»Geduld, Geduld«, antwortete ihm der Alte und bog in den nächsten Feldweg ein.

Obwohl nahe am Meer, war die Landschaft hier bucklig. Max konnte nicht erkennen, ob es sich um künstliche Aufschüttungen oder natürliche, sanfte Hügel handelte, aber das war ihm ohnehin völlig gleichgültig.

Das Einzige, was ihn interessierte, war, ob die Vespa genug Benzin hatte und die kleinen Erhebungen schaffen würde.

Manchmal führte sie der Weg nah an ausladenden Sträuchern vorbei, und die ausgestreckten Zweige zerkratzten ihre Arme und Gesichter. Der Boden hier war lehmig, und sie holperten immer wieder über Unebenheiten und durch Erdlöcher.

Giancarlo fuhr davon unbeeindruckt und schweigend, er schien auch nicht geblendet von den Sonnenstrahlen zu sein.

Dann hielt die Vespa ruckartig an, und er sagte, gänzlich unerwartet für Max: »Da sind wir. Endstation.«

Als Max sogleich zum Haus laufen wollte, hielt Giancarlo ihn zurück. Er wählte die Nummer der Polizei von Aquileia und verlangte die Kommissarin. In kurzen Worten teilte er ihr mit, dass sie beim Haus wären, falls jemand Max suchte.

Max murmelte: »So ein Blödsinn«, aber Giancarlo sah ihn ernst an.

»Überlasse das nur mir, ich weiß schon, was ich mache.«

Das Haus stand etwas abgelegen auf einem kleinen Wiesenstück. Es war, wie viele alte Häuser dieser Umgebung, teilweise in einen kleinen Hügel hineingebaut. Max fand, dass es vernachlässigt aussah, nicht wie so eine edle romantische Villa, sondern eher wie eine heruntergekommene Bude. Der gelbe Putz war an vielen Stellen abgeblättert und die Fenster blind.

Aber das registrierte Max nur am Rande. Er wollte sofort ins Innere stürmen und ärgerte sich über den Alten, der ihn zurückhielt, jetzt, wo sie endlich am Ziel waren.

Um zum Haus zu gelangen, musste Max sich einen Weg durch das dicht wachsende Gestrüpp bahnen. Es roch intensiv nach einer Blume oder Pflanze, die er nicht kannte, und nach wilden Kräutern, aber außer dem Summen von Bienen und Wespen war nichts zu hören.

Irgendwo hier musste seine Schwester sein. Er konnte einfach nicht glauben, dass die Deutsche sie woanders versteckt hatte.

Seine Kehle wurde ganz eng, und er spürte, wie Tränen in seinen Augen brannten.

»Max, wo bist du?«, hörte er Giancarlo rufen, als er das Haus halb umrundet hatte.

»Hier auf der rechten Seite!«, rief er zurück.

Er konnte durch die verschmierten Scheiben in das Innere sehen. Die Räume waren leer und verlassen. Er stampfte verärgert mit dem Fuß auf, und irgendwelche kleinen Tierchen um ihn herum flogen erschreckt hoch. Ein würziger Geruch stieg in seine Nase, als er weiterging und schließlich zur Rückseite des Hauses kam.

»Giancarlo!«, schrie Max. »Bitte komm her.«

»Wo bist du?«

»Hinter dem Haus!«

Als Giancarlo endlich auftauchte, rüttelte Max schon aufgeregt an einer Tür. Neben ihm auf der Erde lagen die Ranken einer Kletterpflanze, die er abgerissen hatte.

In das Poltern von Max' Fußtritten gegen die Holztür hinein rief der Alte mit bebender Stimme: »Es gibt in solchen Häusern oft geheime Türen! Nach so einer sollten wir suchen.«

Max nickte. Darüber hatte er mal was gelesen.

Und dann waren sie im Haus.

Max atmete tief ein. Es roch staubig, aber da war noch etwas anderes. Es war der Geruch eines Hauses, das bis vor Kurzem bewohnt gewesen war. In der Küche bestätigten eine Schüssel mit Salatresten, zwei Töpfe mit undefinierbarem Inhalt und einige leere Weingläser seine Vermutung.

In einem der Zimmer fanden sie einen Rucksack mit den Klamotten der Deutschen und ein zerwühltes Bett. Im Bad steckte eine einsame Zahnbürste in einem Wasserglas. Ein Cremedöschen lag auf dem Boden.

Gemeinsam durchforsteten sie die Räume. Ihre Hände glitten über die Wände, immer darauf bedacht, bei der geringsten Erhebung innezuhalten.

Nach einer endlosen Weile spürte Max einen Widerstand.

»Giancarlo!«

Der Alte sah zu ihm.

»Hier ist eine Erhebung. Ich glaube, da müssen wir ansetzen.«

Zusammen bearbeiteten sie den Spalt in der Tapete. Es ging schnell. Die Wandverkleidung ließ sich wegziehen. Dahinter verbarg sich eine Tür.

Max merkte erst, dass er die ganze Zeit die Luft angehalten hatte, als ihm schwindlig wurde. Er stützte sich an der Wand ab und atmete tief ein und aus.

Giancarlo packte ihn am Arm. »Lass uns deine kleine Schwester finden.«

Doch die Tür ließ sich nicht öffnen.

Während Giancarlo den Raum nach einem Schlüssel absuchte, nahm Max sein Handy und verständigte abermals die Polizei. Er legte auf, ehe man ihm sagen konnte, er solle warten, bis die Beamten eingetroffen wären.

Dann begann er, mit aller Kraft gegen die Tür zu treten.

46

In der Polizeistation war es plötzlich hektisch geworden. Friedrich, Hannah und Florian hatten zuerst gar nicht bemerkt, dass Max verschwunden war.

Dann hatte Giancarlo angerufen und wenig später noch einmal Max, und nun standen sie auch schon vor der Tür der Polizeistation.

»Los, hinein ins Auto!«, rief Hannah und gab ihm einen festen Stoß.

Nanu, dachte Friedrich noch, und dann saß er bereits auf der Rückbank, neben sich Hannah, vor sich ein Polizist und Florian. Drei Polizeiautos waren gleichzeitig gestartet, und wenn Friedrich es richtig verstanden hatte, folgten ihnen die Feuerwehr und ein Rettungsfahrzeug.

Er fühlte sich in all dem Trubel auf einmal seltsam beruhigt durch das Wippen von Florians Dreads an der Kopfstütze vor ihm. Er war seinem Schwager unendlich dankbar, dass er sie nicht im Stich ließ; irgendwann musste er ihm das sagen.

Sein Herz klopfte ihm bis zum Hals, und er spürte, wie er zu schwitzen begann. Schnell nahm er Hannahs Hand, die neben ihm auf dem Polster lag, und drückte sie fest. Sie ließ es kurz zu, zog ihre Hand dann jedoch weg und legte sie auf ihr Knie, wo ihre Fingerspitzen sofort heftig gegen die Kniescheibe zu trommeln begannen.

»Ich habe solche Angst, Friedrich«, flüsterte sie, und er sah, dass sich auf ihren Wangenknochen kreisrunde weiße Flecke gebildet hatten.

»Hannah«, stammelte er und strich ihr unbeholfen über das Gesicht.

Durch die geschlossenen Scheiben des Fahrzeuges konnte man das schrille Sirenengeheul hören. Mit beiden Händen klammerte er sich fest an den Sitz.

Florian drehte sich zu ihnen um und murmelte etwas Unverständliches.

Der Polizist sprach über das Autotelefon mit seinen Kollegen und der Commissaria im Nebenwagen, ohne dass Friedrich auch nur ein Wort verstand.

Wo war eigentlich Giancarlo, warum übersetzte er ihnen nicht? Friedrich war ratlos, bis ihm wieder einfiel, dass der alte Fischer mit seinem Sohn unterwegs war. Wie hatte er das bloß vergessen können?

Dann gab es einen Ruck, und das Auto bog in einen Feldweg ein.

»Geißblatt, das ist Geißblatt«, sagte Hannah. Sie zeigte auf einen Strauch am Wegrand und presste ihre Stirn gegen die Fensterscheibe. Ihre kurzen roten Haare fielen ihr ins Gesicht.

Friedrich beugte sich zu ihr. Ihr vertrauter Duft stieg ihm in die Nase, sie roch nach Vanille, Himbeere und ein ganz klein wenig nach Lorbeerblatt. Er strich sanft mit seiner Hand über ihr Haar und massierte ihre angespannten Schultern und ihren Nacken.

»Ahh, tut das gut«, wisperte sie, und im gleichen Moment blieb das Auto stehen.

Florian drehte sich zu ihnen um. »Wir sind da.«

Friedrich und Hannah sprangen aus dem Fahrzeug und liefen hinter den Einsatzbeamten her zum Haus. Friedrich musste Hannah auffangen, die fast über eine Wurzel gestolpert wäre.

Bevor sie das Haus betraten, konnte Friedrich überdeutlich den Geruch wilder Kräuter wahrnehmen. Rosmarin, Thymian, Zitronenmelisse, Lavendel, Kümmel, Fenchel, Wasserminze und Majoran. Er hielt kurz inne, atmete tief ein und wurde von Hannah und Florian weitergeschoben.

Auf einmal blieben alle stehen. Jemand rief etwas und zeigte geradeaus.

Da standen Max und Giancarlo, umringt von Uniformierten. Der österreichische Inspektor war mittendrin, und zu viert stemmten sie sich gegen eine Tür.

»Papa, Mama, Florian, schnell, helft mit«, schrie sein Sohn, und Friedrich lief zur Tür und warf sich mit all seiner Kraft dagegen.

Ob er es nun war oder die vereinten Kräfte, spielte keine Rolle, denn auf einmal gab es ein lautes Krachen, das Holz barst, und die Tür sprang aus den Angeln.

Max war vorgelaufen, und obwohl ihn mehrere Männer gleichzeitig daran zu hindern versuchten, wand und duckte er sich unter allen Armen hindurch und entkam ihnen, beweglich, wie er war.

Trotz des Lärms, den die vielen Menschen hier unten verursachten, hatte Friedrich noch immer den Eindruck tiefster Stille, und ihm war, als würde er alles überdeutlich wahrnehmen.

Die Feuerwehrbeamten leuchteten mit einem hellen Licht in den verborgenen Verschlag hinein, und er hörte seinen Sohn schrill aufschreien, ehe Hannah an ihm vorbei- und Max hinterherrannte.

»Da ist Pauline!«

Friedrich konnte zuerst nichts sehen, die grellen Scheinwerfer blendeten ihn.

Doch dann sah er auf einmal sein Mädchen.

Es lag ganz ruhig da und bewegte sich nicht. Seine Kleine war ganz blass und sah mager aus, so als hätte man eine Puppe achtlos weggeschleudert.

Hannah hatte sich über ihr Kind geworfen und schluchzte.

»Pauline, mein Baby, wach auf, wir haben dich gefunden.«

Max stand wie versteinert daneben und stammelte: »Wir sind zu spät gekommen.«

Sie wurden unsanft beiseitegeschoben, als mehrere Ärzte herein- und an ihnen vorbeidrängten. Die Commissaria trat neben Hannah und legte ihr den Arm um die zuckenden Schultern. Sie sprach leise auf sie ein, aber Hannah schien ihr nicht zuzuhören, sie starrte einfach nur geradeaus, mit weit aufgerissenen Augen.

Friedrich sah, wie Hannah ihre Hand zur Faust ballte, und

hörte sie murmeln: »Bitte liebes Sorgenpüppchen, mach, dass Pauline nichts geschehen ist, nimm den Kummer von uns.«

Er lehnte sich gegen die Wand und roch Lehm, Moos, Schimmel und Erde. Er fühlte sich schwach und nicht imstande, Hannah zu halten oder Max.

Florian kam auf ihn zu und schien etwas zu sagen, aber es kam kein Ton aus seinem Mund, er bewegte lautlos die Lippen.

Um Pauline herum ging es hektisch zu.

Friedrich verstand nicht. Es war ohnehin zu spät.

Glas zerbrach, etwas fiel zu Boden, es gab ein surrendes Geräusch. Dann schrie Max: »Sie lebt!«, und Friedrich erwachte aus seiner Versteinerung. Hannah fiel erneut vor Pauline auf den Boden und weinte laut.

»Sie lebt, sie atmet.«

Tatsächlich, Friedrich sah, wie sich der Brustkorb seiner kleinen Tochter ganz leicht hob und senkte. Eine Locke klebte an ihrer Wange, und auch diese feinen Härchen bebten von ihren Atemzügen. Irgendjemand musste einen Rettungshubschrauber angefordert haben, denn draußen vor der Tür wurde es so laut, als rückte ein Kampfgeschwader an.

Bevor man Pauline auf die Trage hob, konnte Friedrich ihre kleine Hand kurz in die seine nehmen.

Sie folgten den Sanitätern ins Freie. Dort war die Sonne gerade am Untergehen und malte dicke dunkelviolette Streifen auf den grauen Himmel.

Max und Hannah standen rechts neben Pauline, Florian und er links. Die Sanitäter packten die Trage fester, um sie in den Hubschrauber zu heben, da verhedderte sich der Schlauch der Infusionsflasche, und Pauline schlug ihre veilchenblauen Augen auf.

Mit krächzender Stimme sagte sie: »Max, da bist du ja endlich.«

47

Der Raum war voller Stimmen. Der Durst hatte aufgehört, und Pauline konnte ihren Körper wieder spüren. Jeder einzelne Muskel schmerzte, und ihre Haut brannte wie verrückt. Wahrscheinlich lief statt Blut rote Ameisensäure durch ihre Adern. Grauenvoll übel war ihr auch, und es gelang ihr nicht, die Augen zu öffnen. Ihre Wimpern klebten fest aufeinander, und es fühlte sich an, als wäre Sand unter ihren Lidern.

Obwohl sie sie nur undeutlich hören konnte, war sie sich sicher, Max, Mama, Florian, Papa und auch Giancarlo zu vernehmen.

Sie konnte das Summen der Bienen und das Brummen der Hummeln hören und Vogelgezwitscher, oder vielleicht auch nicht.

Donnern und Dröhnen erfüllten die Luft, und es war windig. Sie versuchte, ihre Augen zu öffnen, aber es wollte immer noch nicht gelingen.

»Pauline, bitte schau mich an«, flüsterte ihre Mama, und da strengte sie sich ganz doll an, und wirklich, sie sah verschwommen das Lächeln ihrer Mutter über sich.

Mama trug eine rote Kappe auf dem Kopf und sah so aus wie damals, als Pauline noch in den Kindergarten gegangen war.

»Pauline, mein kleines Herz, hier, nimm das«, schmeichelte Hannahs Stimme, und Pauline spürte, wie etwas Kleines, Weiches in ihre Hand geschoben wurde. Ihre Finger umschlossen es, und sie fühlte sich leicht und froh, als hätte sie etwas zurückbekommen, das verloren war. Sie wusste nur nicht, was es war.

Die Augen fielen ihr abermals zu, und sie träumte, mit einem großen Hubschrauber in den Abendhimmel hineinzufliegen.

Ein zartes Lächeln lag auf ihren rissigen, ausgetrockneten Lippen.

48

Hannah ging mit Friedrich und Max den Krankenhausflur entlang. Sie hielten sich alle drei an der Hand und waren glücklich.

Niki, der mit Florian vor ihnen ging, war nicht davon abzuhalten gewesen, mitzukommen. Die beiden würden vor der Tür warten, bis Friedrich sie hereinholte.

Gut gelaunt drehte sich Florian zu Hannah um und sagte mit einem breiten Grinsen: »So viel ist jedenfalls klar: Wenn ich mich nicht mit Michaela auf eine Pizza treffe, sobald ich wieder zu Hause bin, ist mir wahrscheinlich wirklich nicht mehr zu helfen.«

Woraufhin Hannah, die schon immer der Meinung war, dass ihre beste Freundin und ihr Bruder ein wunderbares Paar abgeben würden, ihre Nase rümpfte und von oben herab erwiderte: »Kleiner, die Pizza kannst du dir sparen, geh lieber ins Kino mit ihr.«

»Den Unterschied zwischen Pizza und Kino kapier ich beim besten Willen nicht«, moserte Florian lachend. »Weiber, die soll erst einmal einer verstehen.«

In diesem Moment wusste Hannah, dass alles wieder in Ordnung kommen würde, nur anders, als sie es sich bisher vorgestellt hatte. Wieder einmal war ihr Leben bunt durcheinandergewürfelt worden. Sie würde vieles hinterfragen, einiges neu beginnen müssen. Und vielleicht gab es ja jetzt für sie die Möglichkeit, sich Träume zu erfüllen?

Natürlich gab es die, stellte sie fest, denn es lag an ihr, an ihr ganz allein. Sie würde von vorne anfangen, ohne Friedrich.

Joey war mit Nikis Mutter am Strand geblieben, sie wollten erst morgen zu Besuch kommen.

»Mama.«

Pauline öffnete ihre Augen, als sie ins Zimmer traten.

»Du hast ja deine Haare abgeschnitten«, flüsterte sie. Und ergänzte: »Papa, Max, danke, dass ihr mich gefunden habt.«

Hannah begann gleichzeitig zu weinen und zu lachen, die Tränen liefen warm über ihre Wangen. Sie setzte sich vorsichtig auf das Bett ihrer Tochter.

»Wir sind froh und glücklich.«

»Mama, schau.« Pauline öffnete ihre Faust, und in ihrer Handfläche lag das Sorgenpüppchen. »Es ist zu mir zurückgekommen. Und jetzt weiß ich auch, warum es mich beschützen konnte. Das Sorgenpüppchen ist ganz einfach unser Baby, unser Martin.« Sie lächelte selig und schloss dann erschöpft die Augen.

Nach einer Weile öffnete sie sie noch einmal und fragte: »Mama, bleibt Papa jetzt für immer bei uns?«

Doch bevor Hannah, die an Friedrich gelehnt dastand, antworten konnte, war Pauline auch schon wieder eingeschlafen, und ihr kleiner Brustkorb hob und senkte sich in regelmäßigen Atemzügen.

Jetzt ist nicht die Zeit für Erklärungen, dachte Hannah, das kann alles warten.

Die Ärzte hatten ihnen erklärt, dass Pauline viel Zeit brauchen würde, um sich zu erholen, möglicherweise auch psychologische Betreuung. Dem Anschein nach war ihr, bis auf den lebensbedrohlichen Flüssigkeitsmangel und den Schock, nichts Ernstes geschehen. Sie wies außer ein paar Abschürfungen und Insektenbissen keine Verletzungen auf, und die Deutsche war tödlich verunglückt, ehe sie ihr etwas antun konnte. Hannah mochte sich gar nicht vorstellen, was passiert wäre, hätte sie überlebt.

Friedrich und sie waren übereingekommen, vorerst zusammen wohnen zu bleiben und sich erst zu trennen, wenn Pauline wieder etwas kräftiger wäre. Sie wollten es langsam angehen und ihre Tochter behutsam darauf vorbereiten.

Obwohl Hannah traurig war, wenn sie daran dachte, wusste sie, dass es die richtige Entscheidung war. Und sie war jetzt frei von Bitterkeit und Groll.

Sie sah, wie Max an Paulines Locken zupfte, und hörte ihn

leise zu ihr sagen: »Na, du unverbesserliche und ewige Nervensäge?« Dann wandte er sich zu ihr und Friedrich um und grinste betont cool von einem Ohr zum anderen. »Bin verdammt froh, die kleine Kröte zurückzuhaben. Ohne Pauline wäre es doch langweilig.«

49

Max lief den Strand entlang, und der heiße gelbe Sand spritzte um seine nackten Füße. Vor ihm dehnte sich das tiefblaue Meer unendlich weit aus und berührte irgendwo weit draußen mit seinen Rändern den Himmel. Weiße Schaumkronen tanzten auf den kleinen, leicht gekräuselten Wellen. Max war so erleichtert, er hätte am liebsten einen Luftsprung gemacht und laut »Juhu!« gebrüllt.

Pauline ging es schon viel besser. Die Ärzte des Kinderkrankenhauses von Monfalcone meinten, sie wäre über den Berg und hätte den Flüssigkeitsmangel ohne weitere Schädigung überstanden.

Sie war nur noch sehr schwach und schlief manchmal mitten im Gespräch einfach ein. Aber sie lächelte wieder und schreckte auch nicht mehr bei jedem Geräusch zusammen.

Ein bisschen komisch war es schon, ein Held zu sein, aber das war er jetzt, ob es ihm nun passte oder nicht. Er hatte sogar Interviews darüber geben müssen, wie es ihm gelungen war, die verborgene Tür zu finden. Nicht einmal die Agentur, die das Haus vermietete, hatte etwas von ihrem Vorhandensein gewusst.

In den alten Häusern im Friaul gab es des Öfteren so einen verborgenen Raum. Eine versteckte Lagermöglichkeit aus früheren Zeiten.

Die Deutsche hatte ihn durch Zufall entdeckt.

Vieles von dem, was sie getan hatte, war nicht im Voraus geplant gewesen, vermutete man. Es war wahrscheinlich einfach so passiert.

Die Gunst des Augenblicks. Gelegenheit macht Diebe.

Eigentlich sollte man über den Tod eines Menschen nicht froh sein, doch Max war es. Auch wenn er wusste, dass seine Schwester durch den tödlichen Unfall ihrer Entführerin nur knapp überlebt hatte.

Andererseits, wer konnte sagen, was geschehen wäre, hätte die Deutsche keinen Verkehrsunfall gehabt?

Was wäre dann wohl Pauline zugestoßen?

Vorn im seichten Wasser schrien ein paar Kinder laut und bewarfen einander mit Schlamm. Max machte einen weiten Bogen um sie, obwohl es noch gar nicht so lange her war, dass er selbst seine Freude an so einer Schlammschlacht gehabt hätte.

Auf der Brücke sah er Joey. Ihre rosa Strähne fiel ihr über die Augen, und sie trug einen Bikini. Anscheinend war sie gerade aus dem Wasser gekommen, denn als sie jetzt den Kopf schüttelte, spritzten dicke Tropfen zur Seite.

Sie setzte sich mit überkreuzten Beinen auf ein flauschiges hellblaues Badetuch und schien mit geschlossenen Augen Musik zu hören.

Die Holzplanken wippten unter seinen Schritten, und als er Joey fast erreicht hatte, schlug sie ihre Augen auf. Sie begann zu lächeln, und die Sonnenstrahlen brachten die vielen kleinen Wassertropfen auf ihrer blassen Haut zum Funkeln und ließen sie wie Kristalle aussehen.

»Joey, holen wir uns ein Frappé Caramel und bauen eine Sandburg mit vielen Zinnen und einem Wassergraben?«

»Klar doch, Alter.«

Joey lachte, und als sie ihren Kopf leicht neigte und ihn von unten herauf mit einem schelmischen Blick ansah, war Max seit ganz langer Zeit zum ersten Mal richtig glücklich.

50

Maddalena war erschöpft, auch wenn sie sich hütete, das zuzugeben. Bloß keine Schwäche zeigen, das war ihre Devise, egal, wie fertig sie sich fühlte.

Zum Glück hatte Inspektor Rosner nicht auf ein Abschlussgespräch bestanden. Wenn sie darüber genauer nachdachte, ergab seine hektische Abreise Sinn.

Zum einen hatte sie nicht den Eindruck, dass ihm Grado gefiel, und zum anderen verbuchte er wie selbstverständlich den Erfolg für sich. Sein Ansprechpartner war Comandante Scaramuzza, mit dem er sich auf einen bestimmten Kodex geeinigt zu haben schien: Uns Chefs gebührt die Ehre und nicht dem niederen Volk.

In Wahrheit war es einzig Max zu verdanken, dass Pauline rechtzeitig gefunden worden war. Viel länger hätte es das entkräftete Kind ohne Wasser nicht ausgehalten.

Maddalena stiefelte in ihren Boots den Steg zum Meer hinunter. Der Strand war zwar schon abgesperrt, aber einer Commissaria sah manch einer etwas nach. Die Badewärter und Rettungsschwimmer, denen sie begegnete, winkten ihr freundlich zu. Immer mehr wurde sie eine von ihnen, fügte sich wie ein Puzzlestein in das Bild der Insel.

Sie gehörte hierher.

Es lag nicht nur daran, dass sie sich durch den Tod ihres Vaters, die schwierige Beziehung zu ihrer Mutter und nicht zuletzt durch den Bruch mit ihrem Verlobten weiter und weiter vom Karst entfernte.

Draußen, am Ende der Brücke, setzte Maddalena sich mit verschränkten Beinen in den Sand. Die Sonne floss orangerot ins Meer.

Fedrige Wolken tanzten über den Himmel.

Ihr Telefon surrte. Tomaso. Sie drückte das Gespräch weg.

Die Suche nach dem vermissten Mädchen hatte sie eindeutig in ihre Schranken gewiesen. Sie hatte noch viel zu lernen, doch zuerst musste sie Ordnung in ihrem Privatleben schaffen.

Entschlossen nahm sie ihr Handy und wählte.

»Franjo?« Ihre Stimme klang kraftlos.

»Maddalena?«

»Treffen wir uns? Mein Fall ist abgeschlossen, und ich hätte Zeit.«

Wie dämlich hörte sich das denn an?

»Ich habe Hochzeitsgäste zu bewirten. Und morgen eine Taufe. Es wird sich so rasch nicht ergeben, dass wir uns sehen.«

Das war eine glatte Abfuhr.

»Franjo«, begann sie kleinlaut, »es tut mir leid.«

»Ich weiß«, sagte er kurz angebunden und unterbrach die Verbindung.

Während sie in die untergehende Sonne starrte, malte sich Maddalena aus, was gewesen wäre, hätte sie Franjo nicht mit Tomaso betrogen.

Was sollte sie bloß tun, um ihn zurückzugewinnen? Denn sie wollte nichts lieber als das.

Zeit, dachte sie, Zeit ist der entscheidende Faktor.

Sie durfte ihn nicht drängen, auch wenn ihr das schwerfiel.

In der Zwischenzeit sollte sie sich wohl oder übel auf ihre Karriere konzentrieren.

Maddalena drehte sich eine Zigarette und zündete sie an. Lange saß sie da und schaute den blauen Kringeln nach.

Danksagung

In erster Linie danke ich meinem Verlag und all seinen wunderbaren Mitarbeitern sehr herzlich für die motivierenden Gespräche, für ihre Hingabe und vor allem für ihr Verständnis. Ich nenne jetzt nur die, mit denen ich immer wieder im Kontakt stehe: Hejo Emons, Christel Steinmetz, Stefanie Rahnfeld, Mike Jauß, Ingeborg Simandi, Dominic Hettgen, Leslie Schmidt, Nina Schäfer, Sophie Olk, Jana Budde, Karo Meinert, Inka Stirnagel, Hannah Naumann, Sonja Erdmann und Daniele Leo.

Außerdem gilt mein besonderer Dank meiner Familie und meinen besten Freunden für ihre liebevolle Unterstützung, seit mein Hausschwein wieder in der Wildnis wohnt.

In diesem Fall: Sophie, Maxi, Karo, Mama, Fredi, Babsi, Gert W., Dirk, Michael G., Felix, Bastian, Astrid, Christa, Ursula, Karin, Elfie, Pipsi, Renate R., Julia, Joana, Natalie, Pia, Ulli, Karin D., Andrea L., Michi K., Anneliese, Maria, Luisa, Laura, Cinzia, Simin, Stefano, Roby, Christian, Wolfgang, Helmut, Gerald, Richard S., Peter, Jakob, Stephan, Giuseppe, Nevio, Sandro L., Paolo und natürlich S.

Die Bücher von Erfolgsautorin Andrea Nagele im Überblick

Alle Titel sind auch als eBook erhältlich.

Thriller

Du darfst nicht sterben
ISBN 978-3-7408-0667-5

Sag mir, wen du hörst. Sag mir, wen du siehst. Sag mir, wer du bist.
ISBN 978-3-7408-1270-6

Grado-Reihe

Grado im Regen
ISBN 978-3-95451-785-5

Grado sotto la pioggia
Italienische Ausgabe
ISBN 978-3-7408-0376-6

Grado im Dunkeln
ISBN 978-3-7408-0068-0

Grado nell'ombra
Italienische Ausgabe
ISBN 978-3-7408-0592-0

Grado im Nebel
ISBN 978-3-7408-0298-1

Grado nella nebbia
Italienische Ausgabe
ISBN 978-3-7408-0891-4

Grado im Sturm
ISBN 978-3-7408-0523-4

Grado im Mondschein
ISBN 978-3-7408-0803-7

Grado in Flammen
ISBN 978-3-7408-1137-2

Weitere

Tod am Wörthersee
ISBN 978-3-95451-288-1

Tod auf dem Kreuzbergl
ISBN 978-3-95451-485-4

Tod in den Karawanken
ISBN 978-3-95451-961-3

Kärntner Wiegenlied
ISBN 978-3-7408-0198-4

111 Orte

111 Orte in Klagenfurt und am Wörthersee, die man gesehen haben muss
ISBN 978-3-7408-1093-1